VOUS VERREZ...
VOUS M'AIMEREZ

DU MÊME AUTEUR

Sous le nom de Janine ORIANO

Chez René JULLIARD

DRISS, roman.
LA ROULOTTE VERTE, roman.
L'ABANDONNÉE, roman.
USA FLASH, reportage.

Chez GALLIMARD (Série Noire)

B. COMME BAPTISTE.
AU VEUF HILARE.
O.K. LÉON.

Chez FAYARD

LES MIROIRS DE L'OMBRE, roman.

Sous le nom de Janine BOISSARD

L'ESPRIT DE FAMILLE

L'ESPRIT DE FAMILLE, roman, tome 1.
L'AVENIR DE BERNADETTE, roman, tome 2.
CLAIRE ET LE BONHEUR, roman, tome 3.
MOI PAULINE, roman, tome 4.
CÉCILE LA POISON, roman, tome 5.
CÉCILE ET SON AMOUR, roman, tome 6.

UNE FEMME NEUVE, roman.
RENDEZ-VOUS AVEC MON FILS, roman.
UNE FEMME RÉCONCILIÉE, roman.

Édition LIVRE DE POCHE

L'ESPRIT DE FAMILLE.
L'AVENIR DE BERNADETTE.
CLAIRE ET LE BONHEUR.
MOI PAULINE.
CÉCILE LA POISON.
CÉCILE ET SON AMOUR.
UNE FEMME NEUVE.
RENDEZ-VOUS AVEC MON FILS.

JANINE BOISSARD

VOUS VERREZ...
VOUS M'AIMEREZ

PLON
8, rue Garancière
Paris

La loi du 11 mars 1957 n'autorisant, aux termes des alinéas 2 et 3 de l'article 41, d'une part, que les « copies ou reproductions strictement réservées à l'usage privé du copiste et non destinées à une utilisation collective » et, d'autre part, que les analyses et les courtes citations dans un but d'exemple et d'illustration, « toute représentation ou reproduction intégrale ou partielle, faite sans le consentement de l'auteur ou de ses ayants droit ou ayants cause, est illicite » (alinéa 1er de l'article 40).
Cette représentation ou reproduction, par quelque procédé que ce soit, constituerait donc une contrefaçon sanctionnée par les articles 425 et suivants du Code pénal.

© Librairie Plon, 1987.
ISBN 2-259-1580-8

A mes parents.

« L'art est une blessure devenue lumière. »

Georges Braque

1

Cela se passe à Paris, aux Tuileries, non loin du square de La Tour-Maubourg où j'habite. Je vois encore les fleurs : rouges et orange. Et les arbres ? Comment étaient-ils, ces arbres que, par la suite, je devais tant aimer : en bourgeons, il me semble. Je sens précisément l'odeur de gravier chauffé par le soleil et sur lequel je viens de m'abattre. Je sens surtout que je vais mourir et de toute ma poitrine d'enfant, je hurle. C'est mon premier souvenir : j'ai quatre ans et j'ai perdu ma gouvernante, la dame en uniforme bleu marine et chaussures blanches à lacets qui nous promène chaque après-midi, mon frère Maxime, ma sœur Nicole et moi. Après tant d'années, je me souviens encore de cette peur qui fait comme exploser mon cœur : je suis seule, seule au monde ! Je la ressentirai, cette peur, d'autres fois au cours de mon enfance et mon adolescence ; elle m'amènera un jour à empoigner ma plume pour, sur le papier, appeler à l'aide, attirer les regards sur moi, comme, cet après-midi-là, je le fais dans le grand jardin.

Seule... seule au monde ! En dehors de ses parents, son frère et sa sœur, la toute petite fille à frange brune au ras des yeux, couchée sur le gravier, qui hurle à la mort et s'appelle Janine Boissard, a quatre délicieux grands-parents, vingt-cinq oncles et tantes et déjà une bonne trentaine de cousins germains dont le nombre, d'ici peu, aura doublé. Si elle se relevait, elle pourrait voir à travers ses larmes, l'Arc de Triomphe au pied duquel habitent ses grands-parents maternels chez lesquels elle aime tant aller boire du chocolat chaud et manger des brioches. Ces grands-parents-là, elle les appelle bon-papa et bonne-maman. Commençons par eux. C'est vraiment la fête !

Lui s'appelait Maxime Renaudin. Fin, distingué, vêtu à quatre épingles, chaque soir après le dîner, il s'installait dans son grand bureau aux murs tapissés de tableaux qu'il aimait à collectionner et faisait une ou deux patiences avant d'aller se coucher. Chez les Renaudin, on était inspecteur des Finances à chaque génération : bon-papa n'avait pas échappé à la règle et il exerçait à présent la fonction de président des Chemins de Fer de l'Est. Mes grands-parents habitaient avenue de Friedland, leur immeuble donnait sur la place de l'Etoile — à présent rebaptisée place Charles-de-Gaulle — et, lors des défilés militaires et poses de gerbes, la famille pouvait, aux premières loges, assister au spectacle.

Chaque matin, venant le chercher pour l'emmener à son travail, le chauffeur de bon-papa faisait reculer dans le grand hall, jusqu'au ras des marches recouvertes d'un beau tapis cramoisi, la superbe Panhard dont le bien connu Levassor avait décoré l'intérieur selon le goût de mes grands-parents : cuir, acajou, glaces. Dans sa voiture, bon-papa se retrouvait chez lui. Ne manquaient qu'un ou deux tableaux...

Bonne-maman, née Emma Leroy-Beaulieu, portait autour du cou des rubans de gros-grain : blancs, gris perle ou noirs selon la circonstance. Lorsque je l'embrassais, j'y laissais glisser mon nez afin d'en respirer l'odeur : tissu, poudre et parfum. Elle avait huit enfants : Marcelle, Philippe, Jacques, Christian, Jean, Laurette, Henry et France et, durant plusieurs années, passa beaucoup de temps à empêcher les garçons de s'entre-tuer car ils adoraient jouer à la guerre et y mettaient toute leur ardeur. Bien souvent, carreaux et glaces volaient en éclats. Tout se terminait par de retentissantes fessées que les valeureux combattants acceptaient sans broncher les sachant méritées.

Le personnel de la maison était nombreux : maître d'hôtel et valet, cuisinière et fille de cuisine, deux femmes de chambre et un chauffeur. La femme de chambre particulière de bonne-maman s'appelait Lucie. C'était elle qui l'aidait chaque matin à se vêtir, se coiffer, lacer ses souliers. Lorsque bonne-maman sortait, elle allait lui chercher son chapeau et son manteau. Nous l'aimions beaucoup, Lucie, ombre souriante et active de notre aïeule. Lorsque, plus tard, elle tomba malade — « de vieillesse » —, bonne-maman lui rendit la monnaie de sa pièce : elle l'installa dans l'appartement et tint à la soigner elle-même jusqu'à sa mort.

Les enfants, la direction de la maison n'étaient qu'une partie des activités d'Emma Renaudin. Profondément croyante, elle faisait chaque semaine le catéchisme dans une église du treizième arrondissement. Elle avait également pris en charge quelques familles démunies auxquelles elle apportait divers secours. A part cela, bourgeoisie oblige, elle avait son jour où elle recevait ses amies pour le thé. C'était le mardi, je crois. La plupart des amies de bonne-maman ayant également leur jour, elle était donc, le reste de la semaine, reçue chez elles. Il y avait, paraît-il, les bons et les mauvais jours selon la qualité de la pâtisserie, l'onctuosité du chocolat, le parfum du thé offerts par la maison.

Arrivée après une rafale de garçons, Philippe, Jacques, Christian et Jean, ma mère, Laurette, ravissante petite blonde bouclée aux yeux bleus, débordant de fantaisie, fut la bienvenue. On l'appela la « protestante » car elle n'en faisait qu'à sa tête. C'est elle qui, dans *l'Esprit de famille*, m'inspirera la grand-mère, interprétée à l'écran par Denise Grey. Aujourd'hui encore, ma mère n'hésite pas à envoyer au président de la République ou à l'un de ses ministres, lettre ou télégramme selon l'urgence, lorsqu'elle désapprouve leur action. Avant de s'endormir, cette catholique convaincue, et que la vue du sang indispose, se rêve volontiers tireur d'élite pour débarrasser notre pauvre terre des bourreaux d'enfants, preneurs d'otages ou autres monstres. Le métier qu'elle aurait aimé exercer ? Agent double.

Mais à ce moment de mon histoire, Laurette Renaudin, belle jeune fille de vingt-trois ans, s'apprête à donner un grand bal. Elle ignore encore qu'elle y rencontrera l'amour sous la forme d'un jeune homme au prénom curieux : Adéodat Boissard.

Il y a bien longtemps, vers 1860, deux de mes oncles du côté paternel : Adéodat — en latin « Donné par Dieu » et Emmanuel — en hébreu « Dieu avec nous » — faisaient le désespoir de leur mère. Beaux, jeunes, ardents, ils consacraient aux plaisirs de la vie bien plus de temps qu'au travail ou à la prière. Leur mère s'en fut donc trouver un homme de grande réputation, le curé d'Ars, pour lui demander conseil : que faire de ces deux garnements qui méritaient si mal leurs prénoms ?

« Ne vous inquiétez pas, madame », lui dit simplement le saint prêtre : « Ces deux garçons seront les plus beaux fleurons de votre famille. »

Peu de temps après, de toute leur fougue et leur foi, Adéodat et Emmanuel s'engageaient au service du pape Pie IX pour défendre ses territoires. Aucun des deux n'en revint.

Aux murs du grand salon de Montbard étaient suspendus les portraits de ces deux tout jeunes hommes dans leurs beaux uniformes de zouaves pontificaux. Martiaux, souriants, comme ils avaient l'air d'aimer la vie! On baissait toujours la voix pour en parler devant ma grand-mère qui avait partagé le désespoir de leur mère et en portait encore le deuil. Lorsque nous venions passer nos vacances en Bourgogne où vivaient la plupart du temps mes grands-parents paternels, nous grimpions en cachette dans le grenier et, le cœur battant, cherchions dans la malle aux reliques les uniformes tachés de sang. Du bout du doigt, pleins d'émotion et de respectueuse incrédulité, nous touchions les marques brunes. Que ces oncles lointains et que j'aimais sans les avoir connus me pardonnent de leur avoir emprunté l'un de leurs uniforme pour, dans *Claire et le bonheur,* en revêtir par les mains de Cécile un jeune homme en fugue. Après la mort des deux impétueux jeunes gens, il fut décidé que leurs noms se transmettraient de génération en génération. Ce fut ainsi que mon grand-père et mon père après lui, héritèrent celui d'Adéodat.

Inscrit au parti démocrate-chrétien, grand-père, vigoureux homme roux au caractère, disait-on, entier — comme ce mot me plaît encore qu'il soit souvent synonyme de colère — enseignait l'économie politique à la faculté catholique de Lille. Il fut, avec Marc Sangnier, l'un des fondateurs des Semaines sociales et était considéré par son milieu, très conservateur, comme un peu révolutionnaire.

Ma grand-mère? Je ne me souviens pas de l'avoir jamais vue sans son chapelet. Il voisinait dans la poche de son tablier avec les pastilles de menthe et les croquets, gâteaux secs qu'elle nous distribuait à chaque fois que nous croisions son chemin. Grand-mère vivait sous le regard sévère mais juste et bon de Dieu. On chuchotait dans la famille que sa mère, Edith Royer, serait peut-être un jour canonisée. Edith portait des cilices, couchait sur une planche et avait des apparitions ce qui ne l'avait pas empêchée de remplir son devoir conjugal et de donner à son mari quatre filles dont l'une devait épouser plus tard le philosophe Maurice Blondel.

On disait ma grand-mère malade. Nous ne savions pas bien de quoi ; elle non plus peut-être. Elle ne quittait guère sa chambre, allant de son lit au prie-Dieu ou au grand fauteuil de tapisserie prolongé d'un tabouret où elle posait les pieds, nous permettant d'admirer, dépassant de la jupe sombre, un long pantalon blanc serré au-dessous du genou par un ruban de broderie anglaise. Je trouvais très agréable de savoir qu'à tout moment, dans cette chambre pleine de reliques diverses et portraits d'aïeux, je pourrais trouver cette douce femme aux cheveux blancs qui m'accueillait avec bonheur, d'avoir à portée de voix, de lèvres et de cœur, cette affection. Nous nous aimions beaucoup. C'est à cause de ma grand-mère paternelle et de toute une atmosphère de tendresse, mais aussi de rigueur morale créée autour d'elle, que j'ai fait vivre à Montbard la grand-mère de *l'Esprit de famille* bien que leurs caractères ne se ressemblent en rien.

Parfois, Jeanne Boissard me montrait au mur de sa chambre le portrait d'une belle jeune femme aux cheveux sombres et regard vert, toute vêtue de blanc : « Tu vois, disait-elle avec nostalgie, c'était moi. Il paraît que tu me ressembles. » Je ne pouvais y croire. Serais-je donc ainsi un jour ? Si belle au mur et si vieille dans mon lit ?

Adéodat et Jeanne Boissard eurent six enfants : Henri, Charles, Edmond, Marie-Aimée, Adéodat et Marguerite-Marie. Trois entrèrent en religion : Marie-Aimée : dame du Cénacle, Edmond : bénédictin, et

Charles, mon parrain, touché par la grâce au cœur d'une brillante carrière d'avocat, fut vicaire à Paris avant de terminer ses jours dans un ordre de prêtres paysans.

Mais nous n'en sommes pas là. Nous sommes au mois de décembre 1928 et, ce soir, il y a grand bal chez Emma et Maxime Renaudin en l'honneur de Laurette, leur fille. Les voitures se succèdent devant l'immeuble, déversant leurs quelque cinq cents invités. Par les hautes fenêtres du salon, on peut admirer l'Arc de Triomphe illuminé. Les huit enfants Renaudin sont présents bien sûr, leurs parents également. Mais quel est donc ce beau et grand jeune homme brun qui monopolise Laurette ? Celle-ci n'en semblant pas d'ailleurs autrement mécontente... Emma se renseigne. Le jeune homme en question a été amené par un ami. Il est inspecteur des Finances. Il a vingt-sept ans. Son nom ? Adéodat Boissard.

Entre Adéodat et Laurette ce fut le coup de foudre. Cinq mois plus tard, devant Dieu — c'était l'important — et, puisqu'il le fallait, devant les hommes, ils s'épousèrent.

La plupart des contes de fées qu'enfants nous lisait ma mère se terminaient par ces mots : « Ils se marièrent, vécurent très heureux et eurent beaucoup d'enfants. » Avant de refermer le livre, maman ajoutait toujours une petite phrase qui ne nous plaisait pas du tout car elle nous faisait, brutalement, retomber sur terre. « Et les difficultés commencèrent », disait-elle. Puis elle se tournait vers nous, ses filles, et tandis que mon frère Maxime bombait le torse, elle ajoutait encore : « Dans un couple, c'est à la femme de faire le plus de concessions ! »

Adéodat Boissard épousa Laurette Renaudin. Ils s'aimaient et c'était le bonheur. Très vite, Nicole venait au monde, puis — oh ! joie — un fils aux cheveux bruns et yeux verts comme son père : Maxime. Deux enfants en deux ans : garçon et fille, ma mère estimait avoir fait du bon travail et souhaitait fort souffler un peu, profiter de la vie et de son mari qu'elle suivait le plus possible en province lors de ses tournées d'inspection. Mais alors qu'elle se remettait à peine de la naissance de Maxime, voici qu'un troisième enfant s'annonçait et celui-là, non, il n'était pas désiré ! Du moins espérait-on qu'il s'agirait d'un second garçon et le nom fut choisi : Jean-Loup. C'était pour la mi-janvier : les fêtes de Noël n'en seraient donc pas troublées.

18 décembre. Il est cinq heures du matin. La nuit est encore épaisse. Prise de douleurs inattendues, maman s'agite dans son lit. Papa tente de la rassurer. « Et soudain, me raconta-t-elle, j'entendis crier sous le drap, c'était toi. » J'étais arrivée avec un mois d'avance sans attendre la sage-femme qu'on s'était, malgré tout, décidé à appeler.

Le berceau n'étant pas prêt, on vida prestement un tiroir d'une commode pour m'y installer. Le nom n'étant pas prêt non plus, on m'appela Janine pour faire plaisir à Jeanne, mère d'Adéodat, et Charlotte en l'honneur d'oncle Charles, frère de papa, qui serait mon parrain. On ajouta Marie afin que la Sainte Vierge me protège.

Tandis que j'écris ces lignes, j'ai sous les yeux la commode dans laquelle fut prélevé mon premier berceau. C'est un superbe meuble bourguignon, style Régence, aux flancs arrondis, au bois de chêne brun et miel. Je l'ai toujours su, que j'étais née au pied d'un arbre ! Dommage que cette sorte de commode soit parfois appelée « commode tombeau » !

2

« Je n'ai jamais aimé mon nom. » Ainsi commence *l'Esprit de famille,* raconté par Pauline. Pauline qui me ressemble.

C'est vrai ! Je n'ai jamais aimé mon nom. Pas plus aujourd'hui qu'hier. Est-ce parce que maman m'a souvent raconté que j'avais été une mauvaise surprise ? Elle le faisait avec tant de tendresse et d'humour, j'étais si assurée de son affection, que je ne cherchais pas à savoir si je souffrais de ces paroles. Cependant, avant de publier le premier tome de ma saga, j'avais fort envie de changer de prénom. Je m'en ouvris à Philippe, un ami psychiatre. Il me regarda avec un sourire : « Crois-tu que c'est parce que tu t'appelleras autrement que tu t'aimeras davantage ? » Curieusement, ces paroles me firent instantanément renoncer. Janine j'étais et Janine je resterais.

En attendant, nous sommes en 1937, le photographe a passé la matinée à la maison pour immortaliser les trois petits Boissard. Nicole et moi étrennons une même robe en plumetis et manches ballon dont maman a fait les smocks. Maxime est en culotte courte de lainage gris, chemisette claire et cravate. Sandalettes et socquettes blanches pour tous les trois. Nicole vient d'avoir l'âge de raison ; consciente de son rôle d'aînée, elle se montre volontiers autoritaire. Je la crains et la respecte. Maxime, je l'envie. C'est « le » garçon. Il crâne. Je préfère ses billes ou ses jeux de construction à mes poupées. Il me semble bénéficier d'un régime de faveur. Je le suis partout ; j'aimerais tant être un garçon moi aussi et on ne sait jamais... à force de l'imiter ! Pendant un temps, je ferai même pipi debout ce qui n'est pas du tout commode. Bernadette, la cavalière, agit de même dans *l'Esprit de famille*. Elle aussi aurait voulu être un garçon.

Quoi qu'il en soit, cette sangsue attachée à ses pas, ce pot de glu, cette Seccotine, énerve prodigieusement Maxime et l'on parlera longtemps dans la famille du jour où, à bout de nerfs, « il a poussé Janine sous un autobus ». Il m'a effectivement poussée pour que je cesse de l'imiter, un autobus passait, tout le monde a eu très peur, surtout lui, dans la pharmacie où l'on soignait mes écorchures, lorsqu'il vit surgir un agent de police et crut venue sa dernière seconde de liberté. Je conserve un souvenir précis de la scène. Moi, assise sur une chaise, présentant au pharmacien mon genou sanguinolent et pleurant, comme on dit, « toutes les larmes de mon corps » ; Maxime, se faisant tout petit ce qui ne l'empêche pas de me jeter des regards noirs. Je ne lui en voulus pas un instant : j'étais une inconditionnelle ! Et continuai vaillamment à l'imiter en tout.

« Puisque vous avez un frère, pourquoi ne pas l'avoir mis dans vos livres ? » me demandent parfois mes lecteurs. La réponse est simple. C'est un roman, *les Quatre Filles du Dr March*, de Louisa May Alcott, qui m'a donné l'idée d'écrire *l'Esprit de famille*. J'avais alors quatre enfants. Si j'y ajoutais mes quatre sœurs, n'étais-je pas admirablement placée pour offrir ma version moderne d'un livre qui avait passionné tant de générations ? J'ai donc pris une même situation de base : père médecin, mère à la maison et quatre adolescentes. Ensuite, je me suis laissée aller au fil du souvenir et de l'imagination. Ne cherchant aucunement à cacher mon point de départ, j'avais intitulé le manuscrit que je portais un beau jour à mon éditeur : *les Quatre Filles du Dr Moreau*. Oui, un très beau jour !

Chaque matin, dans l'appartement du square de La Tour-Maubourg, VIIe arrondissement, où nous habitons, se déroule pour Nicole, Maxime et moi une éprouvante corvée : celle du pot de chambre ! A huit heures et demie, après le petit déjeuner, on nous installe dessus. Celui de Maxime est entouré d'un cercle bleu, le nôtre, à Nicole et à moi, est bêtement blanc, comment n'envierais-je pas mon frère ? Sous l'œil plus ou moins vigilant de notre gouvernante, le derrière collé à l'émail qui laissera sur nos fesses une belle auréole rouge, nous tentons d'arriver à un résultat tout en nous baladant à travers la chambre dont le plancher bien ciré facilite les glissades. C'est abominablement long, parfois une heure entière. Pour moi, l'éternité !

Ce matin-là, la gouvernante nous a un instant abandonnés à nos efforts pour aller faire la causette à l'office avec la femme de chambre et la cuisinière. Maxime et Nicole me snobent. Prise d'une inspiration, je me propulse sur mon pot jusqu'aux cabinets, m'arrache de l'instrument, parvient à me hisser sur le siège, y trône quelques secondes sans résultat aucun, utilise largement le papier, tire la chaîne et clame : « Ça y est ! »

La gouvernante accourt. Stupéfaction ! Alors que je

m'attendais à une réprimande et un retour illico sur le pot, voici que je reçois moult baisers et félicitations. J'ai agi « comme une grande »... De retour dans la chambre où Nicole et Maxime, toujours prisonniers du vase, me regardent avec envie et soupçons, je suis en proie à un sentiment des plus désagréables. Loin de me réjouir de ma liberté, c'est une sourde angoisse, une déception que j'éprouve : on peut donc tromper aussi facilement les adultes, ces dieux qui devraient tout savoir sur tout afin de nous mieux protéger ? Je ne recommencerai plus, de peur de constater, une nouvelle fois, l'étrange faiblesse des grandes personnes.

Nous n'allons pas à l'école. Nous sommes tous trois inscrits à un cours par correspondance : le cours Hattemer. A l'époque, les enfants entamaient souvent leur scolarité à la maison. Mon père n'était-il pas entré pour la première fois en classe à l'âge de quinze ans ? Toutes ses études : maths, français, grec, latin et le reste, il les avait faites sous la direction de son frère Edmond, à Montbard, et n'en avait pas moins fort bien réussi.

Quant à nous, une institutrice vient chaque jour, matin et après-midi après la promenade, nous faire travailler. Maman la seconde. Pour Nicole et Maxime, aucun problème. Avec moi, on a davantage de mal. C'est que je ne tiens pas en place. Rester assise plus de quelques minutes m'est un supplice et fixer mon attention un exercice de haute voltige. Je saurai quand même, comme mon frère et ma sœur, lire à cinq ans.

Un pôle dans notre vie : Noël ! Nous déclarons préférer l'hiver à l'été à cause de cette fête. Avant tout, nous savons que c'est jour de naissance divine ; la crèche est là pour nous le rappeler. C'est sans doute pourquoi nous confondons volontiers le bienfaiteur à hotte et robe écarlate, avec le Bon Dieu de notre catéchisme. Le jour tant attendu, cœurs battants, conscients d'un sacrilège, nous guettons sa venue le plus tard possible. Hélas, c'est toujours la cheminée de nos parents qu'il choisit pour descendre.

Un matin, Maxime et Nicole pénètrent dans la chambre avec des mines de conspirateurs et d'insupportables airs supérieurs. Ils ont un secret, un très grand secret qu'ils ne me diront pas car je suis trop petite. D'ailleurs, maman leur a interdit d'en parler sous peine de fessée. La fessée est pratique courante à la maison. Généralement donnée à bon escient, nous l'acceptons avec résignation ce qui ne nous empêche pas de hurler de toutes nos forces avant, pendant et après. La gifle, par contre, restera un châtiment exceptionnel, source d'un sentiment d'humiliation que nous n'éprouvons pas lorsqu'on s'en prend à notre derrière. Ce matin-là, mise à l'écart du grand secret, je pleure, supplie, me roule à terre, offre, pour savoir, la totalité de mes biens : billes en terre et calots de verre à Maxime, poupées et épicerie miniature à Nicole. Enfin, après m'avoir fait jurer de ne rien dire à maman, ils cèdent : « voilà, le père Noël n'existe pas, ce sont nos parents qui mettent les jouets dans nos souliers ».

Impossible ! Mon refus de les croire est total et malgré les menaces, je cours manifester mon indignation à maman. Fessée immédiate pour Maxime et Nicole, dite de l'espèce des « carabinées », c'est-à-dire plus vigoureuse que de coutume. Je pleure aussi fort qu'eux mais, moi, on me console : « Bien sûr que si, le père Noël existe. » Je n'y pense plus lorsqu'un soir de cette même année, je pénètre malgré l'interdiction dans la lingerie et découvre, caché sous un drap, un berceau de poupée que la couturière est en train de parer d'un beau tissu à fleurs. Je ne dis rien mais mon cœur se serre : je pressens la vérité. Et lorsque le 25 décembre, je trouverai ce berceau à côté de mes souliers, je comprendrai tout.

J'éprouverai plus d'étonnement d'avoir été trompée que de peine véritable. Pour moi, la magie de Noël tient davantage à l'atmosphère qu'aux présents. C'est la messe de minuit, les chants, l'odeur d'encens que je respire à pleins poumons comme celle du paradis. C'est, au matin, notre entrée dans la chambre obscure et pleine de senteurs particulières des parents où nous guide vers la cheminée la petite lumière de la crèche. Ce sont les paquets sur nos souliers. J'ouvre le mien le plus tard possible : j'ai l'impression de retenir la fête.

Noël, c'est aussi l'après-midi chez bonne-maman qui réunit ce jour-là tous ses enfants et petits-enfants, soit une cinquantaine de personnes. Après le goûter, servi à la salle à manger, nous entrons, le cœur battant, dans le salon où nous attendent les grandes personnes et découvrons le sapin illuminé dont la pointe effleure le plafond, aux branches alourdies de présents enrubannés que l'on remettra à chacun après l'avoir appelé par son nom.

« Noël, dit Pauline, cette lumière en décembre, ce fragile mariage du présent et du passé. » Pour moi, pour nous tous, j'en suis certaine, ce qui compte le plus c'est, à l'occasion de ces réunions, le chaud courant qui nous entraîne et nous lie les uns aux autres : l'esprit de famille...

Noël 1937 vient de passer. Pour mon père, les ennuyeuses tournées d'inspection sont terminées. Il est à présent directeur de l'Enregistrement au ministère des Finances. Nous le voyons très peu. C'est ce géant — 1,87 m — tendre et intimidant, qui rentre du travail alors que nous sommes au lit et passe par notre chambre pour nous dire bonsoir, y faisant pénétrer le souffle frais du dehors. C'est, le matin dans sa salle de bains, l'ogre en pyjama qui siffle gaiement sous le masque de mousse à raser dont il dépose un pois sur le bout de mon nez. C'est l'homme que maman appelle « Adé » et regarde avec des yeux qui ne trompent pas d'assidus lecteurs de contes de fées : les yeux de la princesse contemplant son prince. Prince qui, à genoux à nos côtés chaque dimanche à l'église, s'incline devant un plus puissant que lui.

On m'a souvent demandé si j'avais mis un peu ou beaucoup de mon père dans le Dr Moreau, personnage central de *l'Esprit de famille*. Ils ont en commun la bonté, la compréhension, la tolérance. Lors du concours de l'inspection des Finances, en haut de leur copie, anonyme, les candidats devaient inscrire une devise. Mon père avait choisi : « Ne juge pas, comprends », devise qu'il s'efforcerait d'appliquer toute sa vie, et parfois, nous le verrons, dans des circonstances difficiles.

Ainsi que le père de *l'Esprit de famille*, le mien était à la fois béat devant ses filles et parfois submergé par toutes ces femmes à la maison ce qui ne l'empêchait pas de savoir être un guide éclairé lors des choix difficiles. Le Dr Moreau est un piètre bricoleur. En riant, maman appelait papa « oncle Podger », du nom d'un des protagonistes de *Trois Hommes dans un bateau*, de Jérôme K. Jérôme. Lorsque oncle Podger s'avise de suspendre un tableau au mur, toute la maison est en péril. Papa faisait mine d'être vexé de ce surnom mais ne se faisait aucune illusion sur son compte et lorsque sautait la chaîne d'une bicyclette ou un fusible à la maison, il laissait à maman le soin de réparer.

Mais il n'est pas le Dr Moreau, bien sûr, lorsque je prête à ce dernier une enfance misérable. Il s'est produit là, et presque à mon insu, un curieux phénomène. Après le passage de la série à la télévision, comme j'écrivais la suite de *l'Esprit de famille*, Maurice Biraud — qui avait si bien su épouser le rôle de Moreau que, dans la rue, on l'appelait « docteur » et lui demandait des nouvelles de ses filles — se glissa d'autorité dans mon personnage qui se mit à prendre ses traits, certaines de ses expressions et lui emprunta, entre autres... son enfance. Elle avait été difficile, l'enfance de Maurice, et on l'en sentait imprégné jusque dans ses rires interrogateurs : « Etait-il bien cet homme qui connaissait le succès ? Que tant de gens aimaient ? » Oui, dans *Cécile la poison* et *Cécile et son amour,* ce docteur Moreau, sorti de mon imagination, se met à devenir l'acteur qui l'a interprété et, inévitablement, lorsque Maurice Biraud mourut, le père de mes quatre filles disparut lui aussi, dans de mêmes circonstances.

« Rien n'est pire pour un acteur, disait-il, que de mourir une veille de fête ou le même jour qu'un homme célèbre. » Il est mort la veille de Noël, presque en même temps qu'Aragon ! Françoise, sa femme et mon amie, me raconta qu'elle avait retrouvé, cachés, des quantités de vieux vêtements qu'il lui avait juré avoir jetés mais conservait « au cas où » car il avait, de son enfance, gardé la peur de manquer. Dans *Cécile et son amour,* après la mort de son mari, Mme Moreau retrouve au fond d'une armoire toutes sortes de hardes inutilisables soigneusement rangées. « Comment pourrai-je jamais les jeter maintenant ? » soupire-t-elle...

Personnages réels, personnages imaginaires, acteurs choisis pour les interpréter, parfois, sous la plume de l'écrivain, tout se mêle. Et cette force mystérieuse qu'on appelle le don, parvient à faire d'éléments disparates un ensemble harmonieux où passe la vie ; ainsi, dans le tableau d'un peintre, on voit cette vie sourdre miraculeusement d'un mélange de couleurs, d'ombre et de lumière. C'est cela aussi la passionnante aventure de la création.

Mais moi j'ai six ans et, aujourd'hui, je vais faire la découverte de ma vie : la mer ! Nous sommes arrivés hier à Cabourg, en Normandie, comme tombait la nuit. C'est le matin. Où sont passés Maxime et Nicole, je ne sais plus. Je sais que, la main dans celle de mon père, je sors du grand hôtel blanc qui donne sur la plage. Je me souviens du soleil, de mes pieds nus, pour la première fois sur la rugueuse fraîcheur d'un sable aux mille cristaux, de cette étendue blonde au bout de laquelle je découvre la dansante chanson bleue. Et cette chanson m'appelle.

Alors, je lâche la main de mon père et je cours. Je cours à perdre haleine et pénètre dans l'eau, encore et encore jusqu'à ce qu'il m'arrête. Et il me soulève haut dans ses bras, riant d'étonnement et de fierté.

Née au pied d'un arbre, j'aurais voulu que cet arbre fût au bord de la mer.

3

Maman a disparu ! On nous a promis que nous la reverrions bientôt et qu'elle nous ramènerait une surprise : un petit frère ou une petite sœur. Cette nouvelle ne nous émeut guère : les familles nombreuses, nous avons l'habitude.

Aucun de nous trois ne sait comment viennent les bébés. Si personne ne nous a parlé de choux ou de cigognes, on ne nous a pas pour autant révélé que les mères les portaient dans leur ventre. A l'époque, dans ma famille du moins, c'était là un secret bien gardé, sans doute parce que, dévoilé, il engendrait à brève échéance la question : « Comment ? »

Seconde nouvelle, autrement palpitante : nous allons déménager, aller habiter un endroit plus spacieux où le bébé aura sa chambre et nous davantage de place pour jouer. Un jour d'automne 1938, le chauffeur nous dépose avec notre gouvernante au pied de notre nouvelle maison, à La Muette. Ascenseur, quatrième étage. L'appartement me semble immense. Il l'est !

315 mètres carrés. Après nous avoir recommandé le silence, la gouvernante ouvre la double porte d'une chambre plongée dans la pénombre où je découvre, dans le lit, aux côtés de maman, un bébé pas plus grand que mes poupées. C'est une petite fille : Aliette, celle qui, dans *l'Esprit de famille*, une quarantaine d'années plus tard, m'inspirera « la princesse ». Désormais, grâce à Aliette, on nous appellera, Nicole, Maxime et moi, les grands, ce qui m'emplit d'orgueil. Quant à « la petite », nous ne la voyons guère : elle est confiée aux soins d'une nurse et, pour l'intant, ne change pas notre vie.

Ce qui la change, c'est notre nouvel univers. Il y a d'abord l'entrée, gigantesque et qui deviendra notre terrain de jeu favori. Si les voisins, ces gêneurs, n'existaient pas, on pourrait aisément s'y exercer au patin à roulettes. A un bout, il y a une fenêtre, à l'autre le grand meuble à jouets et, tout le long, des portes glacées ou vitrées. On l'appelle « la galerie ».

Cette galerie, digne, pour nous, de celle du château de Versailles, sépare l'appartement en deux. D'un côté, c'est le royaume des parents où nous ne sommes admis qu'exceptionnellement : chambre à coucher, salle de bains et garde-robe, grand et petit salon, salle à manger, le tout donnant sur le bois de Boulogne. Par sa fenêtre, maman nous a montré, juste en bas, tout près de la gare de Passy, un édicule rond. « Ne vous en approchez jamais », a-t-elle recommandé, « c'est le repaire de vilains messieurs. » Ces paroles nous ont fort impressionnés et lorsque notre gouvernante nous emmène au Bois, nous regardons avec émotion y entrer les hommes dangereux dont, pendant un moment, nous ne verrons plus que les pieds écartés. Nous apprendrons plus tard le nom de l'édicule : une pissotière.

De l'autre côté de la galerie, c'est le domaine des enfants et des domestiques. Pour les trois grands, une vaste chambre. Maxime et Nicole ont un vrai lit, moi, un lit à barreaux ce qui me mortifie beaucoup. Aliette et la nurse occupent une chambre plus petite, proche de la nôtre. Puis il y a la lingerie, la salle de bains et un couloir interminable — propice lui aussi au patin à roulettes — qui mène à l'office, la cuisine et l'arrière-cuisine.

Près de l'office, une sorte de tableau de bord accroché au mur et comptant plusieurs boutons nous fascine. Ces boutons, électriques, reliés à la chambre des « maîtres » et au salon, servaient avant notre arrivée à sonner la femme de chambre. Mes parents ne les utiliseront pas. Nous, si! Dans nos jeux, fortement inspirés par la comtesse de Ségur, c'est toujours moi la bonne et cela m'énerve.

Nous resterons tous dans cet appartement jusqu'à notre mariage et mes parents bien au-delà : quarante ans.

Un matin de janvier 1938, maman me fait venir dans sa chambre : Demain, m'apprend-elle, le docteur viendra enlever de ma gorge les amygdales et les végétations qui provoquent ma toux et me donnent parfois de la fièvre, ce qui l'oblige à m'envelopper de cataplasmes à la moutarde dont je redoute « les piques », ou me poser les terrifiantes ventouses dont les bouches voraces aspirent ma température. « Après l'opération, conclut maman, tu auras le droit de manger autant de glaces que tu voudras. »

Je ne retiens que cela : les glaces. C'est, à l'époque, plaisir rarissime et toujours signe de fête. « Autant que je voudrai? Vraiment? » Vraiment! J'en commande une cargaison, toutes à la vanille, mon parfum préféré. Vivement l'opération!

Je me revois en chemise de nuit, pénétrant dans la salle de bains des parents, lieu sacré de leurs ablutions où nous n'entrons pour ainsi dire jamais. Le docteur est là, tout en blanc comme moi. « N'aie pas peur, ce ne sera rien », promet-il. Je n'ai pas peur. Je me sens importante et prends place sans hésiter sur la chaise. On m'entoure d'un drap, tampon d'éther, tout disparaît.

Je m'éveille dans mon lit, très écœurée. Maman m'apporte ma glace. Mais comment pourrais-je la manger ? Le simple fait d'avaler ma salive est une souffrance intense. Les larmes me montent aux yeux. J'ai la conscience aiguë d'avoir été trompée. Plus que la rancune, c'est l'étonnement et la déception qui m'emplissent. A nouveau, comme lors de l'histoire du pot, l'auréole des adultes pâlit. Et cela, je ne le supporte pas.

Cette opération aura deux conséquences : durant toute mon enfance et, aujourd'hui encore, avant chaque intervention, petite ou grande, je demanderai au médecin de m'en décrire, dans le détail, tout le déroulement et chacun des effets. Compréhensif, mon ami stomatologiste, le Dr Martinetti, me met un miroir dans la main lorsqu'il soigne mes dents afin que je puisse, le plus possible, suivre les événements. Seconde conséquence, beaucoup plus grave... Je ne pourrai plus jamais manger de glace à la vanille.

Depuis que nous avons déménagé, il y a une chose fabuleuse : les grands dîners ! Dès la veille de ces jours-là, l'atmosphère de la maison change. On dirait une fièvre qui monte. Tout le domaine des parents est nettoyé à fond : carreaux, glaces, planchers scintillent. Je m'installe dans l'office où ont été alignés les couverts en vermeil réservés aux grandes occasions et regarde, transportée par l'odeur du produit qu'elle emploie, la femme de chambre les transformer tour à tour en soleils. Puis c'est le grand jour. Prise par la préparation de sa fête, maman ne nous fait pas travailler mais nous avons ordre de ne pas sortir de la chambre. L'après-midi, c'est plus fort que moi, je me glisse dans la salle à manger. Sur un tableau au mur, une petite fille aux doigts rougis de froid mange une gaufre qui me fait envie, ses pieds sont posés sur une chaufferette remplie de braises, un chat monte la garde à côté d'elle. Je ne reconnais pas la table à laquelle on a mis toutes ses rallonges et qui peut contenir ainsi jusqu'à vingt-deux couverts. Je regarde maman y étaler la nappe où elle a brodé elle-même de beaux épis de blé, motif qui revient sur chaque serviette. La nappe mise et lissée, maman dispose au centre de la table trois éléments de porcelaine ancienne garnis de fleurs. Puis c'est au tour de la femme de chambre d'officier. Elle aligne les assiettes entourées d'un fil d'or, les couverts de vermeil, la panoplie de verres. Enfin, ultime opération, maman place sur les verres des cartons portant le nom des invités. Elle a passé beaucoup de temps à faire son plan de table car, dit-elle, il faut honorer certains tout en ne blessant pas les autres et ne mettre jamais côte à côte deux grands bavards ou deux sombres silencieux.

Vers six heures du soir arrive Camille, le maître d'hôtel « prêté » par bonne-maman. Nous le connaissons bien. C'est lui qui, lors des goûters, verse dans nos tasses le chocolat dont nous retrouvons parfois sur notre langue des morceaux imparfaitement fondus. Longtemps, il m'a acceptée sur son dos tandis qu'il encaustiquait le salon mais à présent je suis trop grande. Camille est mon ami et nous avons de passionnantes conversations. Telle la dernière : sur les martyrs. Maman venait de nous lire dans notre histoire sainte illustrée l'histoire des chrétiens mourant plutôt que de trahir leur foi. J'ai demandé à Camille quel serait son choix en cas de nouvelles persécutions : adorerait-il les idoles, cédant ainsi au tyran, ou préférerait-il être mangé par les lions ? Sans hésiter, Camille a répondu qu'il adorerait les idoles ce qui m'a indignée moi qui choisirais le martyre. A ce propos, Maxime a été puni car, regardant de près l'image où l'on voyait les bêtes féroces dévorer les saints portant déjà leurs auréoles, il s'est exclamé en montrant un lion solitaire : « Le pauvre qui n'a pas eu de chrétien ! »

On nous a appris que Camille avait un grand malheur · il devient sourd. Nous n'en croyons rien. Avec Maxime et Nicole, persuadés qu'il joue la comédie, nous faisons tout pour l'obliger à se trahir, surgissons à l'improviste derrière son dos en poussant des cris de sioux, nous nous risquons même parfois à lui lancer quelques injures. Mais Camille ne se trahit jamais. Il ne se retourne que lorsque nous le touchons et nous sourit avec bonté comme s'il n'avait rien entendu.

Les jours de grand dîner, Camille arrive donc à six heures. Maman lui explique le déroulement des opérations. Il vérifie que tout est bien en place puis il se change : pantalon noir, veste blanche et surtout, surtout, ces gants blancs à pression qui font mon admiration. Dès huit heures, il se poste près de la porte d'entrée qu'il entrouvre à tout moment pour guetter l'ascenseur puisque son infirmité l'empêchera d'entendre sonner.

Ces soirs-là, papa est rentré plus tôt que de coutume car il ne laisse à nul autre le soin de choisir le vin. Bourguignon, membre du club des Cent, s'il n'en abuse pas, le vin fait pour lui partie de l'art de vivre. Lorsque je serai plus grande, je l'accompagnerai à la cave et le verrai se pencher avec respect sur les seigneurs en robe pourpre alignés selon leurs région de naissance et titres de noblesse. A l'époque, on pouvait reconnaître un vin à la forme de sa bouteille : massive la bourguignonne, en forme de flûte l'alsacienne, corpulente la champenoise, à la fois élancée et arrondie aux épaules la bordelaise. Et ces noms qui me feront rêver : Saint-Amour, Nuits-Saint-Georges, Chevalier-Montrachet, Entre-Deux-Mers... Mon père les maniait avec respect comme on manie la vie. Il fallait, avant de servir le vin, ouvrir la bouteille pour qu'il s'éveille, respire, s'étire... Sur ce point-là aussi, il s'emploiera à faire notre éducation.

Nous avons, nous, dîné plus tôt que de coutume pour libérer la cuisinière et, à huit heures, nous sommes au lit avec l'ordre impérieux d'être sages. Grand instant que celui où maman, dans sa belle robe, avec ses bijoux, maquillée et parfumée, vient nous dire bonsoir. Nous ne la reconnaissons pas tout à fait. Est-ce vraiment notre mère? Un sentiment de fierté m'emplit : je suis la fille d'une fée.

Sages, ce soir-là, Maxime et Nicole le sont doublement. Et pour cause! Ils se réservent... Car bien plus tard, lorsque les invités auront fini de dîner et seront revenus au salon — Maxime sert de guetteur — ils se glisseront dans la salle à manger sous l'œil faussement sévère de Camille qui gronde tout bas de sa grosse voix, pour lécher dans les assiettes les reliquats de dessert et terminer les fonds de verres.

Hélas! Craignant que je ne les trahisse, Nicole et Maxime préfèrent me tenir à l'écart de leurs agapes et s'arrangent pour que je m'endorme avant la fin du repas des invités. Alors un soir, pour être certaine d'être bien de la fête, j'ai une idée!

Avant le dîner, en chemise de nuit et pieds nus, je me suis glissée sous la table dont la nappe tombait jusqu'au sol. Qu'est-ce que le temps pour un enfant? Je n'imaginais pas la longueur d'un repas de grandes personnes. Je me souviens de mon cœur qui s'emballe comme déferle dans la salle à manger la marée de rires et de voix. Et me voici prisonnière d'un paysage fermé par vingt-deux paires de jambes : jupe, pantalon, jupe, pantalon. La largeur de la table me permet heureusement de m'en tenir écartée et l'animation est telle que je peux me mouvoir sans être découverte. La peur, la chaleur, j'ai fini, étendue sur le plancher, par m'endormir. Une fois les invités retournés au salon, Nicole et Maxime épouvantés sont venus soulever la nappe.

Sans leur accorder un regard, tuée par l'émotion, je suis allée droit dans mon lit.

« Quand cela ne va pas, dit Pauline dans *l'Esprit de famille,* je me réfugie sous ma grotte de draps. » « En cas de malheur, dit Claudine dans *Une femme neuve,* j'ai plutôt tendance à me terrer. » Et Nadine, dans *Rendez-vous avec mon fils,* Séverine dans *Une femme réconciliée,* toutes ces sœurs tiennent le même langage. Dessous de table, grottes de draps, fonds de placards ou de penderies, coins obscurs, enfant, je ne cessais de me chercher des cachettes. Aujourd'hui, je ne me sens jamais mieux que dans la chambre au bout de l'appartement... à la table au fond du restaurant. Mais attention ! De ma place protégée, il me faut voir et entendre les autres. Il m'arrive souvent de rêver à la guerre : loin de m'y montrer héroïque, je creuse des trous pour m'y enterrer. Les bras d'un homme me sont toujours apparus comme le plus délicieux des abris, mais j'ai appris, ainsi que le recommande tante Béa dans *Moi Pauline,* à y garder les yeux ouverts et cet abri charnel, cette cache de chaleur et de réconfort, je suis prête à l'offrir à celui que j'aime.

Ainsi passèrent les saisons de ma petite enfance. Si j'ai avancé lentement sur ce chemin calme, protégé, où même les larmes avaient goût de bonheur, c'est afin de montrer comment, sans le savoir, je faisais provision de forces pour plus tard. Ce chemin, un jour, j'en serai écartée. Des maux inconnus qui s'appellent solitude, angoisse, une grand-peur dont elle a eu un avant-goût le jour où dans les jardins des Tuileries elle s'est crue seule au monde, attendent la petite fille dont l'univers se résume pour l'instant à sa famille.

« Le bonheur, dit Pauline dans *l'Esprit de famille,* c'est quelque chose comme une perle, qu'on porterait en soi, que personne n'y aurait mise, qu'on sécréterait, quoi qu'il arrive, par une sorte de chance. »

Tu oublies une chose, Pauline. Ce n'est pas seulement la chance qui permet la cristallisation de la perle, il lui faut aussi le terrain. Celui de mon enfance, dans une atmosphère sans tempêtes, faite de certitudes : l'amour de mes parents, leur confiance en la vie, leur foi en un monde futur de justice et de lumière m'ont permis de sécréter la perle dont tu parles et de continuer, même au cœur des épreuves à venir, à voir dans l'éclat de cette perle — son orient — se lever de futurs soleils.

Mais c'est l'été 1939, les grandes vacances. Et nous ne savons rien, nous les enfants, de ce qui se prépare à éclater et endeuiller le monde : la guerre.

4

Nous passons tous les grandes vacances chez bonne-maman, dans son château de Bel-Air, près de Charleville, à quelques kilomètres de la frontière allemande. Tous, c'est-à-dire cinquante-deux personnes : mes grands-parents et leur huit enfants mariés déjà à la tête d'une nombreuse progéniture : soit trente-six cousins et cousines dont l'aîné a une quinzaine d'années et le plus jeune quelques semaines.

A chaque repas, il y a quatre services. Cela commence par celui des moins de dix ans dans la petite salle à manger, suivi par le service des nurses et des gouvernantes. Puis, dans la grande salle à manger, c'est le service des parents et enfants de plus de dix ans, présidé par bon-papa et bonne-maman : vingt-cinq personnes en tout. Enfin, le service du personnel : cuisinières, maître d'hôtel, femmes de chambre, chauffeur. Tout ce monde loge dans la trentaine de chambres du château et la dépendance, bâtiment de ferme que, voyant s'agrandir la famille, bonne-maman a eu l'heureuse idée de faire rénover. En dehors des huit chambres à coucher, ce bâtiment comporte une pièce immense où l'on envoie les enfants lorsqu'il pleut. Cette pièce a été baptisée — et pour cause — le « hurloir ».

Le parc a trente hectares dont beaucoup sont boisés. Les cinq frères de maman adorent y chasser. Il y a toute sorte de gibier dont des sangliers qui ont le culot, la nuit, de défoncer notre tennis. Oncle Henry, le petit dernier des Renaudin, qui ne fait jamais rien comme tout le monde, s'éveille à l'aube, se poste en pyjama à sa fenêtre et tire dans la rosée des lapins qu'il exhibe triomphalement au petit déjeuner.

Pour nous, les enfants, les grandes vacances chez bonne-maman, c'est le paradis. Nous organisons de phénoménales parties de tout : balle, ballon, cache-cache, chat perché, furet, quatre coins, colin-maillard, tennis pour les plus grands. Cela ne va pas sans disputes ni petits drames bien sûr. Nicole en a été un exemple. Pour avoir déclaré à une compagne de jeu : « D'abord, toi, tu n'es que la fille de la cuisinière », elle a été sévèrement punie. On l'a enfermée dans sa chambre jusqu'à ce qu'elle ait accepté de demander pardon. Nicole déteste demander pardon et s'est entêtée deux jours entiers avant de s'exécuter.

L'autre soir, à dîner, bon-papa a renvoyé vertement l'un de nos grands cousins qui avait eu l'audace de se présenter sans veste.

Et puis, un matin de septembre, avant la fin des vacances, nous apprenons que l'on rentre à Paris. On ne nous dit pas la raison de ce départ prématuré mais nous sentons chez les adultes, en général si gais, une inquiétude et une tristesse. Adieux aux cousins : dans la journée, le château se vide.

Quelques jours plus tard, Maxime, Nicole et moi jouons au Monopoly dans notre chambre parisienne emplie de soleil lorsque papa entre. A cette heure-là, généralement, il est au bureau. Il n'a pas l'air comme d'habitude. Il ne nous fait pas sauter dans ses bras en riant. Il n'ébouriffe pas mes cheveux en jouant à l'ogre. Il nous annonce d'une drôle de voix : « C'est la guerre. » La guerre ? Bien sûr, nous sommes au courant, mais si peu ! Nos parents ont pour principe de nous tenir en dehors de tout souci important. Maxime s'informe : « Cela dure combien de temps, la guerre ? » « Pas longtemps », assure papa. Son optimisme est légendaire mais, ce matin-là, je ne suis pas sûre qu'il croie à ce qu'il promet. Il ajoute que nous allons quitter à nouveau Paris. Bon-papa et bonne-maman ont loué une maison à Meulan, non loin de la capitale : nous y passerons l'hiver avec eux.

A peine mon père a-t-il quitté la chambre que nous nous mettons à danser : « La guerre, la guerre, comme c'est excitant ! Un supplément de vacances, une nouvelle maison, une atmosphère d'aventure... » Et pour nous, « pas longtemps », cela veut dire « quelques semaines ».

Nous voici donc à Meulan avec nos grands-parents maternels. Certains oncles et tantes se sont installés non loin. Papa, qui n'a pas été mobilisé pour cause de famille nombreuse, vient nous rejoindre chaque soir en train. A notre grande joie, il n'y a plus d'institutrice pour nous faire travailler et c'est maman et bonne-maman qui s'en chargent. Il faut, cet hiver, prendre les choses à bras-le-corps car notre rentrée à l'école a été programmée pour l'automne 1940. Maxime est déjà inscrit en classe de septième à Franklin, collège de jésuites. Nicole et moi entrerons à Sainte-Marie, institution catholique, elle en sixième et moi en huitième. Le quota de l'époque : huit ans-huitième est respecté pour nous trois.

Chargée de me surveiller, bonne-maman ne sait plus bientôt à quel saint se vouer. C'est que je ne tiens pas en place plus de quelques minutes. Je n'achève jamais un devoir, un jeu, un repas, ne cesse de poser les questions les plus saugrenues et ne suis jamais là où l'on m'attend. La seule chose susceptible de me faire tenir tranquille, ce sont les histoires ! Celles que l'on me raconte ou celles que je lis. Maman a un moyen infaillible pour faire de nous des dévoreurs de livres : elle nous en lit toujours les premiers chapitres puis, au moment où l'histoire devient palpitante, nous laisse poursuivre seuls. Bibliothèque rose ou verte... *Semaine de Suzette, Bécassine*. Nous y sommes abonnées Nicole et moi mais je préfère les journaux de mon frère : *Bibi Fricotin* et surtout les *Pieds nickelés*. Ah ! Filochard, Ribouledingue et surtout Croquignol que j'adore... Mais, en dehors de ces quelques instants de répit, mon agitation prend de telles proportions que l'on décide de consulter le médecin. Nous en verrons plusieurs. Tout en explorant, dans leur cabinet, le dessous des tables ou des sièges, j'entends avec indifférence maman décrire longuement mon instabilité anormale. Mais aucun praticien, pas même l'homéopathe qui a si bien vaincu nos otites à répétition, n'arrive à me guérir de ma bougeotte. Il ne reste plus qu'à espérer que cela passera avec l'âge.

Du coup, Maxime — toujours mon idole — et avec qui je partage de nombreux jeux, m'a trouvé un surnom épatant : « l'anormale ». Il m'appellera ainsi durant des années, sans méchanceté aucune. C'est un constat ! Et cela ne me gêne pas le moins du monde. Ne dit-on pas aussi de moi que je suis un garçon manqué parce que l'escalade est ma passion et que, lorsqu'on ne me trouve pas cachée au fond d'un placard ou sous un lit, c'est en haut des arbres, des murs ou des toits qu'il faut me chercher ? Garçon manqué, cela me plairait plutôt, mais est-ce bien normal, ça aussi ? Quant à Nicole, elle me traite par le dédain. De deux ans mon aînée, aussi calme que je suis agitée, réfléchie que je suis distraite, elle me considère comme quantité négligeable. Et finalement, je préfère être l'anormale que la dédaignée.

De cet hiver à Meulan, cet hiver de « drôle de guerre » dont on parle le moins possible devant nous, je garde peu de souvenirs. Celui de bon-papa faisant chaque fin d'après-midi sa patience, qui me découvre un jour cachée derrière le rideau et ne me gronde pas, m'explique les règles de l'Horloge, une réussite pour enfants. Et aussi le souvenir des grandes bagarres suivies des fessées maternelles. Parce que, chaque soir sans exception, après que maman a éteint la lumière en nous recommandant d'être sages, Maxime et Nicole, perpétuant la tradition des garçons Renaudin, organisent un combat. En tant que plus jeune, c'est toujours moi l'arbitre, ce qui me désespère. Debout sur mon lit, tandis que mon frère et ma sœur s'empoignent, je compte les coups et, pour tenter de participer à l'affaire, expédie parfois un oreiller ou autre projectile sur les combattants. Et chaque soir sans exception, maman survient et nous administre une fessée. L'arbitre y a droit comme les autres et ressent un profond sentiment d'injustice. Nous pleurons plus que nous ne souffrons et nos sanglots redoublent lorsque nous entendons tourner dans la serrure de la porte d'entrée la clé paternelle. Avant de gagner le salon, il fait halte dans notre chambre, son chapeau sur la tête, et console tour à tour les guerriers au derrière douloureux. C'est délicieux !

Nous sommes en mai 1940. Maman nous a quittés pour aller passer quelques jours à Paris. Elle se trouvera à la maison lorsque tomberont, tout près, les premières bombes. Et nous la voyons revenir, une nouvelle petite sœur dans les bras : c'est Claudie. L'une des amies de maman, Mme Brunet qui, elle, est à la tête de quatre fils, venue voir le bébé s'exclame :

« Comme elle est jolie. Il me la faut pour mon fils Pascal ! » Vingt-deux ans plus tard, Claudie épousera Pascal Brunet. On est obéissant dans la famille.

Mais la guerre cesse soudain d'être « drôle », c'est l'invasion allemande, la fuite des Parisiens. Mes grands-parents décident d'aller rejoindre Marcelle, leur fille aînée, en Normandie. Durant leur voyage qui sera long et pénible, il paraît que chaque soir avant de se coucher dans la voiture immobilisée comme tant d'autres sur le bord de la route, bon-papa lissait un coin d'herbe pour y étaler ses cartes : cœur, trèfle, pique, carreau... C'est de lui, je pense, que, comme toute la famille, je tiens le goût du jeu. Ainsi que son père, maman fait quotidiennement une ou deux patiences et l'un de mes neveux, Emmanuel, qui n'a pas vingt ans, a repris lui aussi la tradition. Parfois, le regardant penché sur une Grande ou une Florentine, je pense au bouillonnant zouave pontifical du côté paternel à qui il doit son prénom et à bon-papa, homme serein, qui savait oublier un instant la guerre pour, sur un coin d'herbe, assembler des couleurs, marier des reines et des rois. Et il me semble alors que la vie me fait un clin d'œil.

Nous, les Boissard, nous partons aussi, sans but précis, en direction du sud. Mon père nous a envoyé un taxi. Maman, ses cinq enfants, il ne reste que peu de place pour les bagages et un choix cornélien se pose. Maman emportera-t-elle le stock de laine bleu marine qu'elle vient d'acheter pour nous tricoter chandails et chaussettes d'uniforme en vue de notre prochaine rentrée en classe, ou prendra-t-elle plutôt les longs et lourds coffrets d'argenterie que lui a confiés bonne-maman ? Sagement, maman opte pour la laine. Elle ne le regrettera pas : grâce à ce choix, nous serons chaudement vêtus durant toute la guerre.

Je me revois avec Maxime dans le spider du taxi. Nous avançons au pas. Il fait étouffant, la poussière nous aveugle et j'ai très mal au cœur. Tour à tour, Maxime me menace et me supplie : « Ne vomis pas. » A l'intérieur de la voiture, sont maman, Nicole, Aliette et Claudie âgée de deux mois. Et soudain, le chauffeur de taxi s'avise que s'il continue, il manquera d'essence pour regagner Paris. Et il nous plante là, sur la grand-place d'Aubusson. Et voilà maman, ses cinq enfants, ses bagages et son stock de laine, sur le pavé de cette ville inconnue. Le soir tombe, toutes les chambres sont prises, les salles de restaurant bondées. Plus de lait pour Claudie. Que faire ? Alors, maman se souvient d'amis habitant dans la région : les Moreau-Néret. Elle parvient à les joindre et leur demande asile. Bien que déjà plus qu'au complet, ils viennent sans hésiter à notre secours et nous hébergent chez eux. Le lendemain, ils nous trouveront une maison de gardien — une pièce-cuisine — où, si l'on peut dire, nous emménagerons : maman, Aliette, Claudie et Maxime dans la chambre unique. Nicole et moi sur le palier où l'on a mis un matelas.

Ainsi, d'un appartement de luxe, d'une vie joyeuse et facile, maman passe sans jamais se plaindre à quelques mètres carrés dénués de confort et à l'incertitude du lendemain. Deux gros problèmes se posent à elle : comment nous nourrir ? Comment faire connaître notre adresse à papa demeuré à Paris et qui doit se faire beaucoup de mauvais sang ?

Pour la nourriture, les Moreau-Néret, toujours généreux, parviennent à trouver du lait pour Claudie. Nous, nous nous contenterons de nouilles et d'orties blanches dont on fait soupes et salades. Quant à papa, impossible de lui faire parvenir des nouvelles : toutes communications sont interrompues. Mais, dans cette épreuve, maman a une grande chance : Eugénie !

Eugénie est une femme du pays qui travaillait dans une usine que la guerre a fermée. Une cinquantaine d'années, veuve, plusieurs fois grand-mère, elle prend en pitié cette jeune mère et sa couvée et vient chaque jour l'aider. Elle appelle maman « la petiote » et dit de Nicole qu'elle est « fierte ». Le soir, elle nous initie à la belote, nous en rappelant avec conviction la règle d'or : « Faire pisser les atouts. » C'est elle qui fait la cuisine. Chaque matin, voyant les maigres provisions, elle déclare avec philosophie : « On va essayer de faire l'assez. » Et, parfois, nous ramène triomphalement un bout de lard ou quelques pommes de terre. Lorsque, plus tard, nous reviendrons à Paris, elle choisira de nous suivre et restera avec nous jusqu'à sa mort, du cœur, dans le métro. Eugénie dira à maman qu'elle a passé chez elle les plus belles années de sa vie.

Ce fut un bel été. Inconsciente de l'angoisse de maman, une petite faim constante au creux du ventre, je courais la campagne avec Maxime et Nicole à la recherche des orties « qui ne piquaient pas » et que l'on reconnaissait à leur fin duvet clair. Je rapportais aussi de gros bouquets de fleurs de pissenlit sur lesquels maman s'extasiait et parfois un trésor que j'avais longuement cherché : un trèfle à quatre feuilles. Collines boisées, ruisseaux, murmures odorants, couleurs inépuisables, là commencera à m'envahir un amour qui ne me quittera plus : celui de la nature.

Mais autre chose m'arrivait qui ne me quitterait de longtemps : l'impétigo ! De gros boutons pleins de pus couvraient mon corps. Chaque jour, maman en arrachait les croûtes et nettoyait les plaies avant d'y étaler la pommade. Nicole, craignant la contagion, avait tracé sur le drap qui recouvrait notre matelas commun un long trait au crayon rouge que j'avais interdiction de dépasser sous peine d'être éjectée. Cela me valut de dormir plus souvent sur le plancher que dans le lit.

Et puis un soir de septembre où le soleil couchant dorait le mur de notre maison, un homme grand et beau, beau et tendre, et souriant malgré son émotion, et fou de bonheur, a poussé notre porte. Maman s'est jetée dans ses bras. Il ne parvenait pas à parler. Il essayait de tous nous prendre dans son regard. C'était papa. Il avait enfin reçu l'un des nombreux messages de sa femme et venait nous chercher. Paris était calme. Nous rentrions à la maison.

L'exemple de ma mère durant ces semaines d'épreuve — et beaucoup d'autres allaient suivre — sera déterminant pour nous tous. Ainsi avons-nous appris qu'en toute circonstance, il fallait savoir « tenir le coup », garder la tête haute, l'espoir et la foi en Celui qui, là-haut, arbitre nos destinées et nous donne toujours suffisamment de forces pour arriver jusqu'à demain.

« Tenir le coup », mais aussi « se tenir ». Ne pas se répandre en pleurs ou en cris. Est-ce parce que je n'ai jamais entendu ma mère se plaindre que je serai longtemps, trop longtemps, incapable d'exprimer ma douleur et la garderai en moi parfois jusqu'à l'étouffement ?

Mais voici qu'avec la rentrée des classes se prépare pour « l'anormale » le premier choc. Elle va faire connaissance avec la méchanceté, la cruauté, la solitude, tout ce qui la conduira un jour, pour trouver son salut, sa respiration, sa vie, à écrire.

5

Elles ne veulent pas de moi ! Sitôt que j'apparais, elles ricanent en me montrant du doigt et se disent des choses méchantes à l'oreille. Celle qu'on a placée à mes côtés en classe fait la grimace et, dans la cour de récréation, je ne suis jamais choisie par un camp pour jouer au ballon prisonnier où pourtant j'excelle.

Toute fière de mon chapeau rond marqué Sainte-Marie en lettres dorées, je suis entrée sans peur, et même avec joie, avec attente, dans cette école. Elle est au Trocadéro, pas loin de la maison, et les premiers jours, la gouvernante nous y a accompagnées, Nicole et moi, pour nous apprendre le chemin. S'il fait beau, nous y allons à pied — une demi-heure — sinon, deux stations de métro. Au début, toutes les petites filles étaient comme moi, un peu perdues, intimidées, mais très vite des groupes se sont formés, des amitiés sont nées, c'est alors que je me suis retrouvée seule.

Pourquoi ? J'ai le même âge, porte le même uniforme, suis plutôt mignonne à regarder et prête à tout donner pour me faire une amie, rien qu'une ! Cela ne peut être à cause de mon impétigo que l'on m'écarte ; comme maman me l'a recommandé, je cache mes boutons et, même quand c'est difficile, évite de les gratter. Alors ?

Dans la vie, maman nous a appris qu'il y avait les grandes et les petites choses. L'apparence : vêtements, colifichets font partie des petites choses sans importance. C'est par le dedans de son cœur, dit-elle, qu'il faut chercher à plaire. Mais le dedans de mon cœur, personne ne s'y intéresse à l'école ; ce que mes camarades regardent, ce sont les « petites choses sans importance » justement ! Et je n'ai pas, comme elles, de jolies médailles ou une gourmette portant mon prénom. Pis, n'ayant pas perdu la détestable habitude de me traîner partout, je suis très mal tenue : mes souliers — la vieille paire de Nicole — sont toujours dégoûtants, mon uniforme est maculé de taches, mes chaussettes, tricotées maison, me tombent sur les talons et il manque toujours un ou deux boutons à mes chandails. « Je suis, dit Pauline dans *l'Esprit de famille*, celle qui perd ses talons, troue ses poches, déchire ses corsages, se casse la figure dans les moments graves. » Tout moi ! D'ailleurs, mes poches, on me les a cousues...

Et même à Nicole, je fais honte. Elle refuse, comme le lui a ordonné maman, de me donner la main pour traverser la rue et lorsqu'elle rentre avec des amies — elle en a déjà plusieurs — elle m'ordonne de marcher devant et fait celle qui ne me connaît pas. J'en profite pour me glisser dans les jardins privés, nombreux à l'époque avenue Paul-Doumer, notre chemin coutumier, et en ressors tellement terreuse et griffée qu'un jour, oh ! désastre, sous les yeux de ma sœur et de deux de ses amies de cœur, un passant, me prenant pour une mendiante, glisse une pièce dans ma main.

Et puis il y a quelque chose que je ne sais pas faire :

me vanter. Notre bel appartement, la situation de mon père, les personnes importantes qui viennent à la maison, je pourrais les mettre en avant. Mais jamais je n'ai entendu mes parents en tirer orgueil et tout cela me semble donc aller de soi. Au moins, pourrais-je me défendre ! Mais non. Lorsqu'on m'attaque, je suis frappée de paralysie générale. L'angoisse monte, les larmes. Tout mon effort porte à ne pas les laisser couler... Je vais donc, peu à peu, prendre l'habitude de rester dans mon coin, mais chaque matin, passant le porche de Sainte-Marie, mon cœur se serre davantage. J'ai peur des regards moqueurs ou méprisants, des paroles blessantes, peur de souffrir.

C'est là ! Oui c'est là, j'en suis certaine, que débute le long et lent processus qui va m'amener à créer. A crier. Pour être vue, reconnue, aimée en somme. Grâce au ciel, plutôt que de rentrer dans ma coquille, je vais la faire éclater, m'ouvrir d'autres horizons, m'inventer des univers de rechange et ainsi développer et nourrir tant et tant mon imagination que, par la suite, elle ne me fera jamais défaut. On dirait que je suis dans ma classe de huitième, assise comme les autres devant mon pupitre, mais non ! J'ai pris mon élan et je suis partie, j'ai quitté cette classe, je suis loin. Où ? Nulle part encore. Avec qui ? Personne pour l'instant. Mais un jour, cet ailleurs où je me réfugie, je le peuplerai, j'y régnerai. Pour le moment, entre deux nuages, je me contente de flotter.

« Encore dans la lune, Janine Boissard ! » La voix de la maîtresse me fait retomber devant mon pupitre. Toutes les têtes sont tournées vers moi, mes compagnes se poussent du coude en ricanant : la lune... Janine, on commence à savoir que cela ne fait qu'un. La maîtresse, une grande et forte femme qui tient au niveau élevé de sa classe, a d'abord essayé de m'encourager. J'ai même, durant quelque temps, été au premier rang sous son œil vigilant. Mais devant la force d'inertie totale que j'oppose au travail, elle a vite été désarçonnée. Que faire d'une enfant qui ne prend son porteplume que pour tacher ses doigts, n'ouvre pas ses livres, ne fait pas ses devoirs et n'essaie même pas de faire semblant ? Seules deux matières trouvent grâce à mes yeux : rédaction et récitation ; là, je brille ! Mais, en un sens, mon cas s'en trouve aggravé car cela ne montre-t-il pas que si je voulais... Je voudrais bien. Je ne peux pas. C'est très simple : la force me manque pour tout ce qui n'est pas le français, les « histoires » et je jure que le mot paresse ne s'applique pas à mon cas.

Me voilà maintenant à la place qui sera la mienne pendant presque toute la durée de mes études : au fond de la classe. Parfois même le siège à côté du mien est vide et je me souviens de mes joues qui deviennent brûlantes lorsque après un devoir on échange les copies pour corriger celle de sa voisine et que je garde la mienne où, la plupart du temps, rien n'est inscrit.

La récréation, attendue par toutes avec impatience, est pour moi le moment le plus pénible car c'est celui où les amies courent les unes vers les autres, où les groupes se forment. J'ai renoncé à me proposer, de crainte d'être rejetée mais, seule dans mon coin, j'ai honte. Alors, j'essaie d'éviter ce moment : je reste le plus longtemps possible dans la classe et y reviens avant tout le monde. Je goûte là quelques minutes de répit : encre, papier, livres, bois, craie, colle blanche, comme ces odeurs me parlent ! Elles font autour de moi comme un halo de protection. Je traîne aussi dans le couloir, caressant les manteaux suspendus au mur, tous bleu marine, certains très beaux avec un doux col de velours.

C'est un matin d'hiver et je suis parvenue à éviter la récréation qui, pour cause de grand froid, se passe dans la salle de gymnastique. Elles jouent au ballon prisonnier. J'entends leurs cris et le merveilleux bruit du ballon bloqué sur les poitrines. Tout à l'heure, j'ai vu

Armelle glisser sa médaille dans la poche de son manteau car elle craint, en jouant, d'en casser la chaîne. Je m'arrête devant ce manteau, le cœur battant soudain très fort, je glisse la main dans la poche. C'est une belle médaille en or avec, sur une face le visage de la Sainte Vierge et sur l'autre une date. Si j'en avais une comme ça, nul doute que l'on m'aimerait comme on aime Armelle. Je m'en empare.

Durant deux ou trois jours, je l'ai gardée cachée au fond de ma poche. A la fois elle me faisait peur et me rendait heureuse. Quand je la touchais, je me sentais plus forte. Et puis un matin, n'y résistant plus, je l'ai mise à mon cou, bien en vue sur mon pull bleu marine. Ainsi que je l'avais imaginé, on m'a entourée, mais ce n'était pas pour m'admirer. Armelle avait reconnu son bien et me le réclamait. J'ai juré que c'était mon père qui m'avait offert hier cette médaille. Pour une fois, je faisais face. J'ai refusé de la rendre. La maîtresse s'en est mêlée et je me suis retrouvée dans le bureau de la Supérieure.

Certains lieux se gravent à jamais en vous par le rayonnement secret, spirituel, de ceux qui les habitent. C'est ce qu'on appelle l'atmosphère. Je revois cette pièce au plancher ciré, sobrement meublée et que rien, apparemment, ne distinguait des autres sinon, dans le silence et la pénombre, cette sensation d'un chant ou d'une prière paisible. La Supérieure est venue à ma rencontre. Elle portait une robe grise sur laquelle se détachait la croix de bois noir. Nous ne la voyions que lors des grandes occasions et, à nos yeux, elle trônait directement au-dessous de Dieu. Elle avait un visage très pâle et des yeux bleu passé. Tremblant de peur mais décidée à mourir plutôt que d'avouer ma faute, je me suis assise à ses côtés. Elle a regardé sans la toucher la médaille toujours à mon cou et a commencé à parler : « Etais-je bien certaine que mon père me l'avait donnée ? Ne l'aurais-je pas plutôt trouvée dans ma classe par exemple ? »

Sans m'accuser, elle m'a expliqué qu'Armelle avait perdu la sienne ; elle y tenait beaucoup et ce serait pour elle un grand bonheur de la retrouver. Et tout en me parlant, cette femme me regardait avec une attention qui me bouleversait. Il me semblait qu'elle devinait tout : ma solitude, ma peur, cette détresse qui ne me quittait plus. Et, en moi, comme une digue a lâché, toutes les larmes retenues depuis la rentrée ont déferlé, j'ai reconnu mon larcin. Sans un reproche, elle a détaché la médaille de mon cou. Nous avons récité une courte prière et je me suis sauvée.

Le lendemain, Armelle portait sa médaille. Elle n'a pas triomphé, rien, pas un mot. La Supérieure avait dû le lui faire promettre. Mais désormais, lorsque je m'approcherais trop d'un pupitre, d'un cartable ou d'un manteau, mes compagnes de classe auraient pour cacher leurs biens des gestes significatifs : attention, danger !

Il y a deux ou trois ans, un jeune garçon, accusé d'avoir dérobé un objet dans un supermarché, s'est suicidé parce qu'on l'avait menacé d'avertir ses parents. Il n'est pas rentré chez lui : on l'a retrouvé pendu. La douleur que j'ai ressentie en lisant ce fait divers m'a ramenée à cette histoire d'enfance où j'avais essayé de voler l'amour que mes compagnes de classe me refusaient. Merci à celle qui l'a compris et, par sa discrétion, m'a évité un plus grand désespoir.

Ma vie est à présent coupée en deux mondes que je veux totalement distincts : l'école où je souffre, la maison où je suis bien. Dès refermée la porte de l'appartement, je respire, je revis. Ici, on m'accepte, on m'aime. Je cache soigneusement ce qui se passe à l'école. J'ai bien trop honte. Et si les miens me rejetaient de même ? Curieusement, mes déplorables carnets de notes ne me font ni chaud ni froid.

Ils consternent maman ! De gros zéros s'inscrivent partout sauf en récitation ou en rédaction, encore que les fautes d'orthographe gâchent un peu ces dernières. Elle me supplie de faire un effort et, chaque soir, se penche sur mes devoirs et anonne mes leçons avec moi. Je répète des mots à sa suite, j'inscris des chiffres sur mon cahier et tout s'efface aussitôt. C'est, en moi, comme une porte fermée. Hélas, elle le restera pratiquement jusqu'à la fin de mes études ! Oui, hélas ! Certains se glorifient d'avoir été mauvais élèves, pas moi. Ah, si la porte avait pu s'ouvrir ! Comme j'aurais voulu, moi qui ai la passion des mots, en chercher les racines, les correspondances, étudier le latin et le grec. Et me promener dans l'histoire de mon pays ou sur les cartes du monde. Comme je regrette !

Aujourd'hui, vous trouverez sur mon bureau tout le matériel de l'écolière modèle : cahiers à couvertures brillantes, trousses bien remplies, crayons à mines pointues, règles diverses, gommes, pots de colle. J'éprouve, à tracer un trait droit, à bien former une majuscule, tourner parfaitement une phrase, consulter un dictionnaire, un sombre plaisir mêlé de nostalgie. Il me semble voir sourire derrière mon dos la petite fille aux doigts tachés d'encre à qui la maîtresse disait en soupirant : « Décidément, Janine Boissard, vous ne saurez jamais écrire... »

Lorsque maman a fini d'apprendre pour moi mes leçons et de faire mes devoirs, je cours dans mes cachettes ! Ma préférée, la plus odorante aussi, c'est la garde-robe de mes parents. Dans cette minuscule pièce sans fenêtre située à côté de leur chambre, il y a d'un côté papa : costumes, smoking, habit, chapeaux et manteaux, chaussures diverses, et de l'autre maman : fourrure, robes, jupes, manteaux, cartons à chapeaux, escarpins. Mon endroit favori est contre le mur, derrière les rangées de vêtements suspendus : bien malin qui songerait à m'y chercher, d'autant que l'endroit est interdit aux enfants. Les yeux clos, par courtes bouffées, je m'emplis des odeurs mêlées qui font tourner ma tête, je décolle. Très loin, quelque part sur terre, j'entends la voix de maman qui fait maintenant réciter leurs leçons aux bons élèves que sont Maxime et Nicole. Je ne suis plus moi. Je suis bien.

« Les odeurs font partie de ma vie », répète souvent Pauline dans *l'Esprit de famille*. Odeurs de la nature, des lieux, chacune différente, mais aussi celles de ceux que l'on aime. « Pour connaître les gens, il me faut les flairer », dit Cécile, se reconnaissant un côté animal. Et, comme Séverine dans *Une femme réconciliée*, ou Nadine dans *Rendez-vous avec mon fils*, j'ai une prédilection pour les endroits du corps où les odeurs se rencontrent, les pliures, les intersections, ah, entre le col de chemise et le cou, ces bouffées chaudes, vivantes, qui montent du corps de l'homme qu'on aime, et les odeurs de l'amour bien sûr, à condition que l'amour soit là. Mais contrairement à ma « poison » qui exagère tout ce que je suis, je n'irai pas jusqu'à porter les vêtements d'autrui pour savourer leur intimité. J'aurais l'impression d'un viol.

La guerre ! On en parle peu devant nous. Ce sont ces hommes en uniforme auxquels Maxime fait des pieds-de-nez par-derrière, le rire moins fréquent de papa, l'air soucieux de maman. C'est avoir tout le temps un peu froid, un peu faim. C'est, un soir, cette colère inattendue de maman contre moi...

Je suis rentrée seule en métro de Sainte-Marie avec, attachée à mon cou, ma pancarte : morceau de carton où maman a inscrit d'un côté : « S'il vous plaît, pouvez-vous me faire descendre à La Muette. » Et de l'autre : « S'il vous plaît, pouvez-vous me faire descendre à Trocadéro. » C'est un soldat allemand qui m'a indiqué ma station. Il est même descendu avec moi et m'a glissé dans la main un paquet de bonbons, avant de se sauver bien vite sans que j'aie le temps de le remercier. Je cours jusqu'à la maison et offre triomphalement mon paquet à maman. Mais lorsqu'elle apprend d'où il vient, au lieu de me féliciter, voici qu'elle me gronde : « Tu ne dois jamais rien accepter des Allemands, ni leur parler, ni même les regarder. Ce sont nos ennemis. » Elle prend les bonbons et, sous mes yeux, les jette dans la corbeille.

Pâques 1941. Chez bonne-maman, nous avons tous eu un petit œuf en chocolat, sauf Nicole et une cousine, fragiles du foie, qui en ont eu un en sucre rose. Un œuf albinos ! Nous les plaignons beaucoup.

Première communion ! Avant de recevoir Jésus pour la première fois, nous a dit la religieuse qui, à Sainte-Marie, nous prépare pour ce grand jour, vous allez demander pardon à vos parents pour toutes les peines que vous leur avez causées. Notre pardon reçu, nous devrons leur faire signer un billet que l'on nous a remis.

Mon « billet de pardon » à la main, je suis arrêtée devant la porte de la chambre de mes parents et je ne peux pas ! Frapper, entrer, m'approcher et demander pardon ? Impossible. Aucune trace d'orgueil dans ce refus qui me tord le ventre, une immense timidité. Dans la famille, on s'aime mais sans manifestation : jamais de grandes embrassades ou de déclarations et les sujets personnels sont rarement abordés. Certaine que la communion va m'être refusée, le lendemain, seule de la classe, je rends mon billet non signé. Surprise : on ne me dira rien et je pourrai, moi aussi, tellement soulagée, recevoir le corps du Christ.

C'est par l'histoire de l'hostie que se termine pour moi cette première année scolaire. Une fois par semaine, une messe réunit élèves et professeurs à la chapelle. Nous avons très faim car, pour communier, il faut être à jeun depuis de longues heures. Avec les autres, pour une fois comme elles, je viens m'agenouiller devant l'autel. Je tends la langue où le prêtre dépose l'hostie. Ce matin-là, il me semble qu'elle va glisser et, en un réflexe, je la rattrape avec la main. Erreur! A l'époque, toucher l'hostie, toucher Dieu, était sacrilège et demandait une cérémonie de purification ou réparation, je ne sais. Je sais que le prêtre m'a fait signe de rester à genoux tandis que les autres élèves regagnaient leurs places et qu'il a récité des prières en me demandant d'en répéter certains mots après lui. Je n'avais pas conscience d'avoir mal agi et ne comprenais pas bien ce qui m'arrivait, mais seule devant l'autel, sentant derrière moi la présence massive des élèves et des professeurs, sachant que j'étais la cause et l'objet de cette cérémonie supplémentaire qui les maintenait toutes ici alors que l'heure était passée et que nous devrions être au réfectoire à prendre notre petit déjeuner, j'éprouvais, physiquement, ma différence. Enfin, j'ai pu regagner ma place et la messe s'est terminée. Personne ne m'en a reparlé.

Aujourd'hui où l'on tutoie Jésus et le traite parfois comme un copain, où, pour communier, on prend l'hostie entre ses doigts, cette cérémonie en ferait sourire plus d'un. Elle n'a nullement ébranlé ma foi. Pour moi, l'existence de Dieu ne se discutait pas. Il faisait partie de la maison et souvent je lui demandais de m'aider à me faire une amie, « Oh, Jésus, une seule, rien qu'une... » Ce qui m'étonne, c'est mon silence sur cette mésaventure comme sur les autres. Comment ai-je pu garder en moi tout ce qui m'arrivait à l'école et qui parfois pesait si lourd? Maman était prête à tout comprendre et m'aurait rassurée. Mais la mère la plus à l'écoute ne peut forcer certains secrets et la honte de n'être pas aimée me paralysait. Ma poison, dans *Cécile et son amour*, bien que sa mère lui tende la perche, ne parvient pas à exprimer le sentiment de culpabilité qui la ronge. Mes propres filles jumelles, Marianne et Fanny, ont attendu d'avoir seize ans pour me raconter qu'en maternelle une maîtresse sadique les fouettait après leur avoir collé du sparadrap sur la bouche et qu'en cas de désobéissance, elle enfermait ses élèves dans un placard en compagnie d'Oscar. Oscar était le squelette articulé qui servait aux grands lors des cours de sciences.

Mais l'été est là, et le dernier jour d'école. Je me souviens du bonheur qui me submerge tandis que, rentrant chez moi, je descends l'avenue Paul-Doumer où, dans les jardins, le soleil bourdonne sur les pelouses, les fleurs et les marronniers. Un bonheur qui me brûle car la blessure est désormais ouverte, ce sentiment d'être différente qui ne me quittera plus et, aujourd'hui encore, me fait soudain fuir une réunion, un cocktail, une fête, pour marcher, tête bourdonnante et cœur vide, droit devant moi dans les rues. Suis-je différente parce qu'on m'a rejetée ou m'a-t-on rejetée parce que j'étais différente, la question reste ouverte pour moi.

En attendant, les Allemands se sont installés dans le château de Bel-Air. Ils occupent notre hurloir et prennent leurs repas dans notre salle à manger. Leur matériel de guerre emplit le parc. C'est donc chez ma grand-mère paternelle, en Bourgogne, que nous irons passer les grandes vacances.

6

Mon arrière-arrière-grand-tante : Suzanne de Blonay mourut deux fois. Elle n'avait pas trente ans lors de son premier décès, soudain et inexpliqué. Elle laissait deux enfants et un mari fort éploré qui, lorsque au cours d'une cérémonie déchirante on inhuma sa femme dans le caveau de famille, tint à ce qu'elle gardât au doigt l'anneau de leur mariage.

La nuit suivant l'enterrement, un serviteur, poussé par le démon, mais peut-être aussi inspiré par Dieu, s'introduisit dans le caveau avec l'intention de dérober cet anneau.

Il force le cercueil, s'empare de la main et tire sur la bague ; celle-ci se refusant à venir, il tranche le doigt avec son couteau. C'est alors que la jeune défunte, sortie par la douleur de l'état de léthargie qui avait, à tort, fait croire à son trépas, se dressa sur son séant. L'histoire raconte que, terrorisé, le serviteur s'enfuit, abandonnant sa lanterne et qu'on ne le revit jamais.

Parfaitement éveillée, en possession de toutes ses

facultés, la ressuscitée ramassa la lanterne et, revêtue de son linceul, reprit le chemin de sa maison. Ce fut son mari qui ouvrit la porte et la surprise fut telle qu'il s'en fallut de peu qu'il n'allât prendre la place — toute fraîche si l'on peut dire — que sa femme avait laissée au cimetière. Ils eurent bientôt un autre enfant. L'écrivain Henri Bordeaux raconta l'histoire de notre aïeule dans un livre intitulé *l'Enfant de la morte*. J'en ai moi-même parlé dans *Claire et le bonheur*.

Toujours est-il que les croque-morts faillissant aujourd'hui à leur office qui était de « croquer » le gros orteil du défunt afin de s'assurer qu'il ne reviendrait plus, ma grand-mère paternelle, épouvantée à l'idée de s'éveiller dans son cercueil, avait chargé ses quatre fils de veiller à ce que lui fût faite, avant de l'y mettre, certaine piqûre qui prouverait qu'elle était bien passée de vie à trépas.

Le voyage pour Montbard s'effectuait en train et durait près de six heures. Maman emportait toujours une pile de serviettes, car nous avions tous mal au cœur. Au fur et à mesure que nous y vidions nos estomacs malmenés par la vitesse et les cahots, elle jetait ces serviettes par la fenêtre. Entre deux hoquets, nous admirions le paysage, et Maxime s'employait à faire mon éducation. Il m'expliquait avec gravité que les vaches noires donnaient du café, les blanches du lait et les tachées — cela s'impose — du café au lait; que les nouilles poussaient dans les champs et le pain sur les arbres. Une trentaine de kilomètres avant d'arriver à destination, nous nous sentions déjà chez nous, car, un jour, faisant le voyage en notre compagnie, grand-mère nous avait montré des champs, de coquets petits bois, quelques fermes, en nous disant avec un gros soupir : « Autrefois, tout cela nous appartenait ! » Charitable, elle n'avait pas ajouté que son mari avait peu à peu vendu terres et propriétés reçues en dot ou héritage, pour élever ses enfants, son traitement de professeur n'y suffisant pas. Mais pour nous, notre grand-père avait nom « marquis de Carabas ».

Chez grand-mère, c'était, au flanc d'une colline dominant la ville, deux maisons jumelles — les villas Daubenton — dans un vaste jardin composé de sept terrasses, chacune agrémentée d'un puits. L'une des maisons avait le confort, c'est-à-dire l'électricité et l'eau dans la cuisine, l'autre pas ! Je préférais dormir dans l'autre, en sandwich entre deux gros édredons de plumes après que l'on eut emporté la lampe à pétrole. Coiffant la colline, source de fascination et de terreurs, il y avait un parc sombre empli d'arbres immenses bousculés par le vent, où se dressaient deux tours en ruine : tour de l'Aubépin et tour Saint-Louis, reliquats du château où avait vécu Buffon. Le parc portait son nom.

Buffon était ce naturiste écrivain, amateur de jolies femmes, frisé au petit fer, qui organisa à Paris le jardin des Plantes. Daubenton, dont nous avions hérité les maisons, était son élève. Pour leurs recherches, les deux savants avaient grand besoin de cadavres ; à l'époque, l'étude de ceux-ci étant interdite, ils allaient nuitamment prélever leur matière première dans le cimetière voisin et, après l'avoir travaillée, la réenterraient dans le jardin de Daubenton, c'est-à-dire le nôtre, pour s'éviter les risques du trajet retour. Ainsi nous arrivait-il, lorsque nous creusions pour certains de nos jeux, de découvrir les ossements de ceux qui, à leur insu, avaient servi la science.

Chez bonne-maman et bon-papa, à Paris ou à Bel-Air, régnait toujours une atmosphère de fête, leur foi profonde n'empêchant pas les Renaudin d'être de bons vivants avec une prédilection pour les plaisanteries. Maman riait encore de ce dîner qu'elle avait donné, jeune mariée, et dont elle s'était amusée à inverser le menu. Les invités avaient commencé par déguster une glace — personne n'avait bronché —, les fromages avaient suivi — aucune marque visible d'étonnement —, puis le plat principal — comme une gêne s'installait —, mais cela n'avait été qu'à la présentation du poisson que l'un des invités avait osé éclater de rire, se décidant à transgresser la règle de politesse qui exigeait qu'on fît semblant d'ignorer ce que l'on vous mettait dans l'assiette... Il y avait eu aussi ce bridge où l'on avait déguisé en soubrette une amie experte aux cartes. Tout en servant les rafraîchissements aux invités très comme il faut, elle leur donnait des conseils pertinents et... impertinents : « Ah non, Monsieur n'aurait pas dû jouer son roi de cœur ! Quelle gaffe ! »...

Chez grand-mère, à Montbard où elle s'était tout à fait installée depuis sa maladie et la mort de son mari du cœur, en 1938, l'atmosphère était plus sérieuse et parfumée à l'encens, car le but premier de la vie était de gagner son éternité. Dieu était partout. Dans les scapulaires, petits morceux de tissu ayant jadis touché des saints, dont grand-mère portait toujours quelques spécimens sous l'une de ses chemises ; dans les crucifix au-dessus de chaque lit, avec rameaux de buis bénit et bénitiers régulièrement pourvus en eau. Dieu était aussi dans ce livre d'art à somptueuse reliure, datant du XVIe siècle, qui reproduisait des statues de l'Antiquité et où la main pieuse d'une aïeule — inventant avec quelques siècles d'avance le bikini — avait, à l'encre de Chine, caché l'anatomie des statues sous d'élégants maillots pourvus de brides et bretelles minutieusement dessinées. Et Il était jusque dans l'alcôve, ainsi qu'en témoignait la chemise de nuit découverte dans le grenier, pourvue d'une ouverture à l'endroit sensible, au-dessus de laquelle s'inscrivaient les mots : « Dieu le veut. »

C'est donc l'été 1941, et nous avons retrouvé à

Montbard nos huit cousins germains côté Boissard. Une poignée si l'on compare aux cousins côté Renaudin mais qui donne tout de même une moyenne de quatre enfants par ménage. Pour cause de guerre et restrictions, l'ensemble du jardin, autrefois très fleuri, a été transformé en potager et les enfants sont chargés de débarrasser les pommes de terre des doryphores qui les dévorent. Pour un seau rempli de ces bestioles, nous touchons un sou. Pour cinq sous, nous pouvons choisir, chez le boulanger, entre un roudoudou et une délicieuse souris enrobée de chocolat. Armés d'un bâtonnet au moyen duquel nous faisons tomber les parasites dans notre récipient, nous travaillons avec ardeur. Il y a deux catégories de doryphores, les gros rayés, faciles à détacher et qui font du volume, et les larves roses, plus récalcitrantes, collées à la feuille de tout leur appétit de vie. Une fois notre seau rempli, nous courons le faire vérifier par un adulte, et recevoir notre pièce, puis descendons à la cuisine où règne Elisabeth, une femme du pays. Elle soulève avec un crochet une rondelle de la cuisinière et retourne notre seau sur les flammes. J'entends encore éclater la carapace des « gros rayés »; on a à peine le temps de voir les « petits roses » se consumer.

Bicyclette pour les aînés, patinette pour les plus jeunes, balançoire, croquet, nous ne nous ennuyons pas, mais ce à quoi nous passons l'essentiel de notre temps, c'est à nous goinfrer de fruits. Ils sont tous là, au gré des diverses terrasses : les bigarreaux et les cœurs de pigeon, les poires dans leur sac en papier, les groseilles à maquereaux qui claquent sous la dent, les cassis acides, les prunes de toutes sortes ; quetsches demi-deuil, fragiles mirabelles, pulpeuses reines-claudes aux lèvres rousses où j'appuie les miennes et, en août, sur la plupart des murs, les lourdes grappes de raisins blanc ou noir entre lesquelles sont suspendues des bouteilles d'eau sucrée où les guêpes se débattent longuement avant de mourir par où elles ont péché. Inutile de dire que nous nous offrons de mémorables coliques, mais c'est si bon !

Le soir, après la toilette faite à l'eau froide dans la cuvette, les grands, dont je suis, sont admis au salon où, pour grand-mère, un feu a été allumé. Les hommes lisent le journal et discutent politique en montant parfois la voix. Les femmes brodent ou tricotent sur les fauteuils dont la tapisserie au petit point me raconte des histoires. Dans leurs cadres dorés, nos fiers zouaves pontificaux, Emmanuel et Adéodat, pavoisent sans savoir qu'ils vont mourir bientôt. J'ai laissé Maxime et Nicole faire avec les cousins des parties de jacquet ou de billard Nicolas dans le petit salon et suis venue m'asseoir sur un tabouret, aux pieds de grand-mère. A l'époque, elle a près de soixante-dix ans. Toujours vêtue de sombre, c'est une grand-mère à chignon blanc, à pas comptés, à mots choisis, à tendresse inépuisable et mystérieux sourires qui, comme des voiles, entraînent parfois son regard au large. Tout bas, elle avoue me préférer, car, dit-elle, je lui ressemble. Lorsque je vois remuer silencieusement ses lèvres, c'est qu'elle égrène le chapelet qui ne la quitte pas, faisant provision d'indulgences — jours en moins sur le purgatoire par lequel elle sait qu'elle devra passer avant d'aller au ciel.

A huit heures, Elisabeth sonne la cloche pour avertir que le dîner est prêt et tout le monde descend à la salle à manger qui se trouve au rez-de-chaussée. Grand-mère ouvre la marche, au bras d'un de ses fils qui veille à ce qu'elle ne glisse pas sur la pierre usée par les pieds et le savon noir. Les murs de la salle à manger sont tapissés de toile de Jouy où se balancent sous des arbres en fleurs des jeunes femmes en robes longues et capelines qui me font rêver. Seule à avoir un fauteuil, grand-mère préside face à Henri, son fils aîné. Pour nous, oncle Henri et sa femme, tante Michelle, font partie de l'âme de cette maison, et leurs enfants nous sont de précieux amis et compagnons de jeux. Oreille tendue, Elisabeth guette dans le couloir la fin du bénédicité pour entrer avec le plat. Si grand-mère superpose les chemises, Elisabeth, ce sont les tabliers. Elle n'a gardé pour servir que le plus beau, retirant celui réservé au gros œuvre et l'autre aux menus travaux.

Contrairement à chez bonne-maman ou à la maison où le plat est présenté tour à tour à chacun, Elisabeth le pose au centre de la table et c'est oncle Henri qui remplit les assiettes. Immenses gratins de toutes sortes, rissoles, hachis, champignons à toutes les sauces, poisson pêché dans la rivière voisine, légumes du jardin et, pour le dessert, fromage blanc décoré de petits pois par le moule, compote ou clafoutis dont nous raffolons. Tout ce qui touche à la nourriture est sacré pour oncle Henri, et nous nous gardons bien de rire lorsque avant de renvoyer le plat à la cuisine, il en gratte indéfiniment le tour pour n'en pas laisser une miette. Nous savons que, durant la dernière guerre, l'autre, pas celle-ci, il a été fait prisonnier et a failli mourir de faim. Le jour où Nicole a eu le mauvais goût, pour lui faire une blague, de « prédécouper » le pain afin que celui-ci lui tombe des mains, elle a été sévèrement punie. J'éprouve un plaisir secret à voir grand-mère choisir les fruits abîmés dont les restes finissent par former une colline dans son assiette. Elle nous rappelle que l'une de ses sœurs a failli mourir pour avoir, dans une cuillerée trop gourmande de compote, avalé une guêpe dont le dard s'est planté dans sa gorge.

Après le dîner et une brève halte au salon, c'est le coucher de grand-mère. Un de ses fils l'accompagne jusqu'à sa chambre, au troisième étage de la maison. Quelques instants plus tard, toute la famille la rejoint. Elle est au lit, dans sa robe de nuit blanche à col de dentelle sous laquelle on devine plusieurs épaisseurs de mystérieux vêtements. Quelques centimètres de cou et de poignets, c'est tout ce que nous connaîtrons jamais de la peau de grand-mère, et un grand cousin affirme qu'elle n'en connaît pas davantage car, pour se laver, elle garde sa chemise.

Tous à genoux autour du lit, nous récitons la prière du soir. C'est là qu'un jour de cet été 1941, de ma voix la plus impérieuse, je demande à Dieu de tuer Hitler. Cette supplique inattendue provoque chez les adultes un certain embarras, car un chrétien ne doit souhaiter la mort de personne, fût-ce son plus grand ennemi. Je souhaite alors, tandis que Maxime pouffe de rire et regarde « l'anormale » en se frappant le front, que Dieu fasse mourir Hitler dans son lit, avant de l'expédier en enfer, *amen !*

« N'oubliez pas de souffler la lumière », recommande grand-mère lorsque nous quittons la chambre. Elevée à la bougie, elle ne saura jamais dire « éteindre ».

Les lumières « soufflées », dans mon haut lit de bois, entre les édredons, j'écoute respirer le jardin. « Le bruit d'un jardin fait partie des battements de mon cœur », dit Pauline. Frissons du buis sous la caresse du vent, fin ruisseau de la pluie qui se déroule sur la pierre de l'escalier, appels d'oiseaux nocturnes, plaintes de chats amoureux, mais aussi, comme un rappel à l'ordre, les quarts d'heure sonnés à l'horloge de l'église voisine et le roulement lointain d'un train de nuit qui me fait me sentir si bien dans mon lit.

C'est à Montbard, très tôt, que j'ai éprouvé ce sentiment, dans la nature, de me retrouver à ma place, parcelle d'un grand ensemble harmonieux qui effacerait ma différence. En haut d'un arbre, au creux d'un buisson, le nez dans l'herbe, je me disais : « Quand tu souffrais à l'école, tout ça, c'était là ! Quoi qu'il t'arrive, ce sera toujours là. » « Il faut se raccrocher à ce qui ne passe pas », recommande son père à Claudine dans *Une femme neuve*. Depuis l'enfance, à chaque doute qui me vient, chaque douleur ou trop grand bonheur, je vois des arbres, des champs, des plages et j'éprouve le besoin de m'y jeter ou m'y fondre. Parce que ces verts et ces bleus, cette terre, cette eau salée, j'en suis faite. Et si j'accepte sans révolte l'idée de la mort, c'est à cause de ce que la nature tout entière me répète.

Quand oncle Charles, mon parrain, celui qui, à trente ans, a abandonné sa brillante carrière d'avocat pour entrer dans les ordres, vient passer quelques jours avec nous, c'est la joie! Interminable dans sa soutane noire, plein d'humour et de gaieté, il entraîne tous les volontaires dans de passionnantes promenades où nous traquons le champignon, la mûre et les escargots dont il emplit ses poches. « Alors, monsieur l'Abbé? » Tout le monde le connaît et le salue, et je suis fière de tenir sa main. Il s'arrête pour demander à chacun de ses nouvelles, plaisante volontiers. Nous adorons l'entendre parler de Satan, très familièrement, comme d'un adversaire auquel il aurait eu à se mesurer plus d'une fois. De Dieu, il parle avec fougue et amour : c'est forcément Lui le vainqueur !

Pauvre oncle Charles! Contrairement à son frère Edmond, cloîtré à Solesmes et qui, dit-on, psalmodie comme un rossignol, lui, chante faux et, chaque matin, avant d'aller célébrer sa messe au couvent voisin, je l'entends s'exercer en tapotant d'un doigt sur le piano : « *Dooooominuus vobiscum...* »

C'est une belle journée d'août et je suis très émue. J'ai donné rendez-vous à oncle Charles sur mon mur favori, au haut de la sixième terrasse d'où l'on voit la ville. Il fait torride, tous nos puits sont à sec et le jardinier, cassé en deux, fait d'incessants aller et retour à la fontaine municipale, poussant avec force soupirs sa brouette remplie d'arrosoirs où gicle la précieuse eau. J'ai une chose importante à annoncer à mon parrain ; ensuite, c'est sûr, il me regardera autrement que comme une petite fille dont on lui a confié qu'on ne savait pas bien comment la prendre.

Le voilà! Il s'assoit à mes côtés sur la pierre chaude et me regarde de ses yeux malicieux : « Alors, singe vert ? » C'est ainsi qu'il appelle les enfants ayant atteint l'âge de raison. Je prends ma respiration et lui assène la grande nouvelle : « J'ai décidé d'être une sainte ! »

Ce n'est pas là une décision prise à la légère. Voici plusieurs jours que je la rumine et, à chaque fois que j'y pense, mon cœur se gonfle. Hélas, il ne se gonfle pas tant d'amour de Dieu que de ce désir obscur et douloureux qui commence à me pousser : désir de conquête, de gloire, sans doute de revanche. Quand je serai une sainte, n'est-ce pas, j'aurai mon visage doux et lumineux dans les livres de messe. On reconnaîtra mes qualités, m'aimera et me priera. Je veux, sans encore me l'exprimer clairement, être reconnue, aimée, admirée, non seulement de celles qui, à Sainte-Marie, m'ont rejetée, mais aussi des miens, des autres, du monde entier. Et après tout, la sainteté, c'est du domaine de mon parrain et je pourrai, en quelque sorte, être pistonnée par lui auprès du Très-Haut.

Sur mon mur, le cœur battant d'espoir, j'attends la réponse d'oncle Charles : un mot de lui et je m'enferme dans une cellule avec eau et pain sec, j'offre ma vie aux « petits nègres » auxquels je donne déjà, par l'intermédiaire d'une œuvre, le papier d'argent qui enveloppe mon chocolat. Le martyre, s'il le faut !

Déception ! Aucun cri d'enthousiasme, aucun soudain respect dans le regard de mon parrain. D'une voix calme, il m'explique que l'auréole de la sainteté ne se gagne pas en un jour et que c'est pas à pas que l'on se rapproche de Dieu. Pour commencer, je pourrais essayer de mieux travailler à l'école, d'être plus sage et plus serviable. Tiens, ce soir, si je rentrais, sans m'en vanter, les chaises longues dans le bûcher, corvée que les enfants ont en horreur, surtout moi qui ai peur du noir ?

Et, tandis que mon parrain parle, ma vocation s'évanouit. Ai-je le temps d'attendre qu'on m'admire, moi ? C'était sainte tout de suite ou jamais. Quant aux transats, on prend un peu trop volontiers les enfants pour des bourricots ! C'est à ceux qui s'en servent de les ranger... Afin de ne pas peiner oncle Charles, je fais semblant de l'écouter mais déjà je suis loin. Et si je devenais célèbre en apprivoisant les lézards ? Ma passion.

Comment ne pas admirer Maxime ? Contre une grosse pièce offerte par un cousin, il a avalé hier une limace vivante. Evidemment, la limace circule dans son ventre, cherchant la porte de sortie, ce qui ne lui donne pas bonne mine et le rend de méchante humeur. C'est pourquoi, comme je fais de l'équilibre à sa suite sur l'un des hauts murs du jardin potager en me réjouissant bruyamment d'être aussi courageuse que lui, il se retourne soudain et me pousse. Je tombe de plusieurs mètres dans une rangée de laitues. Vexée et étourdie, je ne bouge plus.

On s'empresse autour de moi, on me porte dans la maison, m'étend sur le divan de la bibliothèque. Convoqué en toute hâte, le bon docteur du village ne me trouve aucun membre cassé, mais réserve son diagnostic en ce qui concerne mon crâne sur lequel s'arrondit une superbe bosse, et, pour plus de prudence, recommande de me garder une journée entière étendue dans l'obscurité.

On avait laissé les fenêtres ouvertes et, derrière les volets clos, j'entendais s'égosiller l'été tandis que montaient vers moi des courants de chaleur et d'odeurs traversés par l'arabesque d'un insecte. A la fois je me sentais là et loin, flottant au-dessus de moi-même comme en état d'ivresse. La porte s'est ouverte doucement. Maxime est entré sur la pointe des pieds, venant s'assurer que je n'étais pas tout à fait morte. Il était soudain si gentil que j'en ai eu les larmes aux yeux : je me serais bien jetée tous les jours du mur, moi, pour qu'il me parle ainsi ! Lorsqu'ils sont repartis, sa limace et lui, j'ai regardé cette pièce où les enfants n'étaient pas admis, tapissée de beaux livres reliés, alignés dans la bibliothèque aux portes grillagées. J'aurais voulu avoir la clé de ces portes, me glisser dans ces livres, entre ces pages, devenir ces lignes, ces mots, une belle histoire que les adultes liraient comme, parfois, je voyais lire mes parents, en relevant des yeux pleins de pensifs bonheurs.

A propos de ma chute, les cousins de Montbard affirmeront longtemps que, si Janine n'est pas comme les autres, c'est qu'elle est tombée sur la tête. Dans une tendre laitue heureusement. C'est pourquoi elle vit encore !

7

Ce matin-là, Mme Meugé, notre maîtresse, nous avait présenté le cours de calcul comme un jeu : voilà, elle allait nous donner un problème difficile, réservé aux grandes, l'un de ceux que nous aurions à résoudre l'an prochain. Bien sûr, elle ne s'attendait pas à ce que nous en trouvions la solution, mais cela l'intéressait de voir jusqu'où nous serions capables d'aller. Une élève, choisie parmi les bonnes, avait inscrit au tableau l'énoncé du problème : une histoire de commerçant, de marchandises.

Pour une fois, j'avais pris ma plume. Je regardais cet énoncé et j'écrivais, j'écrivais... La maîtresse avait frappé dans ses mains : « Terminé ! On ramasse les copies. » A l'étonnement de l'élève qui passait dans les rangs, je lui avais tendu la mienne. Tandis qu'elle verrait comment nous nous étions débrouillées, Mme Meugé nous avait demandé de réviser nos tables de multiplication ; illico, j'étais remontée sur mon nuage.

— Janine Boissard !

Je sursautai. La voix de la maîtresse était bizarre, changée et, pour une fois, elle n'ajouta pas la phrase redoutée : « Encore dans la lune... »

— Venez là !

Qu'avais-je fait ? Le cœur battant, je me levai et, sous les yeux des élèves qui se poussaient du coude et s'apprêtaient à passer un bon moment, j'avançai vers l'estrade dans l'uniforme — trop grand pour moi — hérité de Nicole. Mme Meugé tenait ma copie et, dans son regard, je lus un immense étonnement.

— C'est bon ! dit-elle.

Puis elle se tourna vers mes camarades : « Janine a réussi son problème. »

J'étais la seule. Toutes les autres avaient échoué, même à trouver le début d'une solution. Un grand silence s'abattit sur la classe. Personne ne comprenait ; moi, pas davantage. Et loin d'être fière, j'étais épouvantée : je ne pouvais pas avoir réussi, je n'avais ni réfléchi ni raisonné. J'avais marqué n'importe quoi sur ma feuille.

— Montrez-nous comment vous avez procédé.

La maîtresse désigna le tableau que, si souvent, je rêvais d'être chargée d'effacer à amples cercles de bras dans un nuage poudreux — hélas ! seules les bonnes élèves bénéficiaient de ce privilège. Je m'approchai et relus l'énoncé, mais ma tête était vide, ces mots ne me disaient plus rien. Pourtant, c'était facile tout à l'heure, devant ma copie : les chiffres venaient tout seuls. C'était comme si je les cueillais avec ma plume. Pleine de honte, tête baissée, je ne bougeai plus et la classe à nouveau ricana. La maîtresse me renvoya à ma place.

Le miracle ne se reproduisit plus, mais, à partir de ce jour-là, et malgré mes mauvaises notes, Mme Meugé me regardera autrement. Aujourd'hui encore, je ne comprends pas ce qui m'est arrivé ce matin-là. Tout ce que je puis affirmer c'est que ces chiffres, vraiment, je les cueillais... L'anormale ?

« Arrête de renifler comme ça ! Va te moucher ! » Refrain constant à la maison, car je ne cesse d'être enrhumée et, malgré l'opération des amygdales et des végétations, j'ai recommencé à tousser. « Rien aux poumons », disent les radios. « L'air de la montagne chassera tout ça », affirme le médecin. C'est ainsi que, fin juin, au lieu de retourner à Montbard, je pars pour deux mois à Megève, dans un home d'enfants.

Un grand bâtiment en lisière de village, un village au creux des montagnes... Lorsque, pour la première fois, j'avais vu la mer, elle m'avait appelée ; la montagne m'écrase. Ces parois de terre, de roc, de pins, ces crocs qui, à perte de vue, mordent dans le ciel, me paraissent comme les murs d'une prison. Où sont les miens ? Je retrouve la poignante certitude qui, à quatre ans, aux Tuileries, m'avait jetée sur le sol : jamais je ne les reverrai ! Et ce qu'on nomme le cafard, cette eau noire où l'on ne cesse de se noyer, où on appelle en vain, me submerge du matin au soir. Loin, très loin, derrière mes larmes, je vois Montbard, mon doux, mon odorant et palpitant jardin où s'amusent mon frère et mes sœurs. Et moi, ici !
Ici, c'est mixte. La plupart des enfants, d'âges variés, sont venus comme moi pour le « bon air » dont on essaie de nous faire profiter au maximum : gymnastique et jeux dans la cour le matin et, l'après-midi, deux ou trois heures de promenade. Je n'avais jusqu'ici eu affaire qu'à des filles, leurs moqueries, leur mépris ; je découvre à Megève la brutalité des garçons. Ils ont

vite repéré la « fille qui pleure » la « fille qui a peur », et s'en donnent à cœur joie. Ils me poursuivent, me menacent, me volent mon goûter et, parfois, me frappent. Je ne sais pas me défendre. Je n'ose rapporter : la proie rêvée !

A Paris, il y avait les cours durant lesquels je pouvais m'évader et surtout la maison où je rentrais chaque soir. Ici, ce sont les brimades à longueur de journée. Les filles se gardent bien d'intervenir, sans doute trop heureuses de n'être pas à ma place. Les moniteurs sont indifférents : il doit leur sembler dans l'ordre des choses que les enfants se battent et, si l'un d'eux me surprend en larmes, il me renvoie dans la mêlée : « Allez, essuie tes yeux et va jouer, vite ! »

J'adresse à maman des lettres où je la supplie de venir me chercher ; j'ignore que papa les lui cache. Maman est fatiguée et il ne veut pas qu'elle se fasse de souci pour moi. Mon père est certain que je vais m'habituer, me faire des amies, parce qu'il ne sait pas — je ne me suis jamais plainte — que déjà, à Paris, j'étais la cible des autres. Malgré tout, troublé par mes appels à l'aide, il charge l'un de ses camarades, en vacances avec sa femme non loin de Megève, de me rendre visite.

Ils sont venus me prendre un matin et, après une promenade en forêt, m'ont invitée à déjeuner au restaurant. C'était un ravissant chalet de bois ; on avait sorti les tables au soleil, l'air embaumait et, peu à peu, ma poitrine se dégageait, l'air passait dans ma gorge, il me semblait renaître. Lui était très gai, il plaisantait tout le temps et a fini par me faire rire. Elle, elle m'a expliqué au dessert que maman serait si heureuse de savoir que je m'habituais à Megève ! Tiens, je devrais lui écrire un mot sur une carte postale qu'elle lui rapporterait de ma part ! Cette carte postale, elle l'avait déjà achetée. J'ai accepté d'y écrire que tout allait bien finalement — et c'était vrai à ce moment-là —, j'ai signé en m'appliquant. Ils avaient l'air contents : dans quelques jours, de retour à Paris, ils pourraient rassurer papa : « j'exagérais dans mes lettres, ils m'avaient trouvée en pleine forme ». Avant de me quitter, ils m'ont offert un sac de bonbons.

A peine la porte du home s'était-elle refermée sur moi que le désespoir m'envahit à nouveau, plus fort encore, car j'étais consciente d'avoir laissé passer ma chance : comment avais-je pu accepter d'écrire cette carte ? J'aurais dû, au contraire, les supplier de me ramener avec eux.

« Vous verrez... Vous m'aimerez... » C'est à Megève, cet été-là, que, pour la première fois, face à ces enfants qui me martyrisent, je plante ces mots en moi. Curieusement, leur méchanceté ne provoque pas ma haine, mais un désir déchirant, lancinant, de « leur montrer »... Un jour, oui, un jour, vous vous apercevrez de votre erreur et vous viendrez à moi, tous. C'est fini de flotter sur les nuages comme à Sainte-Marie : cela ne me suffit plus. Je commence, méthodiquement, à me construire des rêves. Ce sont toujours les mêmes : une catastrophe se produit, incendie, inondation, assaut de l'ennemi... Alors que tout le monde se cache ou s'enfuit, je fais preuve d'un courage admirable et sauve de multiples vies au péril de la mienne. Mes rêves ont tous la même fin : ma mort glorieuse. C'est le meilleur moment, car, tandis que je rends mon dernier soupir, aussi longuement que sur une scène d'Opéra, les gens s'assemblent autour de moi, petits et grands, moniteurs et élèves et, en arrière-plan, ma famille ; ils découvrent quelle héroïne je portais en moi et me demandent pardon, me supplient de vivre encore un peu. Je meurs dans des torrents de larmes : les miennes et celles de ceux qui m'ont enfin reconnue. Reconnue ?

Hélas, je ne le suis — dans mes rêves éveillés — qu'au moment où je disparais !

La sieste avait lieu chaque jour après le déjeuner dans une salle immense ouverte sur la montagne. Nous nous étendions sur des matelas posés à même le sol. Interdiction de parler ou de se lever, aussi nous recommandait-on de « prendre nos précautions » avant. Ce jour-là, j'avais négligé de prendre les miennes et, torturée à mi-sieste par un besoin pressant, j'étais venue trouver la surveillante qui lisait près de la porte et lui avais demandé la permission d'aller aux cabinets. « Pas question », avait-elle dit. J'étais retournée à ma place, mais, quelques minutes plus tard, je m'approchai à nouveau et me souviens avoir constaté : « Alors, je vais mourir. » Impressionnée, elle m'avait laissée aller, mais c'était trop tard : j'avais souillé mes vêtements. C'est le lendemain que je décidai d'attraper la diphtérie.

Sabine l'avait ! On disait que c'était une maladie grave, qu'on pouvait en mourir et le docteur était venu examiner nos gorges parce que c'était également une maladie contagieuse. Sabine avait été isolée ; on attendait ses parents. Cette nuit-là, quand tout le monde a été endormi, je me suis relevée et j'ai marché jusqu'à l'infirmerie où je suis entrée sans difficulté. Dans son lit, les yeux fermés, Sabine dormait. Je lui ai trouvé bonne mine, mais elle respirait drôlement. J'ai écarté le drap pour me glisser à ses côtés : j'allais « attraper » sa maladie pour être, moi aussi, isolée, et que mes parents viennent me chercher.

« Mais qu'est-ce que tu fais là ? »

Stupéfaite, l'infirmière se dressait devant moi. Je n'ai pas pu répondre. « On ne t'a pas dit que c'était contagieux ? »... Elle m'a raccompagnée jusqu'à mon dortoir. Cela a été ma seule tentative d'évasion.

Il m'est arrivé, adulte, de retourner à Megève faire du ski. Un haut bâtiment dont les appartements se louent en multipropriété a remplacé le home ; passant devant, à chaque fois, je revois la cour où une petite fille blottie contre le mur tentait désespérément de se faire oublier. Alors, je suis coupée en deux : d'une part, la vieille douleur se réveille, de l'autre, une voix me crie : « Mais tu as gagné : ils t'ont vue, ils t'ont aimée. » Ils ne me verront ni ne m'aimeront jamais assez pour que la guérison soit complète. C'est comme ça, les blessures d'enfance : elles ne se contentent pas de marquer la chair, elles la façonnent et, à vouloir les effacer, on s'ampute.

Aujourd'hui, j'aime la montagne, faire ma trace dans sa neige ou, l'été, m'y promener. Mais alors que la mer, malgré ses tempêtes et les bateaux couchés que j'imagine au fond, me parle de vie, la montagne, elle, garde pour moi un côté funèbre : le silence de ses sommets où le vent n'a à moissonner que la glace ou les nuages. Et tant qu'existeront, à son flanc, d'odorants bois de pins où je me promènerai, les respirant moins avec mon nez qu'avec ma mémoire, j'entendrai quelque part un bruit de galopade, des cris moqueurs : c'est une petite troupe de garçons qui poursuivent « la fille qui pleure », « la fille qui a peur ».

La chambre où je travaille, à Paris, donne sur une rue où passent de tout jeunes écoliers. Parfois, tandis que j'écris, les sanglots de l'un d'eux éclatent, qui m'interrompent. Je me précipite à la fenêtre, cherchant des yeux : est-il perdu, maltraité, seul ? Je ne puis supporter de voir souffrir un enfant et, si je suis pour la peine de mort, c'est que je n'hésiterais pas à la donner à quiconque attenterait à la vie d'un des miens. De même, je n'épargnerais pas les lâches qui enferment dans des sacs en plastique la tête des vieilles dames pour voler leurs économies. Quiconque prend la vie d'autrui doit savoir qu'en retour, on peut prendre la sienne.

C'était à Genève il y a quelques années. Je venais de publier *Moi, Pauline* et Jacques Bofford, journaliste à Radio-Suisse romande, m'avait invitée à participer à son émission. Le thème en était l'enfance et le chanteur Serge Lama avait été invité avec moi. Nous venions d'entendre sa très belle chanson : *Souvenirs, attention, danger,* dont voici le dernier couplet :

> *Dans ce cahier bleu, j'ai puisé l'émotion,*
> *qui m'a aidé à composer ma chanson.*
> *Désormais je serai partout étranger,*
> *Souvenirs, attention, danger.*

Le cahier bleu dont il s'agit est un cahier d'écolier. Ecoutant les paroles de cette chanson, il me semblait y trouver tout ce que j'avais moi-même ressenti.

Jacques Bofford interrogea Serge Lama sur les raisons qui l'avaient poussé à chanter. « Cela a commencé dans une cour d'école, répondit-il. J'avais dix ou onze ans. Depuis, je suis comme une flèche lancée. Je ne pense plus qu'à ça. »

C'était moi !

Je demandai au chanteur si sa vocation venait, comme la mienne, d'un sentiment douloureux de différence, voire de rejet par les autres. « Je chante, répondit-il, pour être reconnu, accepté, aimé. »

Voilà ! On chante, on peint, on joue la comédie, on écrit, dans un même but : convaincre les autres, se les rallier.

« Mais, pour ma part, conclut le chanteur avec un sourire malicieux dans ma direction, mes histoires se racontent en trois ou quatre minutes, et le public me donne immédiatement sa réponse... »

Ce cahier bleu de mon enfance, je ne cesse de l'ouvrir

et d'y puiser l'émotion qui me permet d'écrire. Il y a les pages de bonheur, au soleil des miens, et les autres, lourdes comme pierres à mon cou. Et je me dis souvent que ma vocation est née de l'étincelle entre ce soleil et cette pierre.

8

« Pieds... » ordonne, dans le noir, la voix autoritaire de Nicole.

Vite, nous remontons la couverture sur nos pieds. Pas plus haut. Nicole attend un moment : interminable ! « Genoux », dit-elle enfin, et nous recouvrons nos genoux glacés. Nous sommes étendues sur nos lits, revêtues de notre seule chemise de nuit, tremblantes de froid. Bientôt, Nicole dira « cuisses », puis « ventre », puis « poitrine » et enfin, enfin « épaules » et tout ce que l'on veut, la couverture et l'édredon sur la tête, le bonheur partout, cette chaleur que nous fait tellement apprécier notre « grand jeu du froid ».

Nous y jouons presque chaque soir avant de nous endormir dans notre chambre à peine chauffée. « Grand jeu du froid »... comme, à Megève, le « grand jeu » de la souffrance qui me fait savourer chaque instant de la vie à la maison ?

— Tu dors ? demande Nicole. Tu ne veux pas qu'on joue à « Qu'est-ce que tu préfères ? »

C'est notre autre jeu de nuit : « Qu'est-ce que tu préférerais manger : un pâté d'araignées vivantes arrosées de bave d'escargot ou un ragoût de mille-pattes aux crottes de pigeons ? » J'ai choisi là deux de nos recettes parmi les plus anodines. Nous en avons d'épouvantables. Entre deux fous rires, nous nous régalons...

J'ai onze ans et Nicole treize. Sur la chaise, près de notre lit, nous plions chaque soir nos vêtements. Nous avons, en tout et pour tout, deux tenues chacune : celle de classe et celle du dimanche. Le dimanche, nous sommes habillées pareilles, ce que Nicole n'apprécie pas tellement. Bien qu'elle continue à prendre des airs supérieurs qui lui valent le surnom de « mère abbesse », et que, moi, je m'entête à perdre boutons, lacets, barrettes ainsi que, dit-elle, tout respect humain, nous n'imaginons pas de vivre, dormir, jouer sans l'autre. Nous faisons avec Maxime d'interminables parties de Monopoly où je perds toujours à cause de mon « cœur de poire » qui me fait vendre mes rues au plus bas prix à qui me les demande d'un air éploré. Les belotes font fureur avec Eugénie, dans la cuisine. Mais Nicole et moi avons surtout en commun l'amour de la lecture. A plat ventre sur nos lits, des heures durant, nous dévorons des histoires. Les siennes ne sont « pas pour moi », dit-elle avec importance : histoires d'amour. Moi, je sanglote sur *Sans famille* ou *les Quatre Filles du Dr March* et parcours le monde avec ce magnifique auteur qu'est Paul d'Ivoi. Ah ! *Cigale en Chine*, *les Semeurs de glace*, *Docteur Mystère* et *les Cinq Sous de Lavarède* !...

Depuis qu'il a douze ans, Maxime a sa chambre à lui, où on n'a pas le droit d'entrer sans frapper : la lingerie. Je n'essaie plus de l'imiter. Mon séjour à Megève m'a guérie à tout jamais du désir d'être un garçon ; Maxime est le seul que je ne craigne pas, et j'attends avec impatience qu'il ait terminé ses devoirs pour faire avec lui, dans la galerie, d'acharnées parties de billes. Lorsqu'il m'a gagné un à un tous mes beaux calots de verre ainsi que mes billes en terre, il me les rend, afin de pouvoir continuer à jouer avec moi, en jurant que, cette fois, c'est bien la « der des der ».

La guerre, cela veut dire que tout est rationné, à commencer par le chauffage. En cet hiver 1943, notre immense appartement s'est singulièrement rétréci. Nous ne vivons plus que dans les deux seules pièces chauffées par un poêle à bois : notre chambre, appelée « la grande », et celle de nos parents. La porte de notre chambre reste toujours ouverte pour que la chaleur se communique à celle des « petites » Aliette et Claudie. Elles ont cinq ans et trois ans et demi, et c'est au tour d'Aliette d'apprendre à lire avec maman. Leur gouvernante les monopolise jalousement ; nous ne les voyons guère.

Rationnée aussi l'eau chaude, et chacun n'a droit qu'à un bain par semaine ; nous y invitons volontiers nos voisins du dessus : les Sergent, cinq enfants comme nous. La baignoire est vaste : on peut tenir à trois, celui du milieu étant défavorisé. On s'y amuse comme des fous. « Bonjour l'inondation », dirait aujourd'hui ma « poison ». Chez les Sergent, il y a une chose fabuleuse : un train électrique qui court dans la moitié de l'appartement. Seul le père, René, un très sérieux inspecteur des Finances, a le droit de s'en servir, mais il accepte les spectateurs. Plus que la locomotive avec ses wagons, ce qui me fascine, ce sont les prairies et les champs, les vaches, les bouquets d'arbres, les fermes ou maisonnettes de garde-barrière disposés tout le long du circuit. J'ai envie d'y vivre ! Certains soirs, au-dessus de nos têtes, on entend circuler et siffler le train ; alors papa éclate de rire : « René est encore en train de jouer ! »

Rationnée également, la nourriture ! Rutabagas, gâteaux de carottes, navets ou salsifis et, parfois, horreur, un peu de cheval cru haché pour nous donner des forces. Eugénie a beau se mettre en quatre, la faim est toujours présente. Les petites prennent leurs repas avec leur gouvernante. Nous, les trois grands, nous dînons maintenant chaque soir avec nos parents. Ils ont toujours plein de choses à se dire, aussi avons-nous interdiction de parler avant le dessert. Lorsqu'ils se disent des secrets, ils parlent en anglais pour que nous ne comprenions pas. A force de les entendre discuter passionnément politique, nous attraperons tous le virus. Mais il nous faut, cet hiver-là, supporter une autre interdiction : celle de boire pendant le repas ; ainsi en a décidé une certaine mode. Je regarde avidement mon verre, attendant le moment où je pourrai le tendre à papa afin qu'il rosisse mon eau avec une goutte de vin. On a surnommé Maxime : « la poubelle » car, mourant perpétuellement de faim, il est prêt à finir tout ce qui reste dans les assiettes. « C'est la croissance », soupire maman. Avec ravissement, Maxime répète cinquante fois par jour : « Au quart de p'tit poil, de p'tite cuisse, de p'tite fesse de grenouille »... « C'est l'âge ingrat », soupire papa.

« " L'esprit de famille ", cela représente quoi pour vous ? » Question que l'on me pose fréquemment. Je réponds toujours que c'est quelque chose qui s'enseigne, s'inocule, par l'exemple et la parole. « On ne compte pas les nouilles dans l'assiette du voisin ! » Que de fois avons-nous entendu maman nous répéter cela ! Parce que savez-vous ce qui se passe, quand on compte les nouilles, les frites ou les haricots ? On finit par se tirer des coups de revolver lors des héritages. C'est ce qui est arrivé à un oncle éloigné dont on prononce le nom tout bas. Pour une commode ancienne, léguée à son frère plutôt qu'à lui, il a voulu lui trouer la peau... Voilà ce que c'est que de lorgner sur la part d'autrui.

Maman en profite pour nous expliquer que, dans la vie, il y en a toujours qui ont davantage, et que, si on commence à jalouser son voisin, on est perpétuellement malheureux. « L'affection, dit-elle, les joies d'une famille unie, voilà la vraie richesse et il vaut mieux avoir chaud au cœur qu'au porte-monnaie. » Ainsi, avec la tolérance, l'attention portée à l'autre, apprenons-nous jour après jour ce qui fait cet esprit de famille. Nous en serons tous profondément imprégnés et, jusqu'à ce jour, personne n'a sorti le revolver.

« Quand les Boches auront déguerpi... » dit souvent papa. Et les projets vont bon train... « Est-ce que c'est vraiment vrai qu'on peut entrer comme ça chez le boucher, demander un poulet et l'avoir sans ticket ? » demande Maxime en salivant. « Pourquoi " un " ? » répond malicieusement maman. « Deux poulets si tu veux »... Et même chose pour le pain, le beurre, le chocolat... Nous ne pouvons y croire, ce qui ne nous empêche pas d'échafauder de futurs menus d'anniversaire pour « quand les Boches auront déguerpi » ! Mais les rationnements divers ne nous atteignent qu'en surface, puisque l'affection est prodiguée à volonté.

« Quand j'étais petit, confie Vincent à Séverine dans *Une femme réconciliée*, la chambre de mes parents était sacrée : l'endroit où officiaient les dieux. » C'est pour moi un moment intimidant et émouvant que celui où, chaque matin, avant de partir en classe, je vais dire bonjour à mes parents. Une porte dite « à tambour », c'est-à-dire double, mène à leur chambre. Je reste un moment dans ce petit purgatoire avant de frapper. « Entrez », dit maman. J'entre dans les odeurs : nuit, draps tièdes, café, pain grillé... Ils sont encore au lit où le petit déjeuner leur a été apporté sur un grand plateau. Ce lit surtout me fascine, bien que j'ignore ce qui s'y passe — c'est là le « secret du mariage ». La concierge a déjà monté le courrier et, tandis que mon père feuillette le journal, maman décachette les lettres. Ah, comme elles me mettent l'eau à la bouche, ces lettres ! Et comme, à l'avance, la confusion m'emplit, quand je serai grande, c'est sûr, je n'en recevrai pas. Qui m'écrirait ? M'inviterait, me féliciterait ?

Je m'approche et embrasse mes parents l'un après l'autre. « As-tu pris ton huile de foie de morue ? » demande maman. Hélas ! mon cœur s'en soulève encore ! Maxime vient à son tour dire au revoir avant de partir pour Franklin. Quant à Nicole, cette année-là, elle fait sa crise de sauvagerie et reste obstinément dans le « tambour » parce que « ça lui fait honte » de dire bonjour. Il faut que maman l'appelle plusieurs fois et sur tous les tons pour qu'elle se décide à passer le bout d'un nez froncé. Au cours de l'hiver, la crise augmentant en intensité — on n'a plus le droit de la toucher —, maman décidera de consulter l'homéopathe. « Ce n'est rien », affirme celui-ci. Et il prescrit à ma sœur une pilule dite « de tendresse ». Un an plus tard, voilà Nicole sans cesse pendue aux jupes de maman, en larmes dès que celle-ci s'éloigne. Est-ce la pilule ou la puberté qui a attendri son cœur ? La question reste en suspens.

Autre occasion d'entrer dans la chambre sacrée : les mouchoirs. Il y en a deux piles dans le tiroir du haut de la commode-tombeau : mon premier berceau. La pile de gros blancs pour le rhume : la nôtre. Et celle des parents, plus fins et où s'enlacent de beaux R et B brodés. « Je peux prendre un mouchoir, maman ? » C'est toujours : « Bien sûr ! et n'oublie pas de mettre l'autre au sale. » Maman se doute-t-elle du plaisir que j'éprouve à choisir longuement entre vingt mouchoirs tous semblables et qui sentent bon le propre tout en prêtant l'oreille à la pendule qui mâchonne le temps sur la cheminée, comptant — c'était avant la guerre — les cartons d'invitation glissés dans le coin de la glace et regardant briller, dans la soucoupe réservée à papa, la nacre de ses boutons de manchette.

... Alors que j'écrivais ces lignes, ma fille Marianne est entrée dans ma chambre : « Je peux te piquer un mouchoir ? Je suis en train de me payer un p'tit rhume »... Sans attendre ma réponse, elle est allée droit à la commode-tombeau et a ouvert le tiroir du haut. La tradition s'est transmise, à cette différence près qu'il n'y a qu'une seule pile de mouchoirs, car je n'en ai pas de brodés à mon chiffre. Il faudra que j'y remédie : cela ajoutait à la magie : les mouchoirs du roi et de la reine ! Je souhaite qu'un jour mes petits-enfants viennent à leur tour, sur la pointe des pieds, piocher la tendresse dans le tiroir de ma commode. Ce sera à moi de deviner si le « p'tit rhume » est de cerveau... ou de cœur !

Quant à mes craintes enfantines de ne pas recevoir de courrier, j'ai fait en sorte de l'avoir abondant. Chaque lettre m'est précieuse. On m'écrit en général pour me dire des choses agréables ; mais si, par hasard, m'arrive un mot de reproche ou de critique, me voilà au supplice ! Je le relis dix fois ; j'oublie toutes les autres lettres. C'était justement cette personne-là que je voulais convaincre !

Et l'école ! Il faut bien en parler, de l'école. Pour Maxime, aucun problème, et Nicole est passée en quatrième à Sainte-Marie. Moi, j'ai été renvoyée ; ou plutôt « remerciée », non pour indiscipline, mais pour... inertie totale dans neuf matières sur dix. Maman ne m'a pas grondée. Elle m'a regardée avec perplexité, s'habituant déjà à l'idée que les études et moi... Aucune remarque non plus de la part de Maxime et de Nicole qui savent que je ne fais rien comme tout le monde. Nicole est plutôt contente de n'avoir plus à me traîner derrière elle à Sainte-Marie.

Je vais maintenant à La Tour, autre établissement religieux du seizième, tout près de la maison. Une véritable tour s'élève dans le grand jardin, à côté des bâtiments où nous étudions. L'uniforme n'est plus bleu marine, mais gris et violet, car religieuses et élèves portent le deuil de la fondatrice du collège. Détail qui m'enchante, bien que je n'aime plus les garçons : cet uniforme comprend une cravate !

Au rez-de-chaussée se trouvent la chapelle et la grande salle de gymnastique où, sous les fascinantes cordes — lisses, à nœuds et les trapèzes —, nous nous mettons chaque matin en rang pour l'appel. Les classes sont aux premier et second étages, et j'y ai rapidement retrouvé ma place, au dernier rang. J'ai retrouvé également le mépris et les sarcasmes des autres filles mais, pourtant, tout est changé ! Parce que écoutez, miracle, merveille, j'ai une amie !

Elle s'appelle Monique et, comme moi, elle n'est « pas pareille », et, de ce fait, mise à l'écart. Mais, alors qu'en ce qui me concerne, c'est parce que je suis attifée à la diable, coiffée en « baguettes de tambour », que je n'ai jamais un crayon taillé, une plume qui marche, un pot de colle en état, ni aucun de ces petits signes de richesse que sont médailles ou gourmettes, Monique est rejetée pour la raison contraire : on dirait qu'elle est tous les jours « en dimanche ». Et quel dimanche ! Bouclettes savantes, anneaux d'or à ses oreilles percées, manchon de fourrure. Ses parents en font trop et les petites filles du seizième, au flair aiguisé, ont tout de suite repéré qu'elle ne venait pas du « même milieu » qu'elles. Moi, je l'ai vue toute seule dans son coin, et j'ai couru à elle, je m'en suis emparée, l'ai ramenée à la maison, exhibée, enfin, enfin, une amie, ma première ! En voyant mon appartement, Monique est restée bouche bée et il me semble — est-ce possible ? — que depuis ce jour-là, elle m'admire. Oui, moi !

« Qu'est-ce que fait son père ? » A l'époque, tous les parents bourgeois posent cette question à leurs enfants lorsque ceux-ci se lient d'amitié. Le père de Monique est artisan. Il a une petite boutique d'horloger dans une rue commerçante. Avec sa femme, ils se saignent aux quatre veines — je le comprendrai plus tard — pour essayer d'élever socialement leur fille. Et s'ils l'ont inscrite à La Tour, c'est dans l'espoir qu'elle s'y fera des relations et, plus tard, épousera quelqu'un qui lui permettra d'avoir une vie moins difficile que la leur. Sans le savoir, je vais concrétiser cet espoir en recevant Monique chez moi où, grâce au ciel, maman l'accueille à bras ouverts. « Un bienfait n'étant jamais perdu », Monique me rendra, cet hiver-là, un service insigne : celui du pot au lait !

Ah, ce pot au lait ! Il n'y a pas que Perrette qui en ait souffert... Maman m'a chargée de prendre le lait à midi en revenant de l'école, car la crémerie se trouve sur mon chemin. Le matin, j'emporte donc le bruyant pot de fer-blanc dont le couvercle tient par une chaînette. Et ce maudit pot me fait devenir la risée de l'école ! On me le cache, on joue au ballon avec, on cherche à me le mettre sur la tête... « Janine, n'oublie pas ton pot ! » C'est devenu pour moi une hantise que d'arriver avec le récipient infamant dans la grande salle où on fait l'appel. Je tente de le dissimuler sous mon manteau : c'est pire ! Bien entendu, je n'ose en parler chez moi. Et puis un jour, je trouve la solution : Monique ! Je déposerai le pot chez elle avant de venir à l'école et le reprendrai après. Cela augmente considérablement mon parcours, m'oblige à galoper pour être à l'heure et retarde le délicieux et douloureux moment où j'approche du poêle, à la maison, mes pieds glacés couverts d'engelures — ne fais pas ça, tu les empires... supplie maman —, mais tant pis, je suis infiniment soulagée.

Du coup, j'ai découvert l'appartement que Monique s'évertuait à me cacher. Et, moi aussi, je suis restée bouche bée. Mais de consternation ! Quoi ? Pour quatre personnes, deux pièces seulement, qui toutes deux tiendraient largement dans ma chambre ? Comment ? Ses parents dorment dans la salle à manger, derrière un rideau que l'on tire chaque soir tandis que la pauvre Monique partage avec un petit frère insupportable une chambre microscopique ! Je suis bouleversée. Il faut faire quelque chose.

C'est un soir de janvier. Comme je monte quatre à quatre le superbe escalier de la maison, je constate un grand chambardement au troisième étage ; je me faufile dans l'appartement — identique au mien — et découvre qu'on est en train de le vider de ses meubles. La concierge m'apprend que les locataires s'en vont. Ma poitrine se gonfle d'espoir : voilà ce qu'il faut à Monique. Elle doit venir habiter là avec son frère et ses parents, avant que quelqu'un d'autre ne prenne la place ! Sans repasser par la maison, je cours jusque chez mon amie et carillonne à la porte. Toute la famille est là, y compris le père que je ne connaissais pas et suis étonnée de découvrir en blouse. J'annonce, essoufflée : « Venez vite, je vous ai trouvé un appartement dans ma maison ! » Le silence qui accueille ma bonne nouvelle me surprend. Monique a baissé les yeux. Le petit frère me fait des grimaces. « Merci, on réfléchira », disent les parents.

Pas une seconde, l'idée ne m'a effleurée que s'ils habitaient trente mètres carrés et non trois cents comme nous, il y avait là-dessous une histoire de loyer à payer. Je ne suis encore jamais sortie de mon cocon bourgeois et n'ai vu autour de moi que de beaux appartements. Pauvre Monique ! Que lui ont dit ses parents, après mon départ ?

Des années plus tard, alors que nous nous étions perdues de vue, je l'ai rencontrée dans la rue. Elle me raconta qu'elle avait épousé un ouvrier. De déception, son père avait rompu avec elle, mais c'était en train de se raccommoder. « Tu te souviens, le pot au lait ? » lui demandai-je. Elle se souvenait : « Tu aurais dû les inviter chez toi, ces snobs, elles auraient vu ! » me répondit-elle.

Chaque samedi, la directrice venait dans la classe proclamer les résultats et distribuer aux bonnes élèves croix de sagesse et croix de travail. Celle qui, durant le mois, s'était montrée la meilleure obtenait le ruban d'honneur : un très large ruban de couleur violette que l'on portait en travers de la poitrine. Lorsque la directrice appelait les noms, je rêvais d'être nommée : elle dirait « Janine Boissard », je m'avancerais vers l'estrade et, sous les yeux de toutes, elle me décorerait. Mais mon nom n'était jamais prononcé, sauf lorsqu'il y avait composition de rédaction.

Dans cette matière, j'avais toujours la meilleure note, et il arrivait que la maîtresse lise mon devoir en classe. Alors, à mon pupitre du dernier rang, je tremblais autant de confusion que de bonheur : Aude, Armelle, Ghislaine, Jacqueline, Brigitte, vous qui aviez la croix, qui arboriez le ruban d'honneur, bien que vous me tourniez le dos, c'était comme si vous me voyiez enfin !

« Janine Boissard, dit la maîtresse. Décidément, vous me rendrez folle avec vos idées... »

Elle a ouvert le beau livre que j'ai emprunté à la bibliothèque : un livre de poésie de celui dont on m'a dit qu'il était le plus grand poète français. Indignée, elle pointe le doigt sur la page de garde où, de ma plus belle plume, j'ai inscrit ces mots : « A Janine Boissard, mon arrière-arrière-petite-fille bien-aimée. » Et j'ai signé « Victor Hugo ».

9

Ces grandes flammes dans la nuit, en bas de notre rue, c'était une maison qui brûlait. D'abord, il y avait eu la sirène, puis, très vite, le bourdonnement des avions et les tirs de DCA ; enfin, le bruit plus lourd des bombes. Sitôt après la sirène, nous avions entendu les Sergent descendre l'escalier pour se rendre à la cave. Nous, nous restions dans l'appartement. Une fois pour toutes, maman avait décidé qu'elle préférait mourir d'un coup dans l'effondrement de l'immeuble plutôt qu'enterrée vive avec ses enfants sous les ruines. Demain matin, en rentrant de La Tour, je chercherais les éclats d'obus dans les jardins privés de l'avenue Paul-Doumer, espérant en trouver un « gros très intéressant » pour Maxime qui en faisait collection. Mais, pour l'instant, avec Nicole, souffle suspendu, nous guettions le bruit des bombes comme, à Montbard, certains soirs d'été, celui du tonnerre. Seulement, à Montbard, il y avait, dans la chambre de grand-mère, la « cloche à orage », bénite par le pape, qui préservait les maisons de la foudre lorsqu'on l'agitait.

Maman était venue nous rassurer : « Ne vous inquiétez pas, c'est seulement la DCA. » Elle disait ça... Papa arpentait la galerie en répétant : « Funérailles... funérailles... » mot dont j'ignorais le sens, mais qui, pour moi, conjurait le malheur comme cette fameuse cloche à orage. Malgré l'interdiction, je m'étais levée et je l'avais rejoint. C'était alors que, par la grande fenêtre, j'avais vu, dans notre rue, cette maison qui flambait.

Dans mes rêves de gloire, je bravais les incendies pour sauver des vies ; je m'étais retrouvée, hurlant de terreur, dans les bras de papa. « Ce n'est rien, ce sera bientôt fini », avait-il promis et je m'étais calmée : avec lui, que pouvait-il m'arriver ?

Ce père, ce joyeux protecteur, pourvoyeur inlassable de foi et d'optimisme, je ne me doutais pas, ce soir-là, qu'il allait bientôt nous être enlevé ; que l'année prochaine, à La Tour, lorsqu'on demanderait aux filles de prisonniers ou de déportés de se désigner, avec fierté, le cœur battant, je dresserais bien haut mon doigt. Oui, cet homme tranquille, « grand commis » de l'Etat, directeur général des Domaines, dans l'épaule duquel, cette nuit de bombardement, je cachais mon visage, prenait la très lourde responsabilité de fournir des camions à la Résistance ; avec ses amis que je voyais parfois à la maison : Raoul de Vitry, René de Peyrecave et Jean Lafont, ils finançaient le réseau de Pierre de Segonzac. Et, *le Pilori,* journal collaborateur, venait de le dénoncer dans son numéro du 7 mai 1943 : « L'attitude de M. Adéodat Boissard et de ses services laissent à désirer dans l'application des mesures d'inventaires et de réalisation des biens ayant appartenu à des Français déchus de la nationalité... » Sous-entendu, des juifs et des francs-maçons...

C'est à Montbard, le 9 août, que la Gestapo est venue l'arrêter, mais c'est la journée précédant ce malheur que j'ai envie de décrire : quand les SS n'avaient pas encore foulé de leurs bottes le sol de notre jardin ; quand, du haut de mon arbre-refuge, l'antique et vaste sycomore aux branches accueillantes, je pouvais encore contempler un paysage intact et qui me semblait pur alors que, le lendemain, quelque chose m'y paraîtrait faussé.

J'ai toujours été étonnée qu'aucun signe ne nous avertisse des événements qui vont transformer notre existence : vous allez perdre un parent, un ami, ou rencontrer ce soir l'homme ou la femme de votre vie... après, les choses ne seront plus jamais tout à fait pareilles, et, pourtant, vous ne sentez rien. Comme les animaux qui perçoivent à l'avance les tremblements de terre ou devinent dans leurs entrailles la vague qui fera couler le bateau, je suis certaine que, quelque part, nous sommes prévenus de la venue des grands bouleversements intimes. Mais ces avertissements, nous ne savons ou ne voulons les lire, car, le plus souvent, c'est la mort qu'ils annoncent.

Et moi, ce 9 août, à Montbard, je suis une petite fille heureuse : mes parents arrivent ce soir ! Nous, les enfants, sommes là depuis le début des grandes vacances, sous la garde de notre gouvernante, avec grand-mère, bien sûr, quelques oncles et tantes, des cousins. C'est une journée torride et les maisons somnolent derrière leurs volets clos. Comme le temps passe lentement à attendre le moment où nous descendrons tous ensemble chercher les voyageurs à la gare ! Je demande l'heure toutes les trois minutes — ma première montre me sera offerte à l'occasion de ma communion solennelle, dans un an. A dix heures, ce matin, j'ai aidé Elisabeth à trier les lentilles, en retirer les fragments de pierre qui ébrèchent les dents des gourmands. A onze heures, grand-mère est descendue gober l'œuf frais que le médecin lui recommande de prendre pour se donner des forces, et je l'ai regardée avec un plaisir secret tirer une épingle de son chignon pour, d'un coup bref, en percer la coquille avant d'en aspirer le contenu. A midi, le tambour a retenti dans la rue et j'ai couru me jucher sur le mur du jardin d'où l'on voit la petite place, pour écouter l'homme en uniforme et à fière moustache donner comme chaque jour les nouvelles du coin avec de puissants roulements de R qui rappellent ceux de son instrument : « On a pêché dans la Brenne une carpe de trois kilogrammes... L'eau sera coupée de trois à cinq pour cause de travaux... Un incendie a ravagé la ferme de M. Maillard... »

L'après-midi, j'ai fait ma récolte de « boules empoisonnées ». Le jardin m'en fournit de toutes sortes et quand, avec mes cousines, nous jouons à la marchande en pillant les buissons pour garnir nos étalages, les adultes nous recommandent de bien nous laver les mains après, car certains de ces fruits sauvages sont mortels. Il y a les boules blanches, comme de grosses perles à œil noir, sur un massif arrondi près de la grille d'entrée ; lorsqu'on les presse entre les doigts, elles éclatent en grumeaux poisseux. Il y a les sèches petites rouges qui n'ont l'air de rien, mais gare ! Enfin, mes préférées, d'un rose translucide, qui pendent en grappes comme des groseilles. J'ai réservé à mes poisons un tiroir de ma commode et les renouvelle souvent, car elles s'abîment, surtout les blanches qui jaunissent et se ratatinent en répandant une drôle d'odeur. Il m'arrive de les approcher de ma bouche jusqu'à les effleurer des lèvres, et je ressens alors la même émotion que lorsque, couchée sur la margelle du puits le plus profond du jardin — celui où, dans la pierre, s'enlacent le B de Buffon et le D de Daubenton —, je jette des cailloux dans la bouche sombre pour entendre, au fond, la mort me répondre.

Boules empoisonnées... champignons mortels... Dans *l'Esprit de famille,* Cécile éprouve comme moi ce besoin de tenir la mort sous clé. Pour s'en préserver ? Je ne le crois pas : plutôt pour la regarder en face et lui dire : « Il ne tient qu'à moi. » Etre celle qui décidera. Dans la famille, la mort n'était pas un sujet que l'on évitait, puisqu'elle était naissance à une autre vie près de Dieu. Mais les sourires conquérants des zouaves pontificaux dans leurs uniformes encore intacts nous rappelaient que l'on ne choisissait ni le jour ni l'heure, et c'était cela qui m'impressionnait. « Si tu devais mourir dans une heure, qu'est-ce que tu ferais ? » C'était un de nos jeux préférés avec Nicole. Je n'ai guère changé depuis ma collection de boules empoisonnées, puisque aujourd'hui, et sans avoir aucunement l'intention de mettre fin à mes jours, il m'est réconfortant de penser qu'à portée de ma main j'ai les moyens de m'en aller au moment de mon choix.

Il est cinq heures à Montbard. La chaleur commence à desserrer son étreinte et les volets claquent contre le mur des maisons comme on les ouvre pour laisser entrer l'air du soir. Le moment est enfin venu de descendre à la gare en cortège familial. Grand-mère, trop faible pour faire davantage qu'un tour de jardin, reste à la maison bien sûr, ainsi que les petits, dont Aliette et Claudie qui protestent. Nous passons par la rue commerçante où, à chaque pas, il faut dire bonjour à quelqu'un : bonjour à M. Duthu, le quincaillier, à Angèle, la coiffeuse, à M. Mouillot, le pâtissier et mon bienfaiteur qui me réserve sur un plateau ses miettes de gâteaux, et M. Belioef, au bel accent slave, qui nous approvisionne en journaux. Comme c'est bon de croiser tous ces sourires, de sentir vibrer les racines bourguignonnes et comme ma poitrine se gonfle de joie en pensant que, bientôt, « tout le monde sera là ». Voici la gare, en face du fameux restaurant réputé pour sa truffe en brioche et ses œufs en meurette. Voilà le train qui s'arrête dans un étourdissant crissement de freins. J'avais oublié combien ma mère était jolie et mon père immense : « Alors Janotte, ça va ? » Et bien que depuis le matin je ne pense qu'à l'instant où je reverrai mes parents, je suis incapable de manifester mon bonheur : « Ça va ! » Il me faudra de nombreuses années pour y parvenir. A peu près.

« Grand bourgeois libéral, diplomate habile, Adéodat Boissard appartient à la cause anglophile dont il se révèle le champion le plus efficace. » Cette phrase est tirée du texte de dénonciation qu'un collègue de papa, comme lui inspecteur des Finances, a fait parvenir aux Allemands. Plusieurs de ses amis ont déjà été arrêtés et il s'attend à l'être d'un moment à l'autre. Il pourrait encore s'enfuir, se cacher, mais en plein accord avec maman qu'il a toujours tenue au courant de ses activités, il a décidé de rester, craignant qu'un autre ne soit emmené à sa place. S'il est venu à Montbard ce soir, c'est pour nous dire au revoir.

Et, comme nous remontons vers la maison en devisant joyeusement, je ne sens, ne devine rien. Pourtant, il ne pouvait pas être tout à fait le même, mon père ! Il devait se montrer encore plus tendre que de coutume, et peut-être plus gai pendant qu'il y était, tandis que maman le regardait sûrement comme on regarde celui dont on va être privé : avec des yeux d'attente.

Non, rien ne m'a avertie que c'était une dernière soirée et quand papa s'est penché sur grand-mère, après la prière, pour lui souhaiter bonne nuit, je me suis, une fois de plus, émerveillée de voir cet homme, pour moi la force, traiter avec tant de respect la petite femme en chemise de nuit qui, du bout du doigt, a tracé une croix sur son front afin de le mettre sous la protection du Seigneur.

Les SS sont venus le lendemain à l'aube. Ils ont envahi les maisons, ouvert les portes à coups de botte, pointé leurs mitraillettes sur le lit où dormaient mes parents et emmené mon père. Plus tard, dans la chambre de grand-mère qui retenait ses larmes, priait et glissait dans ma main des pastilles de Vichy, je regardais la cloche à orage tandis qu'une rancune confuse m'emplissait : bénite ou non, elle n'avait pas marché pour papa ! Elle marchera pour oncle Henri : lorsque ce même jour, la Gestapo reviendra demander à grand-mère un second fils, elle ne le trouvera pas. Il est en Savoie.

Alors, avec Maxime, Nicole et notre cousine Françoise, nous avons pris des sacs et sommes allés glaner dans les champs les épis de blé oubliés. Puis, à la cuisine, nous les avons longuement roulés dans nos paumes pour séparer le grain de la paille, et Elisabeth, les yeux rougis, criait qu'on lui en mettait partout. Ensuite, nous lui avons chipé son moulin à café pour moudre notre grain. C'était dur à tourner et moi j'étais chargée de vider le petit tiroir dans le tamis inlassablement agité afin d'obtenir une farine aussi blanche que quand les Boches n'étaient pas là, que l'on ne venait pas enlever les pères et donner aux mères des visages à fendre le cœur des enfants. Enfin, Nicole et Françoise ont confectionné un gâteau et, en grande pompe, nous l'avons offert à maman. C'était pour elle toute seule et j'aurais voulu qu'elle le mange tout entier, mais elle n'en a accepté qu'une petite part et c'est nous qui avons englouti notre cadeau de consolation.

Et aujourd'hui, c'est dimanche. Les cloches de Sainte-Ursule nous ont appelés à la grand-messe chantée dans le parc Buffon. A gauche, se tiennent les hommes, leur coiffure à la main ; à droite, les femmes, têtes couvertes. La famille occupe plusieurs rangs.

Moi, je ne suis plus là ; je suis là-haut, près de l'orgue, et je chante en solo. Les yeux fermés, de toute ma poitrine et mon cœur, j'exprime cette sorte d'urgence, cet élan douloureux qui me tend depuis Megève. Et avec mon cri, se défont des liens, éclatent des murs invisibles, je m'envole. Malgré le respect dû à Dieu, toutes les têtes se tournent vers moi : « Qui est-elle ?... » « A qui appartient cette voix angélique ?... » Le prêtre lui-même est troublé. Et le plus beau reste à venir ! Tout à l'heure, à la sortie de messe, un impresario, qui se promenait par hasard dans le parc Buffon et que ma voix aura pétrifié d'admiration, demandera à parler à ma mère. « Saviez-vous, lui dira-t-il d'une voix rendue rauque par l'émotion, que vous avez une grande artiste dans la famille ? » Le regard de maman sur moi sera lumineux. Je parcourrai le monde... Lorsque papa reviendra, je serai célèbre...

« Qu'est-ce que tu fais, tu dors ou quoi ? » Nicole m'administre au bras un douloureux « pinçon tournant » et je me retrouve sur mon banc, seule assise alors que tous les fidèles sont à genoux. Là-haut, s'époumone la chanteuse, une grosse dondon à voix de chèvre dont les adultes rient sous cape à la maison, quoiqu'il ne faille jamais se moquer de son prochain. Étonnée, Nicole regarde mes yeux humides : « Mais tu pleures ? C'est à cause de papa ? » Non ! Je viens de faire mon « rêve de messe » : chanteuse célèbre. J'ai un rêve pour chaque lieu, presque pour chaque heure de la journée. Le mot « célèbre » en est la clé. Une sorte de double lumineux m'accompagne partout, que, pour l'instant, je suis seule à voir. Gros progrès sur les rêves de Megève : à présent, il ne m'est plus nécessaire de mourir pour que l'on reconnaisse enfin mes mérites. Mais cela se conclut toujours par des torrents de larmes.

Mi-août, nous parvint un mot de papa, confié par lui à l'aumônier du camp de Compiègne où il avait passé trois jours. Ce mot, écrit à la hâte sur du papier de cabinet, nous apprenait que papa avait retrouvé deux amis au camp : Wilfrid Baumgartner — après la guerre il sera nommé gouverneur de la Banque de France — et Jules Mény. « Ils allaient, écrivait papa, être dirigés vers l'Allemagne. Maman ne devait pas s'inquiéter. Il nous embrassait tous. » Durant les neuf mois qui suivront, nous n'aurons plus aucune nouvelle.

Aliette tomba malade. La fièvre se mit à monter si haut que nous craignions qu'elle ne casse le thermomètre, ce qui, d'après un cousin, signifierait la mort. Maman appela à Paris notre médecin de famille, le Dr Gilbrin, et lui décrivit les symptômes de la maladie ; elle lui apprit aussi que les Allemands avaient emmené mon père ; elle ne savait que faire. Il répondit : « Je viens. »

Le train le déposa dès le lendemain matin à Montbard. Il diagnostiqua la typhoïde et, quelques heures plus tard, il ramenait dans la capitale maman et ma sœur qui délirait, au grand effroi des autres voyageurs. Ainsi fut sauvée Aliette, future « princesse » de *l'Esprit de famille*. Durant toute la déportation de papa, le dévouement du Dr Gilbrin ne se démentira jamais. Il accourra dès qu'un de nous aura le moindre ennui et, comme maman veut lui régler ses honoraires, il refuse d'une voix sans appel : « Je ne fais pas payer les femmes de prisonniers. »

Ce matin d'août, nous nous apprêtons tous à regagner Paris ; même grand-mère rentre. Parmi les bagages étalés sur le perron, de précieux sacs de pommes de terre. Tout en faisant un dernier tour de vélo dans le jardin et récupérant sur le sycomore les quelques objets indispensables à la vie en altitude que j'y ai entreposés, je ne me doute pas que je ne reverrai Montbard de longtemps. Les Allemands — une équipe sanitaire de l'Afrikakorps en retraite — vont s'installer dans nos maisons. On opérera dans le salon sous les yeux d'Adéodat et d'Emmanuel ; peut-être mourrat-on dans ma chambre, puisque, lorsque nous reviendrons, la guerre terminée, nous retrouverons cinq tombes, dont l'une renfermant le corps d'un soldat de dix-sept ans, à l'endroit du jardin où, après le déjeuner, les parents déploient les chaises longues pour prendre le café à l'ombre.

Mais les grandes vacances ne sont pas terminées ! Maman va rester à Paris auprès d'Aliette. Nicole est invitée chez une cousine. Maxime et Claudie, je ne me souviens pas. Et moi ? Maman a entendu parler d'un couvent sur la côte bretonne qui reçoit des enfants : « Janine, toi qui aimes la mer, réjouis-toi, tu pars ! »

A Montbard, sans le faire exprès, j'ai oublié la mort dans mon tiroir.

10

C'était les grandes marées, et elle était violente, la mer, en Bretagne. Et verte comme l'épave d'un chalutier échoué sur un lit de galets, brune de goémons dont les fruits explosaient sous les pieds, craquante de coquillages, giflant les rochers dans des débordements d'écume, parfumée au sel, au vent et à l'éternité.

« La mer, confie Claire à ses sœurs dans *Cécile et son amour,* m'a appris ce que voulait dire " toujours ". » Le temps s'effaçait quand je la regardais. Oui, j'étais là depuis toujours, ou plutôt j'étais « de là », une part de ce mouvement profond, un souffle de cette ample respiration. Mais la douleur était aussi au rendez-vous : mon père ne tenait plus ma main.

C'était les vacances, et, dans ce couvent-école de Sainte-Marie-des-Ondes, j'étais la seule pensionnaire. Chaque après-midi, à trois heures, sœur Agnès m'emmenait à la plage. Elle avait un teint passé de coquillage, entre le rose et le jaune, et, au-dessus de sa lèvre, une fine moustache qui me fascinait, car je ne savais pas que les femmes pouvaient en avoir aussi. Cela me faisait drôle de voir sa longue robe noire balayer le sable, et je craignais que le vent n'emporte sa coiffe aux longues ailes déployées. Hélas ! sœur Agnès s'était mis en tête de m'apprendre à tricoter et, durant la première heure, assise à ses côtés dans un coin abrité, il me fallait aligner des mailles. Nous avions décidé que, pour faire une surprise à maman, je rapporterais deux chandails à mes petites sœurs. Au bout du fil de laine, j'imaginais la maison, et cela me donnait du cœur à l'ouvrage ; mais, comme ces pelotes roses et blanches, lovées au creux de la jupe sombre, se déroulaient lentement !

Après l'heure du tricot, venait enfin celle du bain. Sa robe retroussée sur ses bas opaques, sœur Agnès me surveillait et frappait dans ses mains si je m'éloignais trop, car je ne savais pas nager. J'avais un but : apprendre à faire la planche. « Si tu t'étends sans peur, jambes bien droites et bras en croix sur la mer, elle te porte », m'avait assuré un cousin qui ne racontait pas d'histoires. J'entrais dans l'eau jusqu'à la taille, écartais bien les bras, me renversais en arrière, buvais la tasse et recommençais.

Puis c'était le moment du goûter, que je prenais, bleue de froid et claquant des dents, car j'avais une « mauvaise réaction ». Comme elle était savoureuse, ma « tartine au sable » où immanquablement quelques grains venaient se coller qui crissaient sous ma dent, mais qu'importait, j'aurais bien mangé toute la plage ! Sœur Agnès goûtait aussi et, parfois, partageait avec moi une barre de chocolat.

Enfin, durant la dernière demi-heure, tandis qu'elle récitait son chapelet, j'avais la permission, armée d'un long crochet, d'explorer le dessous des rochers. Ah ! distinguer, tout au fond, dans un recoin obscur, la masse sombre d'un « dormeur »... A plat ventre sur le sable, enfoncer mon crochet dans le mystère crépitant et entendre le bruit d'une carapace heurtant la pierre... Ils étaient énormes, les tourteaux, à Sainte-Marie-des-Ondes, et ce n'était pas un combat facile que nous nous livrions. Je sentais ce poids au bout de mon bras et mon cœur battait. Parfois, j'en ramenais un, couleur d'automne, si lisse, si lourd. Il méritait bien son nom de dormeur, ne pensant qu'à s'enterrer au lieu de se dresser pour affronter l'ennemi, pinces déployées, comme les crabes ordinaires ! Je le prenais entre deux doigts et, tandis que je le regardais, avant de lui rendre sa liberté, il me semblait voler son secret à la mer.

Aujourd'hui, me hante encore le spectacle, sur un bateau de pêche près de Hawaii, d'une haute colline de crabes torturés par un soleil de plomb et auxquels on avait arraché pattes et pinces mais que l'on gardait vivants. Et dire que le soir même il me fallut, pour ne point offenser mes hôtes, feindre de déguster leur chair en potage.

Lorsque le clocher du village éparpillait ses cinq coups au vent, sœur Agnès enveloppait mon ouvrage dans une serviette, je remettais mes sandales, nous remontions le sentier bordé de fougères qui irritaient mes mollets, longions la falaise caressée par les cris des goélands argentés, prenions le « chemin des genêts » qui menait aux maisons grises et blanches, derrière lesquelles s'élevaient les murs du couvent. La porte se refermait sur nous. Je n'avait plus, pour me parler de la mer, que les appels des mouettes.

On m'a souvent dit que je décrivais bien la nature, et, sans fausse modestie, je m'en étonne. J'ai lu tant de descriptions admirables de paysages : tout y est, chaque nuance, chaque odeur, le nom précis des choses. Moi, je trempe ma plume derrière l'image, dans l'émotion qu'elle me procure. Si je cherche à décrire des vagues, je ne montrerai ni leurs rouleaux, ni leur écume, mais le remue-ménage qu'elles provoquent en moi. Lorsque je parle d'un coquillage, c'est sa confidence à mon oreille, ou sa traître coupure sous mon talon que je vais dire. J'entends, autour du sapin, si je le regarde longtemps, le bruit formidable qu'il ferait si la tempête l'abattait : comme la déchirure d'un morceau de temps... Il m'arrive de penser que tout, dans la nature, n'est que réponse à nos couleurs intimes : cette vague que la lune régit comme le cœur notre sang, ce sapin qui, un jour, retournera à la terre, ce bourdonnement d'insecte dans un après-midi d'été, auquel répond immanquablement, là-haut, le tracé vibrant d'un avion, ne sont là que comme échos à notre surprise inquiète d'exister.

Et puis, un matin de septembre, comme je m'exerçais à la balle au mur, ils ont déboulé dans la cour, galoches aux pieds, cartable au dos, rien que des garçons, c'était la rentrée ! Etonnés d'abord, puis méfiants, ils ont regardé « la fille », la Parisienne qui logeait au couvent. Je m'apprêtais à être attaquée comme à Megève. Mais non ! Ceux-là n'ont pas osé me toucher. Mais ils ne s'en sont pas moins intéressés à ma personne, oh combien !

Les premières lignes d'*Une femme réconciliée*, c'est eux, c'est moi. Il y avait dans la cour où nous passions beaucoup de temps, en ce mois encore chaud, une rangée de portes peintes en vert, celles des cabinets à la turque. Chaque fois que je m'y rendais, une troupe de garçons me suivait ; ils attendaient que je sois entrée et que j'aie relevé ma jupe pour ouvrir la porte d'un coup de pied et me désigner en hurlant de rire. Où aller ? Les cabinets de la maison, réservés aux religieuses, étaient fermés à clé. J'avais bien un pot dans ma chambre, mais il m'était interdit d'y monter durant la journée.

En cette fin de matinée, une envie tenace me tourmente. Mais les garçons guettent. Je préférerais mourir plutôt que d'aller ouvrir l'une des portes vertes. N'en pouvant plus, je pénètre dans le couvent. Silence, obscurité, odeurs du réfectoire où déjeunent les religieuses, angoisse en moi qui n'y tiens plus. Et voici que, dans un couloir, je crois voir mon salut : là-bas, sur le rebord de la fenêtre, il y a un pot de terre avec une plante grasse. Faute de mieux, je me précipite sur ce récipient. Pauvre plante... J'en souris aujourd'hui mais quelle angoisse ce matin-là, lorsque je constatai que le liquide débordait du pot...

Chaque matin, au petit déjeuner, à côté de mon bol, je trouvais dans un sac en tissu ma ration de pain pour la journée : quatre larges tranches presque noires, une pour chaque repas, goûter inclus. Il me fallait toute ma volonté pour ne pas dévorer les quatre à la fois. Ah, l'odeur de ce pain ! Aujourd'hui encore, elle me transporte, et si, à la baguette, je préfère tout ce qui est pain complet ou au son, c'est à cause de ce sac où, à Sainte-Marie-des-Ondes, je plongeais mon nez. Mais, mêlée aux senteurs brunes, il y aura toujours pour moi l'image d'une petite fille assise, seule, devant son bol et sa ration, et qui se demande si elle reverra jamais sa maison...

Ce matin-là, la religieuse-institutrice, sœur Agathe, m'a proposé de participer à sa classe. Je n'ai pas osé refuser et elle m'a placée au premier rang. Contrairement à ce que j'ai connu à Paris, il n'y a ici qu'une seule salle où tous les enfants sont rassemblés, du plus grand au plus petit. Nous commençons par la lecture. Stupéfaction ! Aucun de ces garçons qui m'impressionnent tant ne lit correctement ! Il faut les voir, nez sur la page, suivant les lignes du doigt, ânonnant, déformant les mots. On dirait qu'ils ne comprennent pas ce qu'ils lisent. Mon tour arrive enfin. Dans un grand silence, je lis couramment, en mettant le ton, en respectant la ponctuation, consciente d'être la meilleure, éprouvant pour la première fois un sentiment de fierté et, surtout, de confort. Je continuerais bien toute la journée !

Mais voici qu'un bruit scandé, d'abord unique, puis de plus en plus fort, s'élève. On n'entend plus ma voix. Les yeux fixés sur moi, tous ensemble, les garçons frappent des sabots et des galoches, manifestant ainsi leur humiliation et leur hostilité. Je ne suis pas des leurs. Ils ne veulent pas dans leur classe de cette fille qui sait lire. Sœur Agathe ne m'y invitera plus. Je ne crois pas avoir réalisé à l'époque que, rejetée à Paris parce que j'étais mauvaise élève, je venais de l'être ici pour être trop bonne.

Cette révolte exprimée par les pieds, bien des années plus tard, je devais la revivre. C'était dans le métro — une heure creuse — et trois jeunes à l'aspect violent venaient de monter dans le compartiment où je me trouvais seule. Ils prirent place à côté de moi et commencèrent à m'importuner. Lorsque le métro s'arrêtait aux stations, ils se renversaient en arrière et, de leurs bottes pointues, frappaient aux carreaux pour empêcher les gens de monter. Galoches ou sabots des petits paysans en Bretagne qui ne pardonnaient pas à « la Parisienne » de savoir mieux lire qu'eux... Dérisoires bottes de cow-boy des jeunes citadins qui en voulaient à la bourgeoise d'être visiblement plus à l'aise qu'eux dans ses « pompes »... Soudain, dans ce wagon de métro, je me souvins de cette matinée à Saint-Marie-des-Ondes. Cela m'aida, je crois, à prendre du recul, et à me tirer de l'aventure sans dommage. Pour me libérer de cette image de violence, j'en fis un chapitre de *Claire et le bonheur*.

Une fin d'après-midi, tandis que je joue à la balle au mur, jeu auquel je suis devenue experte — je sais maintenant jongler avec trois balles —, sœur Agnès vient me chercher : la Mère supérieure me demande. Ma gorge se serre : qu'ai-je fait ? Mais, dans le grand bureau-bibliothèque, un large sourire m'accueille. Sur les genoux de la Supérieure, il y a un paquet ouvert : « C'est pour toi, annonce-t-elle. Un livre que ta maman t'envoie. » Elle me fait asseoir à ses côtés pour que nous le regardions ensemble. C'est un magnifique livre illustré sur la Sainte Vierge ; d'aussi grand, je n'en ai jamais eu ! Tandis qu'elle tourne lentement les pages, je peux sentir combien, elle aussi, le trouve à son goût et j'en suis fière. De courtes prières sous forme de poèmes accompagnent chaque image. Nous en lisons certaines. Ne parlons pas de l'odeur du papier glacé... « Tu lis toujours d'abord avec ton nez... » me fait remarquer maman en riant, à la maison, lorsqu'elle me voit ouvrir un livre et le respirer longuement. Je me promets de m'en « payer une tranche », ce soir. Nous arrivons à la dernière page. La Supérieure referme le livre, et, comme je tends la main pour le prendre, elle l'écarte : « Si tu es d'accord, dit-elle, nous le garderons ici ; tu viendras le voir quand tu voudras. » Et elle le range parmi d'autres sur une étagère bien trop haute pour moi. Ma déception est immense et se double d'un profond sentiment de frustration : non, je ne suis pas d'accord, ce livre m'appartient, mon nom est inscrit sur le papier qui l'enveloppait ! Mais je n'ose protester : j'ai appris à obéir aux adultes, plus encore à ceux qui se sont consacrés à Dieu. Et je m'interdis de penser que cette femme agit mal.

Je ne me le suis autorisé que quelques années plus tard, et il m'en a fallu plusieurs autres pour lui pardonner. Dans son petit village perdu de bord de mer, elle n'avait probablement jamais vu un livre aussi beau. Fallait-il que son envie en fût grande pour qu'elle me l'ait ainsi... dérobé !

La mer me console ! Je sais maintenant faire la

planche : bras en croix, jambes molles, je me laisse bercer. Et entre cette eau et ce ciel qui, à quatre heures, emprunte ses couleurs aux fruits mûrs du jardin de grand-mère, quelque chose monte en moi qui m'exalte et me déchire : un appel, un élan. Tout mon être n'est plus que deux mots impérieux : « Je veux ! » Oui, « Je veux, je veux. » Si seulement je savais quoi ! Sœur Agnès frappe des mains : « Rentre, Janine, tu vas avoir froid. » C'est quand je rentre et que je n'entends plus l'appel que je grelotte.

> *... et leurs doigts électriques et doux*
> *Font crépiter parmi ses grises indolences*
> *Sous leurs ongles royaux la mort des petits poux.*

Ces vers sont tirés d'un poème de Rimbaud : *les Chercheuses de poux*. C'est fin septembre. Je suis assise dans la cour, reliée à une religieuse par un grand tablier blanc attaché à la fois à sa taille et à mon cou. Je vis là de délicieux moments, tandis qu'elle passe lentement un peigne fin dans mes cheveux pour me débarrasser de mes poux. Je ne me lasse pas ensuite de regarder mes « habitants » et leurs lentes au creux de la toile immaculée. Puis on arrose ma tête de vinaigre : toutes les têtes des enfants sentent le vinaigre à Sainte-Marie-des-Ondes...

La mer, ce jeudi-là, va me rendre l'amour et la confiance que je lui porte. Sœur Agnès a, exceptionnellement, en plus de sa « tricoteuse », emmené quelques élèves à la plage. Elle a trop à faire avec ses garnements pour me surveiller et, moi, j'ai décidé qu'aujourd'hui je perdrais pied afin de nager coûte que coûte, puisque, paraît-il, il fera bientôt trop froid pour se baigner. Les mouvements, je les connais par cœur ; je les répète souvent dans ma chambre et les fais même à la chapelle, en pensée, quand je joins les mains pour prier. Mine de rien, je commence à m'éloigner du rivage en faisant la planche et battant des mains et des pieds. Le ciel est gris et bas. Il faut que je me hâte avant qu'on ne me rappelle. Lorsque je me juge assez loin, je bascule sur le ventre. Je me souviendrai toujours de ce moment : mon émerveillement lorsque j'ai constaté que je ne coulais pas. Je nageais, oui, je nageais ! Sans doute aussi maladroitement que le chiot que l'on jette à l'eau, mais sans véritable effort et sans peur aucune, bien que, pour la première fois, je ne sentisse rien que le vide sous mes pieds. Ce n'était donc que cela ? Et c'était tout cela ! Ce bonheur du corps sur l'eau, ce sentiment d'avoir gagné, d'être libre, d'être là, moi. Il s'est mis à pleuvoir et sœur Agnès a battu le rappel. Je tremblais de joie autant que de froid sous ma serviette. Quelques années plus tard, dans le secret de ma chambre, regardant mes mots imprimés pour la première fois sur le papier d'un journal, j'éprouverais le même bouleversement joyeux, comme une explosion de moi-même : « Je l'ai fait... et toute seule ! » Mais nous n'en sommes pas encore là.

Et puis, un matin, maman est venue me chercher. J'ai caché au fond de ma valise les tricots pour Aliette et Claudie auxquels j'avais eu le temps d'ajouter une paire de pompons rebondis d'un goût détestable.

Lorsque, arrivée à la maison, je les ai exhibés, maman a poussé des cris d'admiration, comme elle faisait lorsque je lui offrais une de ces cartes postales roses où, dans un cœur plein de paillettes, un militaire posait les lèvres sur le front d'une belle jeune femme. Elle a voulu tout de suite les essayer aux « petites ». Catastrophe ! Les petites avaient beaucoup grandi et elles ont poussé des hurlements parce que leur tête ne passait pas dans le col tricoté trop étroit. Nous sommes quand même parvenues à leur enfiler mon œuvre, mais, à présent, c'était les bras qui se refusaient à passer et les chandails leur arrivaient au-dessus du nombril. « Ils sont ravissants quand même », a constaté maman avec enthousiasme, tandis que Claudie s'étouffait avec un pompon. Moi, je me revoyais sur la plage, tricotant aux côtés de sœur Agnès, regardant dans le creux de sa jupe se dérouler si lentement le temps, et je ressentais quelque chose d'inconnu, à la fois triste et gai, comme un sourire particulier. Je crois que j'apprenais l'humour. Mais l'essentiel n'était-il pas qu'au bout de ces fils roses et blancs, même si l'ouvrage était raté, il y ait bien eu la maison ?

« J'ai appris à nager », ai-je annoncé à la famille durant le dîner.

Cela n'a guère impressionné Maxime et Nicole qui savaient déjà. « Voilà une bonne chose de faite », a constaté maman.

Je n'ai pas parlé des garçons qui me guettaient dans la cour, ni de ma solitude car, vraiment, j'étais très seule là-bas, à jeter mes balles contre le mur et, surtout, le soir, dans ma chambre. Je n'ai pas dit que, lorsque la nuit tombait sur moi de tout son poids de silence et d'angoisse, j'avais la certitude d'être là pour toujours et que, pour en finir une fois pour toutes avec ce trop grand bonheur parmi les miens et ce trop grand malheur lorsque je m'en trouvais séparée, je décidais alors de me faire religieuse, comme sœur Agnès. Cachée sous l'uniforme, derrière les ailes d'une coiffe, les hauts murs du couvent, les prières et les rites, il me semblait que je serais enfin pareille aux autres. Et puis, j'aurais droit aux cabinets de la maison ! Au matin, le soleil revenu, deux choses me faisaient hésiter : les bains de mer étaient interdits aux religieuses ; et j'avais peur que la moustache me pousse.

Tout cela, je l'ai gardé pour moi. En commençant ce chapitre, j'avais décidé de ne parler à mon lecteur que de choses amusantes ou heureuses : le pot de fleur qui déborde, les tricots trop étroits, ma découverte de la nage... Tout comme la petite fille de onze ans qui craignait d'ennuyer avec ses états d'âme, l'écrivain, aujourd'hui, garde la peur de lasser en contant trop longuement ses angoisses enfantines.

— Finalement, c'était bien ou pas? m'a demandé Nicole, ce soir de retour, après avoir éteint la lumière.
— Pas mal, ai-je dit. Surtout la mer et les poux.

11

« Quand j'avais ton âge, raconte maman, et que j'habitais près de l'Etoile avec mes deux sœurs et mes cinq frères qui organisaient chaque soir de grandes bagarres au désespoir de ta bonne-maman, on était déjà en guerre avec les Allemands : c'était la guerre de 14. »

— Et qui a gagné ?

— Les Français, répond maman, mais il y a eu énormément de morts et beaucoup de filles n'ont pas trouvé de maris après.

Voilà qui m'impressionne : pas de maris ! Et pas de famille. Quand maman avait mon âge, onze ans, et que c'était déjà la guerre, elle était devenue la marraine d'un soldat de vingt ans : Alfred Lemonier. Il était orphelin et personne ne s'inquiétait de lui au front tandis qu'il se battait pour la France. Alors, maman lui écrivait des lettres où elle lui remontait le moral et lui envoyait des colis. Et voici que, vingt ans plus tard, durant cette autre guerre, c'est le filleul qui, cette fois, va aider la marraine : l'orphelin qui va nourrir la mère de famille.

Jambon... Alfred Lemonier est sabotier près de Mortain, dans la Manche. Il n'a jamais cessé de correspondre avec maman et connaît les difficultés qu'elle a pour nous nourrir. Pas question d'acheter au marché noir : maman ne touche plus qu'une partie du traitement de papa, elle a dû emprunter de l'argent à ses parents. Contre des draps, elle parvient à se procurer un peu de sucre et elle enfourche son vélo sitôt qu'on lui signale quelque part un arrivage de légumes ; mais remplir les assiettes de cinq enfants est, pour elle, un souci lancinant. Un jour, Alfred Lemonier lui écrit qu'il a à sa disposition — oh ! merveille ! — un jambon. Mais il faut qu'elle vienne le chercher.

Et en cette fin d'après-midi, la précieuse victuaille cachée dans une valise, maman revient de Mortain. Lorsque le train s'arrête à Paris, angoisse : la police est là, fouillant les bagages des voyageurs. Passera-t-elle ? L'air innocent, elle longe le quai lorsqu'un policier l'arrête : c'est un Français. « Ouvrez votre valise, madame. » Maman ne peut que s'exécuter et le jambon est découvert. Alors, désespérée, elle lève les yeux sur cet homme, le regarde bien en face et dit : « J'ai cinq enfants à nourrir et mon mari est prisonnier. » « Refermez votre valise », dit-il.

Cantal... D'un autre coin de France, un ami nous a fait parvenir un gros morceau de cantal. On le garde sous une serviette, dans la salle à manger, appelée à juste titre « la glacière », car il y fait 7 degrés. Le fromage grouille de vers. « De la viande sans tickets », dit Maxime avec satisfaction en engouffrant chaque jour, sans faire le détail, la part qu'on lui octroie. Ce cantal va me donner l'occasion de découvrir la faim, la vraie ! Car nous, même si nos estomacs ne sont jamais assez remplis, et si nous faisons la grimace devant salsifis et rutabagas qui composent notre ordinaire, du moins avons-nous toujours quelque chose à manger... Ce qui n'est apparemment pas le cas de ma demoiselle de piano.

Car j'étudie le piano ! Un jour, une amie de maman, musicienne, s'est exclamée en regardant ma main : « Mais c'est une main d'artiste ! » On m'a donc mise à cet instrument. Maman y voit plusieurs avantages : tout d'abord, elle aide ainsi une pauvre demoiselle qui n'a pour vivre que les quelques leçons qu'elle donne. Ensuite, devant mon clavier, je me tiens à peu près tranquille. Mais surtout, maman voit pour moi — ma main d'artiste aidant — l'occasion de réussir enfin quelque chose. Elle commence, en effet, à craindre que je ne sois guère douée pour les études — pour une fille c'est moins grave. Cependant elle ne voudrait pas que je nourrisse un complexe vis-à-vis de Maxime et de Nicole qui, eux, sont bons élèves. Qui sait si la musique...

Grand-mère a fourni le piano. Ma demoiselle, une petite femme grise d'une quarantaine d'années qui garde son manteau et ses gants pour me donner ma leçon parce qu'elle a toujours froid, vient deux fois par semaine. Tout de suite, elle pose sur chacune de mes mains une pièce de cent sous, le but étant d'apprendre à articuler les doigts sans bouger cette main. Si la pièce tombe, c'est raté et on recommence. Quelle déception pour l'artiste ! Moi, ce que j'aime, c'est, pédale forte appuyée à fond, laisser mes mains courir sur le clavier en faisant de grands effets de torse et rêvant que je suis sur scène, que j'y ai pris la place d'une pianiste célèbre, victime d'un soudain malaise, qu'un public enthousiaste me découvre et m'ovationne... Bref ! Nous venons de recevoir ce fameux cantal et, ce jour-là, après ma leçon, j'entraîne ma répétitrice dans la salle à manger pour le lui faire admirer. Je soulève la serviette. Je reverrai toujours ses yeux, son visage qui se tend, l'avidité ! Quand je lui en propose un morceau, elle se jette dessus. Et voici que timidement elle me prie, oui, elle me prie, moi, Janine, son élève, de lui en donner un bout pour son repas du soir. Et tout en parlant, elle regarde comme une coupable vers la porte, craignant sans doute de voir arriver quelqu'un qui m'en empêcherait. La surprise, puis la gêne, le sentiment aigu de ma propre chance m'emplissent.

Je lui ai donné son morceau et, l'espace de quelques leçons, je me suis appliquée davantage à articuler les doigts sans faire tomber la sacrée pièce. Mais ma demoiselle de piano avait cessé de m'intimider.

Patates... On a vidé à la cave les deux gros sacs de pommes de terre rapportés de Montbard. Chez grand-mère, c'était les doryphores qui attaquaient leurs feuilles, ici, ce sont les germes qui les dévorent de l'intérieur. Et, à nouveau, les trois grands sont de corvée ! Eclairés par des bougies, installés sur la pile de bois qu'un ami de papa, Jean Watteau, inspecteur des Finances lui aussi — solidarité oblige — a offert à maman pour qu'elle puisse alimenter les deux poêles de la maison, Maxime, Nicole et moi arrachons les tubercules blancs qui hérissent les pommes de terre. Cela nous prendra plusieurs journées. Nos voisins et amis, les Sergent, qui, eux, ne descendent à la cave que lorsque retentit la sirène, nous regardent avec étonnement nous y rendre lorsque règne le calme. Je préférais les doryphores : le travail se faisait en plein air et on était payés.

Œufs... L'été dernier, à Montbard, Nicole a fait avec Françoise, cousine et amie de cœur, le tour des fermes, quémandant des œufs qu'elle a triomphalement offerts à maman. Ces œufs sont conservés dans une jarre brune renfermant un liquide spécial. Un soir de disette, on se décide à faire notre première omelette. Quelle odeur ! Même Maxime se bouche le nez. Toute la précieuse récolte de Nicole est pourrie.

Gâteaux... Je sais bien qu'il ne faut jamais compter

les nouilles dans l'assiette du voisin, car cela mène infailliblement à se tirer des coups de revolver lors des héritages, mais quand je vois, à La Tour, la fille chargée de la distribution des gâteaux vitaminés s'en mettre double ration dans la poche et favoriser ses amies, mon sang bout. Quelqu'un en a offert toute une boîte à maman qui, en prévision de jours encore plus sombres, la garde dans le salon-fantôme, aux meubles recouverts de draps blancs. Furetant à mon habitude, j'ai découvert cette belle boîte carrée. Chaque jour, en cachette, cœur battant et honte aux joues, je soulève le papier gaufré et prélève quelques biscuits, espérant que cela ne se verra pas trop. Le niveau des gâteaux baisse à une vitesse effrayante et, un jour, je prends la décision héroïque de ne pas toucher à la dernière rangée. Oh! stupeur : cela n'empêche pas la boîte de se vider totalement.

Maman n'a rien dit et j'ai compris qu'elle savait! Elle savait que la faim, et non la gourmandise, nous poussait à voler. Et son silence m'a fait plus mal que si elle m'avait grondée; il troublait l'ordre des choses. Faim ou non, ce que je faisais était interdit et méritait châtiment. Et bien que, à l'époque, on commençât à dire de moi que j'étais « pleine de fantaisie », j'avais besoin que les choses fussent en ordre...

Châtaignes... Ce soir-là, comme je rentre de l'école, c'est bonne-maman qui m'ouvre la porte : « Maman se repose, m'apprend-elle, il faut la laisser tranquille. » Illico, je cours dans sa chambre et la trouve sur son lit, un linge rougi sur le nez. Bonne-maman me rassure : « Rien de grave. Maman a été renversée par une voiture allemande alors qu'elle circulait à vélo. Les officiers, corrects, l'ont ramenée à la maison. Le vélo est fichu, son nez cassé, c'est tout. »

Et moi je regarde cette chambre, la pendule aux deux anges sur la cheminée, la commode aux mouchoirs, la soucoupe aux boutons de manchette, le crucifix et tout m'y paraît soudain différent, presque hostile parce que je suis en train d'apprendre que ma mère n'est pas invincible. Et, comme à Megève entre les montagnes, ou dans ma solitude bretonne, à la fois c'est en moi la déchirure et le cri : ce « je veux », mais à vide, qu'étendue sur la mer je lançais au ciel. Oui, « je veux, je veux... » Vivre quand même...

« Pourquoi écrivez-vous ? » me demandent ces journalistes. Et je réponds : « Pour respirer. »

C'est le soir de l'accident de maman qu'à dîner nous n'aurons qu'un plat de châtaignes dont certaines sont pourries. On me force, malgré ma répugnance, à en manger quelques-unes. Je vomis.

A l'automne dernier, la saison des châtaignes, je me promenais dans un petit bois de la vallée de Chevreuse, source pour moi inépuisable de souvenirs tendres et heureux. Et, tandis que mon compagnon remplissait mes mains de ces fruits bruns dont j'apprécie aujourd'hui le goût, je revoyais le lointain jour d'hiver et de guerre. Je les ai gardées plusieurs semaines au fond de ma poche et lorsque je les serrais dans mon poing, l'angoisse d'hier se mêlait au bonheur d'aujourd'hui et je me demandais si le temps existait.

Cochon... Gaston Maringe, ami de papa et inspecteur des Finances — cela va de soi — possède une ferme dans l'Yonne. Il a fait tuer clandestinement un porc, l'a mis en bocaux, en a fait trois parts qu'il a rapportées en douce à Paris pour nourrir trois familles amies. On l'a baptisé, ce porc, « Pierre-Jacques-Adé », du nom des trois heureux bénéficiaires : une part pour Pierre Laure, qui a trois enfants à nourrir ; une pour Jacques Brunet : cinq enfants, et une pour la femme d'Adéodat, « Adé » pour les amis : cinq enfants aussi.

Beurre... A la porte de la salle de bains, je regarde, fascinée, maman peindre ses jambes en brun pour imiter les bas. Mes jambes à moi offrent un spectacle désolant : elles sont couvertes d'écailles qui tombent quand je les frotte. Maxime dit que j'ai une peau de crapaud. Je continue, en outre, malgré le climat plus clément, à avoir des engelures. Maman me conduit chez notre cher docteur Gilbrin et lui montre le tout avec consternation. « Il faudrait frotter cette enfant avec du beurre, déclare-t-il, et lui en donner à manger : elle manque de matière grasse »...

Mais le beurre, on a mieux à faire que d'en tartiner mes jambes : on le garde pour papa. Car enfin, enfin, après huit mois de silence, nous venons d'en avoir des nouvelles. Il a d'abord passé trois semaines à Buchenwald — le nom n'évoque rien de spécial pour personne —, puis il a été interné au camp de Planzee en tant que prisonnier politique. Il n'est **pas** mal traité, assure-t-il dans ses lettres, et il se trouve là-bas avec ses deux amis : Wilfrid Baumgartner et Jules Mény. Jules Mény ? Un jour, à une réunion d'enfants, une fille un peu grosse, pas très belle, et que les autres laissaient à l'écart, s'est timidement approchée de moi et m'a appris que son père était prisonnier avec le mien : voulais-je bien être son amie ? C'était la fille de Jules Mény. Comme elle n'habitait pas loin de la maison, nous sommes rentrées ensemble. Sur son manteau était cousue une étoile jaune ; je savais ce que cela signifiait. Elle semblait en avoir honte, aussi me tenais-je tout près d'elle pour lui montrer que cela n'avait pas d'importance pour moi. Cependant, je me souviens très bien d'avoir éprouvé un sentiment de confort, de supériorité, parce que, moi, je n'en portais pas.

... Mais nous en étions au beurre ! Depuis le 22 juin 1941, jour où l'Allemagne a envahi la Russie et où maman et sa mère ont échangé des télégrammes codés pour s'en féliciter : « Quelle joie ! Bravo ! Nous nous réjouissons tant ! » maman sait, elle est certaine que les Allemands finiront par perdre la guerre. Mais aujourd'hui où l'on parle d'un débarquement imminent, elle craint pour papa les représailles de ses geôliers et décide de lui faciliter les choses au cas où il voudrait s'évader. Un ami d'Eugénie — qui continue à l'appeler « la petiote » — soude dans une boîte de conserve un tuyau où maman glisse quelques pièces d'or. Le tout est recouvert de beurre, et en avant pour Planzee ! Prisonniers politiques, papa et ses amis ont droit à quelques colis qu'ils mettent en commun. Reste à faire comprendre au destinataire, plutôt enclin à économiser, qu'il faut vite consommer ce beurre, sans que les Allemands, qui épluchent le courrier, flairent quelque chose d'anormal. « Ce beurre est à consommer rapidement, écrit maman, il ne se gardera pas. » La réponse de papa indique qu'il n'y a pas goûté. Lettre suivante : « J'espère que tu as mangé le beurre ; avait-il bon goût ? » Apparemment, papa ne se décide pas. « Si tu attends trop, il sera perdu », écrit maman... Le courrier sera interrompu entre la France et l'Allemagne avant que nous sachions si le trésor a été découvert !

Voilà ! Jambon, patates, œufs, cochon, châtaignes, beurre... Nourriture et liberté. Besoins fondamentaux de l'homme. Nourriture d'abord ! Celui qui ne pense qu'à survivre peut-il réfléchir à sa liberté ? Certains dictateurs le savent bien, qui affament pour mieux opprimer. Et tandis que j'écris ces lignes, pour des millions d'hommes, de femmes et d'enfants, l'existence est bien pire que pour nous pendant la guerre. Et tandis que je les écris, des hommes à bout d'espoir choisissent de mourir de faim plutôt que de vivre en esclavage. Non contents de posséder les corps de ces esclaves, les tyrans veulent aussi s'emparer de leurs esprits. Ils leur refusent le droit de croire en Dieu : s'élever est une injure à leur propre bassesse et un moyen de leur échapper. Et d'autres se servent du nom d'Allah pour fanatiser leurs peuples et les envoyer à la mort.

C'était Dieu qui donnait à maman ce sourire d'espoir qui nous réchauffait tous. C'était la certitude que tout ce que nous vivons sur terre est fruit pour la vie éternelle qui lui permettait de tenir bon. Elle savait, avec le F lumineux de la foi, qu'en ce monde ou en l'autre elle retrouverait son mari, et la prière, déjà, les unissait par-delà les frontières humaines. Chaque soir, tous ensemble agenouillés dans la grande chambre, nous nous adressions à Lui, certains que, de son côté, notre père faisait de même. Et, en ce 8 mai 1944, date anniversaire de son mariage, le prisonnier, là-bas, fait vœu de tous nous emmener à Lourdes s'il est de retour à la maison avant le 8 mai 1945. Et moi, à Paris, stupide, demeurée et toujours sur mes nuages, je ne trouve rien de mieux que de demander à Jésus de nous envoyer un petit frère supplémentaire pour faire une surprise à papa quand il reviendra. Maxime pouffe de rire. Consternée, Nicole me fait signe de ne pas insister. Aliette et Claudie semblent trouver cela une excellente idée. Maman sourit.

Le débarquement a enfin eu lieu et, sur le visage de maman, à l'espoir se mêle l'inquiétude pour papa dont nous n'avons plus de nouvelles. Maxime étale sur la porte de son placard une carte de France où il marque avec des drapeaux l'avance des Alliés.

C'est juin. Bel-Air et Montbard sont occupés. Où aller avec cinq enfants et un minimum d'argent ? Bien que l'on craigne pour la capitale, maman ne voit d'autre solution que d'y rester.

C'est compter sans Gaston Maringe, le généreux donateur du cochon « Pierre-Jacques-Adé ». Début juillet, il vient littéralement nous enlever ! Maman proteste faiblement : « Ils sont déjà nombreux chez lui. Il ne va pas s'encombrer de six personnes supplémentaires ! »

« Croyez-vous, Laurette, que je me pardonnerais jamais s'il vous arrivait quelque chose ? répond-il d'un ton sévère. Et que dirai-je à Adé quand il reviendra : que j'ai abandonné sa femme et ses enfants ? »

Grandchamp ! Un château Louis XIII, au cœur d'un vaste parc, à trente kilomètres de Saint-Sauveur, la maison de Colette ; et à peine plus de Saint-Fargeau, le château de la famille d'Ormesson. Au bord de la Puisaye, un mot qui, si on le coupe en deux, veut dire « étangs » et « forêts ». C'est là !

12

A la campagne, j'ai connu (bis)
Un jeune garçon dont la voix mue (bis)
Et tout de suite mon cœur s'est tu. (bis)

La première fois qu'il m'a vue (bis)
Je me suis très bien aperçue (bis)
Qu'il est tout de suite accouru. (bis)

C'est bien mieux avec la musique ! Car j'ai aussi inventé la musique de cette chanson écrite pour Guillaume, grâce à qui, cet été de libération pour la France, je vais faire une découverte qui changera ma vie : je peux plaire à un garçon ! Un garçon peut me considérer autrement que comme « la fille à faire pleurer », à terroriser. Il peut rechercher ma compagnie et même la préférer aux autres, partager avec moi jeux et chocolat, combattre qui m'attaque. Et ce garçon n'est pas n'importe lequel, c'est l'aîné de notre bande d'enfants, à Grandchamp. Le caïd en quelque sorte.

Plaire ? On dit que je suis grande pour mon âge. J'ai des jambes qui n'en finissent pas au bas d'un corps encore tout plat de petite fille auquel je mène la vie dure avec ma manie de faire tantôt l'anguille et tantôt l'écureuil, comme se lamente Eugénie, un corps que j'écorche et égratigne et vis-à-vis duquel je n'éprouve pas encore la plus petite curiosité. On dit aussi que j'ai de beaux yeux. Nous sommes trois à les avoir verts, dans la famille : papa, Maxime et moi. Yeux verts et cheveux bruns. Maman et mes sœurs sont blondes aux yeux bleus. Pour moi, le rêve ! Depuis l'enfance — la photo prise à quatre ans, square de La Tour-Maubourg — je n'ai jamais changé de coiffure : raie au milieu, frange au ras des sourcils et, comme longueur : « A mi-oreilles », recommande maman au coiffeur qui, cruel outrage, m'installe côté hommes parce que la froide tondeuse sera nécessaire sur ma nuque. « Ce ne sont pas des cheveux, mais des baguettes de tambour ! » s'exclame-t-il en y taillant allègrement. A part cela, j'ai la voix cassée : « A force de crier », assure Nicole.

J'étrenne cet été-là deux nouveautés qui m'enchantent : un bermuda blanc, couleur osée pour une ascensionniste — mais à l'époque on prend ce que l'on trouve — et une montre, ma première, reçue à Pâques dernier pour ma communion solennelle. Sauf les pères prisonniers, tous les parents étaient présents. Nous sommes entrées deux par deux à la chapelle, dans nos robes immaculées, chantant à pleins poumons :

> *Mes yeux ont vu le Rédempteur du monde.*
> *Ils n'ont plus rien à voir,*
> *Je suis prête à mourir...*

Et je fermais fort les lèvres sur les dernières paroles pour n'avoir pas à mentir lors d'un si grand jour.

Nous sommes donc arrivés début juillet à Grandchamp, chez les Maringe, dans ce château Louis-XIII que ses douves remplies d'eau me font paraître plus royal encore. Son propriétaire est ce délicieux vieux monsieur que nous avons le droit d'appeler Papy, comme s'il nous appartenait un peu. Son fils, Gaston, l'ami de papa, un joyeux ogre plein d'appétit, est marié à une femme dont la gaieté se teinte de mélancolie. Elle, nous l'appelons tante Zette. Ils n'ont jamais pu avoir d'enfants et se consolent en choyant ceux des autres. Ils hébergent, cet été 1944, tout ce qu'ils ont de famille : frère de Gaston, sœur de tante Zette et leur dizaine d'enfants. Avec les Boissard, cela fait plus de vingt personnes.

Nourrir tout le monde, même avec la ferme attenante au château, n'est pas une petite affaire et, chaque après-midi, maman et tante Zette enfourchent leurs vélos et sillonnent la région pour tenter de trouver des victuailles. Quoi qu'il en soit, c'est rudement meilleur et plus abondant qu'à Paris. Nous nous régalons.

Avant chaque repas, on sonne deux fois la cloche. La première, c'est pour se laver les mains et se coiffer. La seconde, un quart d'heure plus tard, signale que l'on passe à table. Entre les deux cloches, les enfants les plus rapides ont le droit de rejoindre les adultes au salon : j'en suis toujours.

C'est pour moi source d'émerveillement mêlé de frissons que d'entrer dans cette vaste et sombre pièce où, les soirs de vent, des fantômes gonflent les rideaux, dont les meubles crépitent mystérieusement, tandis que, dans chaque recoin, bat le cœur du passé. Les parents sont là, devant la cheminée, entourant Papy. Lorsque nous apparaissons, ils interrompent leurs sérieuses conversations pour nous sourire et s'enquérir de nos jeux comme si nous étions importants. Puis un domestique ouvre la double porte donnant sur la salle à manger qui sent bon la dalle fraîche : « Madame est servie. » Papy préside. Il pose le long de son assiette une fine baguette destinée, menace-t-il, à frapper les doigts des enfants mal élevés. Et bien qu'il ne s'en serve jamais, cette baguette donne à notre repas des couleurs plus vives.

Etre admise à la « grande table », dans les scintillements magiques du cristal, de l'argenterie et de la porcelaine, me paraît être un privilège inappréciable : je me sens invitée des dieux. Ce sont ces moments-là, et les grands dîners de maman, et les goûters chez bonne-maman, qui m'ont donné le goût de la fête et de l'apparat. Paul Eluard, dans un poème, se moquait des bourgeois auxquels il faut des coupes fines pour apprécier le champagne. Eh bien, oui, le champagne est meilleur dans une coupe que dans un verre ordinaire, et plus savoureux encore s'il est bu sous les larmes d'un lustre de cristal où chatoie le souvenir d'anciennes cérémonies.

Assis bien droits, les coudes éloignés de la table, poussant avec notre pain, essuyant nos lèvres avant de boire, disant « s'il vous plaît » et « merci » lorsqu'il le fallait, nous écoutions parler les grandes personnes. Lorsqu'elles nous interrogeaient, si nous ne savions plus où nous mettre, c'est que, tirés par leur attention, nous grandissions soudain jusqu'au vertige. Aujourd'hui, certains parents ou professeurs jouent aux copains. Quelle erreur ! L'enfant ou l'adolescent ne demande pas que l'on se baisse à sa hauteur, ou qu'on lui parle « chébran ». Il a besoin de lever la tête, de viser plus haut que lui, d'être tiré par l'admiration, quand bien même il s'apercevra plus tard qu'il ne l'a pas toujours bien placée. Et j'ai connu des parents ou des professeurs à qui l'image du copain permettait de ne pas remplir leur rôle d'éducateurs, d'autres qui s'en servaient pour mieux opprimer.

Comme il nous était agréable de respecter les adultes, rassurant de penser qu'ils « savaient », confortable d'en recevoir des ordres précis même si, en cachette, nous rouspétions et parfois désobéissions ! Quel troublant plaisir, fort et inquiétant, nous éprouvions à rouspéter, faire des entailles au respect, nous sentant alors quelqu'un d'autre, quelqu'un : celui qui osait !

Nicole n'est plus pareille ! Elle ne veut plus jouer à « Qu'est-ce que tu préfères », s'enferme à clé dans le cabinet de toilette, lit des histoires qui ne sont « pas pour moi » et, bien que « pas de messe basse sans curé », n'arrête pas de chuchoter à l'oreille des grandes de son âge. Une nuit, des bruits m'éveillent. Je constate que c'est allumé dans la chambre que je partage avec elle ; son lit est vide. Elle est avec maman, près d'une cuvette pleine d'eau rougie : du sang. Je fonds en larmes : ma sœur est blessée, elle va mourir peut-être !
Maman s'approche et me rassure : mais non, Nicole n'est pas blessée, au contraire ! Il vient de lui arriver quelque chose d'heureux et de tout à fait naturel, qui m'arrivera à moi aussi. Cela veut dire que, plus tard, nous pourrons avoir des enfants. Je promets de n'en parler à personne.

Dans *Une femme réconciliée*, c'est en pension que la petite Séverine découvre les règles. Affolée, elle ferme les cuisses et se jure : « Femme, moi, jamais... » Je ne me suis rien juré du tout : devenir femme, cela me paraissait épatant, sinon que j'avais peur de ne pas recevoir de courrier et n'avoir pas d'amies pour jouer au bridge avec moi. Mais qu'est-ce que le sang pouvait bien avoir à faire dans l'histoire ? Je venais seulement d'apprendre que les enfants sortaient du ventre des mères sans que l'on m'ait expliqué comment ils y étaient venus. Cela m'avait paru biscornu et plutôt dégoûtant... Et les règles, maintenant ! Enfin, on n'en était pas à une bizarrerie près ! Rassurée quant au sort de ma sœur, je me rendormis aussitôt et n'y pensai plus.

Prés et champs coupés de haies vives, collines boisées, quand nous nous promenons dans la campagne et que nous croisons quelqu'un, même un inconnu, il faut sans faute lui dire bonjour. Cela m'enchante et je me balade rien que pour ça : « Bonjour, monsieur », « Bonjour, madame »... On me répond en souriant : j'ai l'impression que tout le monde m'aime. Les garçons, dirigés par Guillaume, jouent beaucoup à la Résistance et ça pétarade ferme aux quatre coins du parc. Pour se reposer, ils font des concours à qui crachera le plus loin dans les douves où glissent de tranquilles convois de canards. Je demande à Guillaume de m'apprendre à siffler et, comme je rencontre quelque difficulté, il m'explique gravement que c'est la pomme d'Adam qu'ils ont dans la gorge qui permet aux garçons de réussir à ce sport. Il avale tout le temps sa salive pour me faire admirer la sienne ; j'aime y poser le doigt et la sentir bouger. Au croquet, Guillaume me prend dans son équipe et devient vite corsaire pour m'aider. Si j'avais cru que de tels bonheurs m'arriveraient !

Aujourd'hui, grand jour ! On tue le cochon à la ferme. Les garçons ont été conviés à assister à l'exécution, les femmes et les filles ont décidé de rester au château, fenêtres closes, à l'abri des cris de la victime. Pour crâner et parce que les jeux des garçons m'intéressent plus que ceux des filles, je demande à Guillaume de m'emmener. Maxime tente en vain de s'y opposer.

C'est tôt le matin. Nous voici tous juchés sur le mur de la cour. Le fermier et ses aides y traînent le cochon qui crie, freine des quatre fers et laisse une profonde trace sur le sol. Tout le monde rit et applaudit, mais, comme d'un coup de couteau l'un des hommes entaille profondément le cou de la bête, comme le sang épais et qui fume commence à couler dans la cuvette que quelqu'un tient sous l'entaille, tandis qu'une autre personne presse les bords de celle-ci, les rires cessent ou sonnent différemment. Moi, j'ai mal au cœur. Le cochon hurle de plus belle, une odeur monte, il y a du sang sur les lunettes du fermier, les hommes à la tâche s'esclaffent et plaisantent entre eux. Comment peuvent-ils ? Je les déteste. Et, regardant le visage de mes voisins, je lis sur certains comme un plaisir qui m'épouvante. La vie est rouge et pleine de cris ; elle n'est plus ce que l'on m'en avait dit, celle que je savoure du haut de mes arbres : soleil, légèreté et appels vers le ciel. J'ai l'impression d'une trahison. Je me laisse glisser au bas du mur et m'enfuis, poursuivie par la plainte de plus en plus faible de la victime. Je me précipite au château, cours dans ma chambre et me jette sur mon lit, poings sur les oreilles. « Je te l'avais bien dit », remarque Nicole.

C'était à Valence, dix années plus tard. J'assistais avec mon mari à ma première corrida. La soirée était chaude et, dans l'arène éclairée par des projecteurs, la foule en liesse faisait circuler des gourdes de cuir que les *aficionados* devaient pencher d'une certaine façon pour qu'un filet de vin leur coule dans le gosier. « Tu verras, c'est magnifique, m'avait dit mon mari en m'expliquant le déroulement des opérations, comme un bel opéra. » Et le taureau entra.

Il était beau et fougueux. Les gens applaudissaient, tandis que volaient les capes ; moi, je sentais se former autour de moi comme un brouillard qui m'oppressait : j'avais du mal à respirer. Et les picadors entrèrent ! Et le sang coula ! J'avais oublié cette matinée à Grandchamp. En un instant toute l'horreur, toute l'épouvante de mes douze ans furent là, faisant bourdonner ma tête, soulevant mon cœur. Horreur de ce flot rouge au flanc d'un animal rendu fou par la douleur, peur de l'excitation sauvage qui durcissait le visage de cette foule et la faisait crier de plaisir.

« Cruauté : plaisir que l'on éprouve à faire ou à voir souffrir », dit le dictionnaire. On pouvait bien me parler de la beauté des gestes, du courage des participants, des habits de lumière. Moi, je voyais la souffrance et la mort. C'était elles que ces hommes et ces femmes étaient venus applaudir et, pour plus de jouissance, tandis que coulait le sang, coulait le vin dans les gosiers. Je regardais ces visages et je me demandais : « Et si c'était un homme, là, à la place du taureau ? » Il est arrivé que ce soit un homme, et que, s'amusant de sa terreur et jouant avec sa mort, certains ressentent au ventre la même sombre excitation.

Je quittai l'arène avant la fin du spectacle et marchai longuement dans la ville où l'air était parfumé au piment, au thym, à l'ail et à la chanson, où des hommes et des femmes, sous les bouches fraîches des porches, se laissaient aller à la douceur et à la paix. Ils étaient « un », plus « un », plus « un », chacun unique ; mais, rassemblés en foule et respirant l'odeur du sang, que seraient-ils devenus ?

Quand Guillaume me parle, il fait sa voix douce, et c'est drôle parce qu'elle déraille. Quand il me regarde, il y a de la lumière dans ses yeux, et lorsqu'il me porte sur son dos, j'aime sentir sa force : « Hue dia ! »... Je me sens comme un pouvoir. Un jour, il m'entraîne dans le grenier à foin ; nous plongeons dans la paille, nous roulons dans l'or piquant, puis reprenons souffle, étendus l'un près de l'autre. Soudain, ouvrant les yeux, je le vois penché sur moi et il est différent : son regard a changé de couleur, il respire plus fort que d'habitude.

Et voilà qu'il me dit combien je lui plais et me serre contre lui, veut m'embrasser. Comme une sonnette d'alarme retentit dans ma tête. Je le repousse et me sauve. Il n'essaie pas de me poursuivre.

A la campagne, j'ai connu
Un jeune garçon dont la voix mue,
Et tout de suite mon cœur s'est tu.

... C'était mon cœur qui s'était ému, pas mon corps. Et dorénavant, bien que je ne sache rien de la façon dont les garçons sont faits, rien du désir, j'éviterai Guillaume. J'ai senti qu'il voulait m'entraîner dans un domaine interdit. La preuve ? Le lendemain de cette journée du foin, l'air gêné, il m'a demandé de n'en pas parler à maman.

« Anormale » ou « demeurée » ? Je resterai totalement ignorante de la façon dont on fait l'amour, pratiquement jusqu'à mon mariage. Ni à la maison, ni en classe, on ne parlait de ces choses-là, et mes quelques amies n'étaient pas plus averties que moi. Nos lectures étaient surveillées comme le seraient, plus tard, nos films. Aucun étalage, comme aujourd'hui, d'érotisme ou de pornographie.

Lorsque j'eus dix-huit ans, maman décida qu'il était temps de faire mon éducation et, sur le conseil d'une tante, acheta un livre sur la question. Les premiers chapitres étaient consacrés à la nature : on y parlait plantes, fleurs, arbres. Partout, du pollen volait. Le pollen, c'était important : le cœur du sujet. Grâce à lui, d'autres plantes, fleurs, arbres, naîtraient. On passait assez vite à la graine, végétale et animale : naissances, allégresse, musique. Enfin, venaient les choses sérieuses et je remarquais bien l'air un peu gêné de maman lorsque d'une voix joyeuse, mais grave quand même, elle me parlait de la graine que l'homme, après le mariage, communiquait à la femme qu'il aimait et dont viendrait l'enfant. Point final ! Le livre était terminé.

Sur la façon dont se transmettait cette graine, pas un mot. On soupçonnait que cela se passait au lit, dans le noir. On savait que cet enfant sortirait neuf mois plus tard du ventre de la femme. Pour qui n'avait pas la moindre idée de la façon dont un homme était fait et guère davantage de celle dont se présentait le corps féminin, c'était insuffisant. Il y avait là un mystère : cet excitant mystère du mariage dont parlaient avec des frissons les filles entre elles, certaines répandant les bruits les plus alarmants : que l'on pouvait « attraper » un enfant rien qu'en embrassant un homme sur la bouche... que l'on avait vu des bébés sortir par le nombril...

Notre éducation sexuelle ne s'arrêtait pas tout à fait là. Elle était complétée à l'école, dans les grandes classes, par un cours sur la reproduction de l'oursin. Oursin et pollen constituèrent les seules informations que je reçus jamais des adultes.

... Et tandis qu'avec Guillaume j'apprenais la vie ; qu'au fond du parc, les garçons fumaient en cachette leurs premières cigarettes, confectionnées avec du tabac que cultivait clandestinement Gaston Maringe pour son propre usage ; que, me baignant dans un étang, j'oubliais de retirer ma belle montre neuve dont les aiguilles, malgré mes pleurs, marqueraient à jamais quatre heures de l'après-midi ce beau jour d'été-là, les adultes vivaient, sans que nous nous en doutions, des heures de grande angoisse.

Partout, comme l'avait prédit papa, les « Boches déguerpissaient », mais ils occupaient toujours Grandchamp et ses environs. Nos hôtes étaient au mieux avec la Résistance et tout le monde vivait dans la hantise des représailles.

Ce soir-là, on pense bien que ça y est ! Nous sommes en train de dîner lorsque la cour s'emplit d'un vacarme assourdissant de moteurs et d'appels : les Allemands ! Craignant qu'ils ne tirent au hasard, nos parents nous enferment dans les « portes à tambour » avec ordre de ne pas bouger. Voici l'ennemi dans la salle à manger, mitraillettes pointées, hurlant et vociférant des paroles incompréhensibles. C'est alors que maman reçoit du ciel une « grâce d'état ». La grâce d'état, envoyée par Dieu dans l'épreuve, donne des forces inespérées à ceux qui la traversent et leur permet de la surmonter. Le peu d'allemand que maman a appris à l'école, et qu'elle pensait avoir complètement oublié, lui revient de façon lumineuse. Elle comprend que nous avons été dénoncés et que les Allemands nous soupçonnent de cacher des résistants. Et viennent tout naturellement sur ses lèvres les mots nécessaires pour expliquer qu'il n'y a ici que d'innocents adultes et une ribambelle d'enfants. Ils n'ont qu'à vérifier. Les Allemands se calment et baissent leurs armes. On nous sort de nos cachettes. Après avoir fouillé le château, ils se retirent tandis que maman, toute tremblante, remercie le ciel.

« J'ignorais que tu parlais si bien allemand », remarque tante Zette.

« Je l'ignorais aussi », répond maman.

C'est quelques jours plus tard. Revenant d'une « tournée victuailles » chez les fermiers des environs, maman et tante Zette se retrouvent au milieu d'officiers qui viennent d'abattre deux résistants. L'un est mort sur le coup d'une balle dans la nuque ; l'autre, atteint au ventre, vit encore. Les Allemands les leur abandonnent.

Elles portent le blessé jusqu'à une ferme dont les habitants s'enfuient aussitôt. Tandis que tante Zette va chercher du secours auprès de la Résistance, maman s'occupe du malheureux. Tout ce qu'elle sait est qu'en aucun cas il ne faut donner à boire à un blessé au ventre. Il a soif et supplie. Alors elle lui lit et relit et relit encore les lettres de sa fiancée qu'il portait sur son cœur, et ils font des projets d'avenir, et il l'appelle Laurette... Leur tête-à-tête durera cinq heures. Enfin, la Résistance arrive ; hélas, il ne survivra pas.

Il m'a fallu attendre des années avant que maman me raconte tout cela. Mes parents avaient pour principe de tenir les enfants le plus éloignés possible de ce qui pouvait « les marquer » — c'était leur expression — et ils s'appliquaient à nous cacher leurs soucis et leurs drames. Cela a-t-il été une bonne chose ? Je me le suis souvent demandé et, aujourd'hui, je réponds par l'affirmative. Le terreau d'optimisme et de confiance dans lequel j'ai grandi, ces mots « justice », « amour », « bonheur », qu'on nous tendait comme idéal, m'ont permis de pousser droit et, plus tard, m'ont donné la force de surmonter les épreuves. Au cœur de celles-ci, une voix têtue me répétait : « Tu t'en tireras. » Et j'entendais aussi la voix de maman : « Si tu as une journée difficile, fixe les petites lumières... Le café que tu vas prendre avec une amie, l'émission qui t'intéresse, le livre qui t'attend. La vie est faite de ces petites joies-là. » L'amour de la vie aussi.

Bien sûr, pour avoir été si étroitement protégée, les griffes ne m'ont guère poussé. Aurais-je mieux su me défendre à l'école si, chez moi, le climat avait été moins serein ? Je n'en suis pas certaine. Chez moi je refaisais mes forces et repartais neuve chaque matin.

« Vos héroïnes ne sont pas assez agressives. Vos livres manquent de méchanceté, me reproche-t-on parfois. La vie n'est pas comme ça. »

Elle était comme ça, la vie, autour de nous, durant notre enfance. Avec des disputes, des brouilles passagères et même des haines mortelles de quelques minutes. Mais surtout des jeux, des confidences, de grandes réconciliations et ce lien fait de tolérance et d'amour qui s'appelle l'esprit de famille. Dans mes livres signés « Boissard », j'ai choisi de parler de ce que je connaissais. Si, pour plaire à la critique ou sacrifier au goût du jour qui est de ne montrer que la face sombre de la vie, je dotais mes héroïnes d'une agressivité que je n'éprouve pas, j'aurais l'impression de tricher.

Parce que c'était moi, Pauline, qui, si on l'attaque, plutôt que de se défendre, cherche refuge dans ses rêves ou sous sa « grotte de draps ». Et ce fut moi, Claudine, qui, dans *Une femme neuve*, ne crie pas lorsqu'elle voit s'effondrer tout un pan de sa vie. Et c'est moi encore, Séverine, qui, dans *Une femme réconciliée*, se refuse à blesser celui qui, un jour, lui a fait tant de mal. Faiblesse ? Je n'en suis pas certaine. N'est pas, pour moi, le plus fort celui qui sait jouer des poings et de la voix. Têtues dans leur désir de vivre malgré tout, sensibles à la beauté des choses et à la qualité de certains êtres, Pauline, Claudine et les autres, fortes d'amour de la vie et d'espoir, sans cesse rebondissent, enrichies par l'épreuve. Elles ont, pour moi, la meilleure part.

« Mais le boulot de l'écrivain, me dira-t-on, est de se mettre dans n'importe quel personnage. Il doit pouvoir faire vivre aussi bien la victime que l'assassin et le juge. » Cela, je sais le faire aussi, je sais très bien ! Je l'ai montré dans mes romans policiers, écrits sous le nom d'Oriano. J'y ai créé des personnages violents, agressifs et parfois cruels, et ils étaient si convaincants que les lecteurs de chez Gallimard, avant de me connaître, étaient persuadés que leur auteur était un homme, sinon un truand. Seulement, lorsque j'écrivais de tels livres, ce n'était pas moi que je choisissais d'exprimer ; il s'agissait d'un jeu. J'en eus un jour la preuve éclatante.

Je passais à la télévision pour *B. comme Baptiste*, mon premier policier. Attaquée plutôt méchamment par l'un des participants à l'émission que cela irritait de voir une femme faire intrusion dans la fameuse Série Noire jusque-là réservée aux plumes viriles, je sentis monter les larmes et, au lieu de me défendre, pleurai en direct, sous le regard éberlué des personnes présentes qui, à me lire, avaient pensé se trouver face à une dure à cuire. J'étais comme ces enfants qui font les bravaches et, devant le danger, crient soudain : « Pouce, je ne joue plus. » Le masque tombait.

La Libération, pour moi, c'est, dans la cour du château de Grandchamp, un gigantesque Allemand qui s'enfuit sur mon petit vélo avec des allures de clown. Ce sont nos parents qui rient sans raison et semblent prêts à pardonner toutes nos bêtises. C'est Papy, assis tout seul dans le grand salon et sur la joue duquel coule une larme de bonheur et de soulagement. Et ce soldat américain qui me soulève haut dans ses bras en disant des choses incompréhensibles, et forcément magnifiques, avant de glisser sur ma langue ma première barre de chewing-gum.

Mais la Libération, c'est aussi, après un assourdissant passage d'avions, au long de cette route où nous sommes allés nous promener sans demander la permission, toutes sortes de véhicules renversés, leur contenu épars dans lequel j'ai envie de chercher des trésors. C'est, au bord du talus, dans le bourdonnement des mouches, des chevaux couchés au ventre gonflé de carton brun, et puis, là, dans l'herbe, un soldat.

Je me suis arrêtée. « N'y va pas, tu vas attraper des maladies », supplie Guillaume. J'y vais quand même, mue par un besoin impérieux de savoir pourquoi il ne se lève pas.

Je n'avais encore jamais vu la mort : la voilà ! C'est une colonne de fourmis qui entrent dans la bouche de cet homme sans qu'il souffle pour les chasser.

13

J'approche... j'approche du moment où, enfin, j'aurai la réponse à mon « je veux », mes poings serrés, tout mon être parfois si douloureusement, si ardemment tendu. Et plus je m'en approche, plus m'emplit une hâte à revivre ce moment, m'assurer qu'il a bien eu lieu, comme inlassablement on revit l'instant où l'on a rencontré l'Autre, sans savoir que c'était Lui, se disant qu'on aurait pu le manquer, passer à côté de sa vie. Et cet Autre que je m'apprête à découvrir, c'est moi.

« Je me dis parfois que si j'ai décidé d'écrire, et si possible de devenir célèbre, c'est à cause de cette Pauline que je ne sens pas tout à fait moi ; pour y coller de l'épaisseur, pour montrer qu'on ne s'y trompe pas et qu'on va voir ce qu'on va voir ! Mais à ce besoin d'échapper, il y a tant d'autres raisons, et d'abord ces chevaliers, ces pianistes de renom, ces chanteurs fameux qui, tant de nuits, sont venus me chercher dans mon lit et, éblouis par ma beauté et le génie qu'ils pressentaient en moi, m'ont emportée entre leurs bras. Tous ces voyages ! »

C'est Pauline qui parle. Et c'est le début de *l'Esprit de famille*. Pauline, ma sœur. Oui, comme c'est mystérieux, une vocation ; cette voix têtue, tantôt sourde, tantôt claironnante, qui vous répète que vous êtes fait pour une tâche précise : soigner, chanter, écrire... ou construire des maisons, ou conduire un train. Ce sera ça et pas autre chose ! C'est la voix d'une rivière alimentée de mille ruisseaux et qui, sur son passage, finit par tout emporter. Vient-elle à se taire, on dirait qu'autour de nous, soudain, tout se tarit.

Je ne connaîtrai jamais le nom de tous les ruisseaux qui m'ont amenée à écrire, à vivre pour écrire. Certains coulaient sans doute avant même ma naissance. Je sais que, si j'écris, c'est parce qu'à quatre ans, perdue dans un jardin public, je me suis crue seule au monde, que les autres me rejetaient sans que je m'explique pourquoi, que je me sentais différente et aurais tant voulu être pareille : toutes ces blessures d'enfance. Mais si, par le miracle de la création, ces blessures sont devenues lumières, je le dois à la famille qui, me parlant d'âme, d'esprit, de beauté et d'amour, m'a élevée vers cette lumière. Le regard d'outre-tombe des zouaves pontificaux, le mystère des puits, le besoin, comme Alice, de passer de l'autre côté des miroirs, ce rêve que je faisais, enfant, de découvrir dans l'ascenseur le bouton d'un sixième étage qui n'existait pas et m'emmènerait au ciel, tout cela a eu sa part dans mon désir d'écrire. Comme ces longues soirées de lecture, à la maison, où je voyais mon père lever parfois, vers je ne sais où, des yeux pensifs et émerveillés.

Mais tout a commencé pour moi par le désir d'être célèbre, ce qui, je le croyais, voulait dire « aimée », et il me tirait, ce désir, comme le fil magique d'un conte de fée : « Ils verront... ils m'aimeront... » Héroïne comme dans mes rêves, à Megève ? Sainte pour figurer dans les missels ? Chanteuse, pianiste, tout me paraissait bon et je passais sans douleur d'un rêve à l'autre tandis qu'en moi le « je veux » tambourinait de plus belle.

Cet hiver-là, je crus enfin avoir trouvé !

« Chère Marcelle Ségal, j'ai treize ans, on dit que je suis douée pour le français et la comédie. J'ai décidé d'être actrice. Malheureusement mes parents n'accepteront jamais. Que faire ? »

A cette lettre, envoyée au « courrier du cœur » de *Elle* où déjà officiait Marcelle Ségal, une réponse me vint : personnelle et rapide. J'ouvris fébrilement l'enveloppe.

« Chère Janine, il est normal que tes parents se méfient d'un métier très difficile, plein d'embûches et qui se révèle le plus souvent décevant. Si ta vocation est solide, tu sauras attendre jusqu'à ta majorité et, alors, nul ne pourra t'empêcher de t'y consacrer. »

Attendre ma majorité, vingt et un ans à l'époque, à quoi pensait-elle, Marcelle Ségal ? Ma déception fut telle que je déchirai rageusement sa lettre. Ah, si seulement elle avait pu me voir à genoux devant Chimène — en tenue de ski car, les classes n'étant pas chauffées, le port de l'uniforme n'était plus obligatoire — lui offrant ma vie ! Si elle avait pu être dans ma poitrine, mon cœur, elle aurait compris quelle artiste incomparable je portais en moi ! Son aveuglement porta un coup à ma vocation. Une humiliante aventure y mit fin !

C'est au réfectoire. Durant le repas, une élève est chargée de lire un passage de l'Evangile et j'attends mon tour avec impatience ; il vient enfin. Debout dans la grande salle, ignorant superbement le bruit des couverts, je mets dans ma lecture toute ma ferveur, mon talent. Suis-je Jésus ou Rodrigue ? Et voici qu'avant même que j'aie terminé, les élèves se lèvent et les applaudissements crépitent. Et je ne les rêve pas, cette fois. Même les professeurs battent des mains avec enthousiasme. Ecarlate, folle de bonheur, je m'incline. Puis, me redressant, m'aperçois que ce n'est pas vers moi que les regards sont tournés, mais vers la directrice qui vient d'entrer dans la salle. Oh! honte!... oh! désespoir!

Il paraît qu'une poétesse : Henriette Charasson, va venir nous lire son œuvre, et je suis dans une excitation folle. La poésie : ces « mots en robe du soir », dont parle Cocteau, est pour moi le summum de l'art. Tout en sautant à la corde ou rebondissant sur une marelle-avion, je me récite des vers de Victor Hugo. « Donne-lui tout de même à boire, dit mon père. » C'est, immanquablement, les larmes à mes yeux, et je me sens meilleure. « Oh combien de marins, combien de capitaines... » Ce sont des tempêtes dans ma poitrine : comme la mort peut être belle!

Le grand jour est enfin arrivé et l'émotion règne dans la salle où l'on a réuni plusieurs classes pour écouter la poétesse. Les créateurs sont, à l'époque, des personnages tout à fait mystérieux, la télévision n'étant pas là pour nous dévoiler qu'ils nous ressemblent fort. Tandis qu'Henriette Charasson nous lit son œuvre, je la dévore des yeux, cherchant la flamme qui l'anime. C'est une femme plutôt petite, qui porte veste et jupe comme tout le monde, et qu'un rhume oblige à sortir fréquemment son mouchoir et à « faire la trompette ». Je suis un peu déçue, mais l'idée que les mots qui sortent de ses lèvres ont pris naissance dans cette tête-là me fascine. Comment a-t-elle fait? C'est déjà la fin.

« Et maintenant, annonce-t-elle, je serai heureuse de dédicacer des livres à celles qui le désireront. C'est 58 francs. »

Il m'en faut un! Absolument. Mais où trouver l'argent? Dès que j'ai trois sous, je les dépense en ronds de réglisse avec une perle de menthe au milieu, ou en roudoudous à la framboise. Sous prétexte d'aller aux toilettes, je quitte la salle, parviens à me glisser hors du collège, galope jusqu'à la maison — déserte — prends ce qu'il me faut dans la bouteille où Eugénie cache ses économies, reviens au pas de course à La Tour où je retrouve la poétesse en train de mettre son chapeau. Pliée en deux par un point de côté, éperdue de timidité et d'admiration, je pose l'argent sur la table. Elle regarde avec étonnement le tas de piécettes et je redoute qu'elle ne me demande d'où il vient. Mais, après l'avoir compté, elle se contente de le verser dans une boîte en fer. Puis elle s'enquiert de mon nom et écrit sur l'un de ses livres ces mots impérissables : « A Janine Boissard, la jolie petite brune, avec mon amitié. »

Ce mince recueil de poèmes, imprimé sur du mauvais papier de guerre, sera durant plusieurs années mon trésor le plus précieux. Je l'ai mis sur ma table de nuit et peux le réciter par cœur de la première à la dernière ligne. Je lis souvent la dédicace. Ce qui m'impressionne, c'est mon nom, là, écrit de sa plume : il a l'air différent. Et, en plus, elle m'a trouvée jolie!

Ah, Henriette Charasson, comme vous m'avez peinée ! Quelques années plus tard, à la sortie de mon premier roman, vous fûtes la première à qui j'en dédiai un exemplaire. J'y évoquais la course éperdue et l'admiration de la « jolie petite brune ». Aucun remerciement ne me vint jamais.

C'est sans doute aussi à cause de votre silence que je me fais, aujourd'hui, un devoir, une joie de répondre au moins une fois aux lettres que l'on m'adresse.

Et puis, un soir, maman nous a réunis dans sa chambre et elle nous a annoncé que nous ne reverrions plus Eugénie. On l'avait trouvée morte sur un banc de métro : le cœur. « Elle n'a pas souffert », a dit maman, mais ses yeux étaient rouges et sa voix sourde. Plus personne ne l'appellerait « la petiote » et, à nous, plus personne ne recommanderait : « Il faut faire pisser les atouts » en jouant clandestinement à la belote. Et moi, durant des jours, le remords va me poursuivre : je n'ai pas eu le temps de rendre les pièces empruntées. Eugénie, avant de mourir, avait-elle constaté la baisse du niveau dans sa bouteille ? Suis-je tout à fait étrangère à l'arrêt de son cœur ?

Ce matin-là, je somnole au fond de la classe, dans mon costume de ski où je commence à étouffer mais que je dois garder pour cacher mon impétigo, quand la directrice entre : « Janine Boissard ! »

Je me lève : « Courez vite chez vous, dit-elle, votre papa est rentré. » Nous sommes le 8 mai 1945, date anniversaire du mariage de mes parents, et mon père avait fait vœu d'aller à Lourdes avec nous s'il était rentré à temps pour le fêter. C'est ric-rac !

D'abord, je cours, la tête bourdonnante, incapable de penser. Puis, comme j'approche de la maison, je ralentis. Arrivée à La Muette, je marche à petits pas. C'est qui, mon père, déjà ? Faudra-t-il l'embrasser ? Comment me regardera-t-il ? Et que lui dirai-je ? J'ai peur. Pour arriver moins vite, je monte à pied les quatre étages. Mon doigt tremble sur la sonnette.

Il était assis sur le canapé du bureau, près de maman dont le visage éclairé par la joie me parut soudain bien plus beau que tous les poèmes d'Henriette Charasson. Il se leva quand j'entrai et je le trouvai très grand, très maigre, avec, sur les tempes, du blanc inattendu. « Alors, Janotte ? » C'est vrai, il m'appelait toujours comme ça ! Je courus dans ses bras et reconnus son odeur. Alors, c'était bien lui ! On en avait tellement rêvé de « quand papa rentrerait ». Et tandis que nous parlions et, en quelque sorte, refaisions connaissance, ma timidité fondait et je découvrais que les plus belles couleurs du bonheur, on les a avant : quand on attend. Ou après, quand il s'en va. Comme le soleil.

Mon père nous parla peu de son séjour en Allemagne ; je crois qu'il désirait l'oublier. C'est bien plus tard que j'appris la mort de son ami Jules Mény qui, ayant eu connaissance de la libération de Paris, s'était évadé du camp de Planzee. Papa partageait sa chambre et les Allemands l'avaient menacé : « Si nous ne retrouvons pas votre camarade, nous saurons bien vous faire parler ! » Quelle angoisse a dû être la sienne, pris entre la peur que son compagnon ne soit repris et celle d'être torturé. Jules Mény fut repris et tué. Même si le bonheur n'a jamais les couleurs dont l'attente l'a paré, sa fille n'eut pas ma chance.

Le collègue qui avait dénoncé papa aux Allemands fit quelques mois de prison et fut radié de l'inspection des Finances. « Si j'ai le malheur de le rencontrer, je refuserai de serrer sa main », déclarait un jour maman au père Varillon, un ami jésuite. « Vous auriez tort, répondit celui-ci. Une bonne chrétienne doit pardonner à ses ennemis. » « A celui-là, jamais ! » répliqua maman, et ce fut la seule fois où je la vis, elle si croyante, ne pas s'incliner devant les exigences de sa foi. Mon père, lui, avait déjà pardonné et je pense qu'il aurait serré la main de ce traître : il était ainsi ! Quant à moi, j'aimais à penser : « Gare à ta peau si je te rencontre... »

Les billes étaient toujours ma passion : en terre, en verre, agates ou calots. Dès que Maxime rentrait de classe, je faisais des parties avec lui. Mais j'avais une plus haute ambition : être acceptée par un groupe de garçons qui, le jeudi, jouaient à La Muette. Dans ce but, j'achetai un jour à prix d'or un sac de billes de toutes les couleurs, particulièrement belles et, prenant mon courage à deux mains, me proposai pour une partie. Voyant le sac, ils ne dirent pas non, me laissèrent placer mes billes dans le triangle et se mirent à hurler de rire. Car ces billes étaient... des bonbons.

Nicole avait seize ans. Ce qui était ennuyeux, c'est qu'elle n'avait pas du tout envie que je grandisse moi aussi, alors que je ne pensais plus qu'à ça depuis que, chaque dimanche, je la voyais danser avec des garçons qu'elle invitait à la maison. J'étais chargée du phono, *la Voix de son maître*. Je devais le remonter, poser l'aiguille sur le disque sans le rayer, mettre deux fois plus de tangos que de valses et regarder d'un autre côté pendant la danse.

Depuis quelque temps, j'éprouvais devant les garçons un trouble indéfinissable, à la fois délicieux et irritant, comme une impatience. Mécontente de me voir traitée en petite fille alors que j'avais quatorze ans, je marchais en bombant ma poitrine naissante, ce qui horripilait ma sœur qui en avait pourtant plus que moi. Un jour, me croisant dans la galerie, maman désigna mon corsage et, avec une grande gentillesse, car ce n'était pas du tout son genre de parler de ces choses-là, remarqua : « Mais ça pousse ! » Je crus mourir de confusion, fierté, reconnaissance. Oui, « ça poussait » ! Et aussi sous les bras. Et là où on ne peut pas dire. Et c'était à mon tour de m'enfermer dans la salle de bains pour me déshabiller, au désespoir d'Aliette et de Claudie que j'y admettais avant avec moi.

J'étais très amie avec mes petites sœurs. J'inventais chaque soir pour elles des histoires peuplées d'enfants abandonnés, d'ogres et de bandits, après lesquelles, épouvantées, elles me suppliaient de laisser leur porte entrouverte pour avoir un peu de lumière.

Bon-papa mourut. Je guettai les yeux de maman, mais elle ne pleura jamais devant nous. Tout le monde fut vêtu de sombre, la danse cessa durant quelques mois pour Nicole qui se mit à trouver la vie, décidément, bien injuste.

Et maman tomba malade ! Une jaunisse « carabinée », rançon de ces mois de privation et d'angoisse où, pour nous épargner, elle avait si bien su se taire. Le médecin la condamna à boire du lait, beaucoup de lait, alors qu'elle l'avait en horreur. Ce fut sans elle que nous allâmes accomplir le vœu de papa à Lourdes, où je fus très déçue de ne pas assister à un miracle. « Mais le miracle, c'est que je sois là, ma Janotte », disait papa en riant.

Maman était condamnée au lait, je le fus au foie de veau. On cherchait à me fortifier, car, à nouveau, j'avais cette petite fièvre à laquelle nul ne trouvait d'explication. Lorsque le mercure du thermomètre dépassait 37°7, je restais à la maison et ce fut pour moi une curieuse et heureuse année scolaire que celle-là, où je manquai la classe un jour sur deux.

Elle est née aussi, ma vocation, de ces longs après-midi passés seule à la maison. Maxime et mes sœurs étaient en classe. Maman faisait des courses, voyait des amies, jouait au bridge. La nouvelle cuisinière m'interdisait son domaine où elle s'enfermait avec la femme de chambre. L'appartement était mon royaume.

Je commençais par jouer mes morceaux préférés au piano, le plus fort possible et fenêtres ouvertes, au cas où passerait par là un détecteur de talents rares. Lorsque les voisins — insensibles à mon talent — s'impatientaient, j'arrêtais et allais choisir un livre dans la rangée de ceux qui « n'étaient pas pour moi », tout en haut de la bibliothèque, avec l'espoir toujours déçu d'y trouver de grandes révélations, délicieusement troublée lorsque j'y lisais qu'un homme approchait ses lèvres de la joue d'une tendre jeune fille.

Ce même trouble mêlé de culpabilité, je le ressentais en espionnant une femme dont on voyait très bien le salon de la fenêtre de notre galerie. Elle portait des robes collantes, des coiffures en hauteur et des talons de même. Souvent, elle recevait des amis. Un jour, je vis l'un d'eux l'enlacer et compris que je n'attendais que ça. Mon cœur se mit à battre si fort, un tel flot de chaleur me monta aux joues que je crus m'évanouir et lâchai le rideau. La curiosité l'emporta sur la peur d'aller en enfer et, toute tremblante, j'écartai à nouveau le rideau afin de voir la suite. Hélas! le couple avait quitté la pièce.

Ainsi s'acheva cette nouvelle année scolaire où, bien que la guerre fût finie, on avait encore froid et faim, et où, contrairement à ce qu'avait affirmé maman, on ne pouvait toujours pas entrer dans une boucherie, demander deux poulets et être servi. Fin juin, je retournai à La Tour pour la distribution des prix. Elle avait lieu dans le jardin, en présence des parents. Je n'avais pas demandé aux miens d'y venir. Lorsque ma classe fut appelée, je me souviens que soudain un espoir fou m'emplit : on allait me nommer, j'avancerais bien droite entre les rangées d'élèves, monterais sur cette estrade et recevrais un prix. Bien sûr, mon nom ne fut pas prononcé. Mais, un instant, j'avais cru au miracle!

C'était après la parution d'*Une femme neuve*. Des élèves La Tour m'avaient invitée à venir discuter de ce livre avec elles. Et voici que je me retrouvais dans « ma » classe. Et c'était moi, sur l'estrade, moi dont un professeur louait le travail et la réussite, me distribuant enfin les lauriers désirés. Je n'ai pas prononcé les quelques phrases d'introduction que j'avais préparées. J'ai parlé aux élèves de cette adolescente, au fond de la classe, qu'on n'interrogeait jamais, qui se sentait parfois si seule et toujours si différente et qui s'appelait Janine Boissard.

« Et aujourd'hui, qu'éprouvez-vous? me demanda l'une d'elles. Un sentiment de revanche? »

Revanche? Pas exactement. C'était plutôt la joie,

mais mêlée de douleur, ou de vague à l'âme, je ne sais pas. Il arrive que je me perde dans ce que j'éprouve.

« Mais vous avez eu ce que vous souhaitiez tant ! » remarqua une autre élève.

Je l'avais eu, en effet : j'étais vue, écoutée et parfois aimée. Au-delà de mes plus grandes espérances.

Mais les « grandes espérances » — et ce n'est pas Pip (1) qui me démentira, vous dilatent tant le cœur que leur réalisation s'avère forcément impuissante à le combler.

---

(1) Dickens, *les Grandes Espérances.*

14

   Un dimanche après-midi, mes parents m'invitent à aller au cinéma avec eux. Nous trois seulement, la fête ! Mais, dans leur attitude, quelque chose, comme une contrainte, trouble ma joie. J'ai des antennes pour flairer le danger ! Et tandis qu'après le film nous marchons vers la maison dans la douceur parfumée d'un début de juillet, ma gorge est serrée.
   C'est papa qui se lance et sa voix est trop légère : « Une fille comme ça, la moitié du temps au lit avec de la fièvre, ça ne peut pas durer... Cette fois, on va prendre les grands moyens : la Suisse ! J'en reviendrai avec une santé de fer. »
   Maman parle à présent : « Que j'imagine là-bas un parc plein d'arbres comme je les aime. Et, dans ce parc, un collège où je me plairai beaucoup. En outre, je ne partirai pas seule : mon amie Brigitte, qui, elle, tousse tout le temps, viendra avec moi, c'est décidé, sa mère est d'accord. »
   J'ai connu Brigitte à La Tour. Son père est mort il y

a deux ans ; les filles chuchotent que c'est pour s'être imprudemment arraché un bouton sous le nez. Adolescentes, nous avons toutes fort à faire avec l'acné et interdiction absolue d'y toucher. Cette histoire nous a beaucoup impressionnées : on peut donc en mourir ! Brigitte habite un petit appartement sombre, non loin de la maison. Elle a seulement un frère et s'entend mal avec sa mère qu'elle ne cesse de critiquer. Ce n'est pas vraiment mon amie : lorsqu'elle vient à la maison, elle se montre gentille, mais, en classe, parmi les autres, on dirait qu'elle ne me connaît plus. Malgré tout, je suis plutôt contente qu'elle m'accompagne en Suisse.

Parce que, même si j'ai maintenant quatorze ans, je ne songe pas une seconde à refuser de partir : les ordres des parents sont sacrés et je sais qu'ils agissent avec amour et pour mon bien. Mais, tandis que, sous le toit léger des marronniers en feuilles, nous regagnons la maison, l'été a perdu pour moi ses couleurs et je reconnais dans ma poitrine ce poids qui m'empêche de respirer. Quand en aurai-je fini avec les séparations ? Pourquoi suis-je différente des autres : de Nicole, Aliette et Claudie qui, elles, se portent bien, n'ont jamais changé d'école et ignorent ce qu'est la pension ?

Et fin septembre, après les grandes vacances passées à Montbard, me voici avec maman sur le quai de la gare. Avant que je ne monte dans le train où Brigitte m'attend, elle glisse une enveloppe dans ma main : « C'est une lettre pour toi. Ne l'ouvre que là-bas surtout. Tu verras, il y a une grande nouvelle dedans... »

A Sainte-Marie et à La Tour, j'avais été « l'autre ». Et « la fille qui a peur et qui pleure » à Megève ; la « Parisienne » en Bretagne. En Suisse, à Aigle, je vais être « l'étrangère ».

Mais voici qu'écrivant ces lignes me prend à nouveau la peur de lasser avec tous ces départs, ces désespoirs à répétition. Je n'ai aucun penchant pour les histoires « lacrymogènes ». J'ai envie de dire : « Patientez, ce sera bientôt fini avec les pleurs, bientôt je saurai où je vais et toute ma vie prendra d'autres couleurs parce que " l'autre ", la " fille qui a peur ", la " Parisienne ", l'" étrangère ", se fondront en une seule personne : " l'écrivain ". »

Et là, je m'arrête à nouveau : « Fin trop belle, histoire rose, conte de fées... » Ne serait-ce pas ce que l'on dirait s'il y avait écrit « roman » sur la couverture de ce livre ? Mais je vous dis qu'elle est arrivée, cette histoire, et qu'elle n'est pas rose puisque l'écrivain portera toujours en lui, vivantes, frémissantes, « la fille qui a peur », la « Parisienne », l'« étrangère » ; qu'il n'est autre, cet écrivain, que la plus grande des poupées russes : « Belle, comme le dit Vincent à Séverine dans *Une femme réconciliée*, parce que toutes les autres vivent en elle. »

Le village s'appelait Aigle et se trouvait dans le canton de Vaud. Maman avait dit vrai : le parc du collège était vaste avec de grands arbres. Chaque matin, entre messe et petit déjeuner, vêtues d'une jupe-culotte bleu marine et d'un chemisier blanc, jambes rougies par le froid, nous y faisions la gymnastique. De partout on voyait la montagne. Le collège sentait comme tous les collèges : le bois et la cire, le papier, la craie et la grise odeur des endroits sans mères. Les cours — j'étais passée péniblement en troisième — étaient coupés par de longues récréations où nous jouions au volley-ball. A part Brigitte et moi, toutes les autres filles étaient Suissesses, la plupart pensionnaires comme nous. Quelques privilégiées rentraient chez elles chaque soir.

Les pensionnaires se divisaient en deux catégories : celles du dortoir — chacune avait son coin de placard — et celles qui bénéficiaient d'une chambre à deux ou à trois. Les parents de celles-là payaient plus cher. Dans le dortoir, on éteignait très tôt la lumière et je ne pouvais pas, comme à la maison, lire jusqu'à ce que mes yeux se ferment, en ayant l'impression de tomber dans l'histoire. Alors, c'était les étoiles que je lisais par les fenêtres grandes ouvertes quelle que soit la température ; c'était la nuit que j'apprenais par cœur, pour toujours, parfois laiteuse et comme tissée de voiles blancs, traversée de frissons et vers laquelle je me sentais tirée comme vers le fond d'un puits.

Je n'avais toujours pas ouvert la lettre de maman. Il me semblait que la mystérieuse « bonne nouvelle » me protégerait tant que je ne la connaîtrais pas : une sorte de talisman, comme les petits sacs en tissu, les scapulaires, que grand-mère portait sous ses chemises et qui lui vaudraient, espérait-elle, des jours en moins de purgatoire.

Cela n'avait pas trop mal commencé, à Aigle. Le premier jour, après la messe où la musique m'avait beaucoup fait pleurer, des filles étaient venues me consoler, me proposer leur amitié. L'une d'elles m'avait même offert une belle pièce en argent : un franc suisse. Mais voici que je les voyais, jour après jour, s'éloigner de moi, me préférer Brigitte, moins secrète, mieux vêtue et toujours disposée à dire du mal des autres, ce qui, je l'avais remarqué, était l'une des conditions de l'amitié entre filles.

Un matin, passant près de la chambre qu'elle partage avec deux autres pensionnaires, je l'entends prononcer mon nom. Je m'arrête et tends l'oreille. Elle est en train de parler de ma mère et ce qu'elle en dit me cloue au sol. Elle la décrit comme une personne désagréable et vulgaire, le contraire de la réalité. Et voici qu'à voix basse elle confie à ses amies que mon père a « fait de la prison »... « Pauvre Janine », soupire cette hypocrite. Mais ce n'est pas tout ! A présent, Brigitte parle d'elle, vante son superbe appartement à Paris... et c'est le mien que je reconnais. Puis elle raconte combien sa mère est jolie, élégante et formidable... et c'est la mienne ! Brigitte est en train de me voler ma maison et ma famille. Indignée, je me montre et elle s'interrompt. Les autres prennent l'air gêné, mais ricanent en dessous. A quoi bon leur dire que Brigitte a menti ? Elles ne me croiront pas. Elle est tellement plus habile que moi ! Mais, alors que je ne connaissais pas la haine, je vais en éprouver pour elle. Plus jamais je ne lui adresserai la parole... ce qui lui sera bien égal : elle a réussi à détourner de moi celles qui auraient pu être mes amies.

« Ma chère petite fille, voici la grande nouvelle : quand tu reviendras à la maison, tu y trouveras un petit frère ou une petite sœur de plus. Sache que nous en sommes très heureux, ton père et moi... »

Je me suis décidée à ouvrir la lettre, et, assise sur mon lit, dans le dortoir désert, je lis et relis ces lignes, écoutant frissonner les arbres du parc sous le vent d'automne. Alors c'était cela? Je m'étonne de ne rien ressentir, sinon, encore plus vif, le désir de rentrer. Mais rentrerai-je jamais? J'ai du mal à imaginer maman enceinte. « ... Le bébé naîtra en mars. » Je compte les mois sur mes doigts : comme il y en a ! « Je n'en ai pas encore parlé aux autres, tu es la seule dans le secret », termine maman.

« Chère maman, merci pour le secret. Je suis contente moi aussi et, six enfants, ça fera un compte rond. Pour Maxime, ce serait bien que ce soit un petit frère. »

Je ne dis pas un mot de Brigitte. Je ne vais pas gâcher le bonheur de ma mère. Et je ne la supplie pas, comme à Megève, de venir me chercher : j'ai appris la patience.

Au réfectoire, on ne choisissait pas sa place, ce qui m'arrangeait, car j'avais toujours peur que personne ne veuille s'asseoir à côté de moi. Pour le goûter et le petit déjeuner, on avait droit, moyennant finances, à se procurer des suppléments à l'économat : pots de beurre et de confiture, biscuits, chocolat. On y collait une étiquette avec son nom et les rangeait dans le tiroir, sous son assiette. Mon tiroir était vide.

Virginia, ma voisine, une grosse fille placide et gentille, adorait les confitures et en diposait toujours, avec satisfaction, plusieurs pots autour de son bol. Parfois, elle m'en tendait une cuillerée. Ma préférée était celle aux cerises. « Pourquoi ne vas-tu pas en chercher à l'économat ? s'étonna-t-elle un jour. Les pensionnaires peuvent les faire inscrire sur leur note. » C'était sûrement ce que faisait Brigitte qui mettait deux centimètres de beurre sur ses tartines pour voir s'y dessiner ses dents.

L'économat ouvrait chaque soir à cinq heures, durant la récréation qui précédait l'étude. On y trouvait des fournitures scolaires, des livres, des mouchoirs et les précieuses victuailles. Chacune se servait elle-même sur les étagères, puis passait devant la table où la sœur-économe encaissait ou notait. Ce jour-là, je m'y rendis avec Virginia et, le cœur battant, choisis un pot de confiture de cerises et une plaque de chocolat. Lorsque je fus devant la sœur, elle me regarda avec étonnement : « C'est pour inscrire sur ma note », dis-je avec assurance, et je déclinai mon nom. Elle ouvrit son grand registre, suivit les lignes du doigt, l'arrêta sur mon nom. Ouf ! j'étais bien là ! Mais, lorsqu'elle releva la tête, elle avait l'air ennuyée : « Vois-tu, dit-elle, pour prendre des suppléments, il faut que les parents aient donné leur autorisation. »

Ce que n'avaient pas fait les miens ! Je me revois, paralysée, mon pot de confiture et ma tablette dans les mains, consciente de la présence des élèves qui, derrière moi, attendent impatiemment leur tour. Par bonheur, Brigitte n'est pas là. Je pose mes biens sur la table et me sauve. Je n'en veux pas à mes parents, je sais que la pension est chère, et que maman a fait des dettes pendant la guerre. Mais j'ai honte, tellement honte ! Virginia me rejoint : elle ne dit rien. Elle passe son bras sous le mien et c'est tout.

Maman avait caché dans ma valise une provision de médicaments, afin que je puisse soigner mes boutons. Jamais ils n'avaient été si nombreux, comme de larges pièces de monnaie recouvertes d'une croûte suppurante. Je faisais bien attention à ce qu'on ne les vît pas et, chaque soir, enfermée dans les cabinets, je les nettoyais avant d'y étaler la pommade. Ceux des jambes me faisaient particulièrement souffrir, car les croûtes collaient à la laine de mes chaussettes. Malgré mes efforts, ils ne guérissaient pas et, bientôt, j'allais manquer de produits.

Et voici qu'un jour, horreur, je découvre un bouton d'impétigo sur le bras de Virginia ! C'est moi qui le lui ai passé. Pourvu qu'elle ne s'en doute pas. Et puis c'est une autre fille qui en a, et une autre encore. Je suis en train de contaminer toute la classe. Le docteur passe et demande à celles qui sont atteintes de se manifester à l'infirmerie où on les soignera. J'hésite : devinera-t-on que c'est moi qui ai commencé ? Et que me conseillerait maman qui m'a si souvent recommandé de cacher ce que je considère comme une « maladie honteuse » ? Non, je ne peux me résoudre à montrer mes boutons : j'en ai trop, ils sont trop laids.

Ce matin-là, impossible de me lever. Ma tête tourne et, à la fois, j'ai froid et je suis en nage. Le mercure du thermomètre monte. Le médecin est alerté. La religieuse l'accompagne jusqu'à mon lit où, le drap sous les yeux, je tremble de fièvre et de peur et fais semblant de tousser pour tromper l'ennemi. Ah, cet instant où, après avoir examiné ma gorge — impeccable, hélas ! — il repousse le drap, relève ma chemise de nuit et découvre la monstrueuse éruption ! Il reste un moment incrédule : les cuisses, le ventre, j'en ai partout. « Tu as ça depuis longtemps ? » Avec l'énergie du désespoir, je fais « non » de la tête. Il me regarde plus attentivement : « Pourquoi n'as-tu rien dit ? » Les larmes que je ne peux plus retenir répondent pour moi. Alors, il rabat ma chemise, remonte le drap jusqu'à mon nez comme pour me dispenser de raconter des histoires et me sourit : « On va faire passer ça ! » Et tandis qu'il s'éloigne avec la religieuse, je me sens si bien. Sauvée !

On m'a mise à la pénicilline — encore très peu utilisée en France — et, une semaine plus tard, je n'avais plus un bouton. Et la petite fièvre inexpliquée qui me poursuivait depuis des années et m'avait valu tant de mois de « bon air », sans compter le foie de veau, disparut à jamais !

Qui sait si l'un des mystérieux ruisseaux qui ont alimenté ma vocation ne s'appelle pas « impétigo » ?

Chaque samedi, les parents venaient en voiture chercher les pensionnaires. Brigitte était toujours invitée chez l'une ou l'autre. Moi, je restais au collège mais je préférais ça. Il y avait, à la lingerie, une grosse sœur aux joues rouges qui me rappelait Eugénie et m'acceptait dans son royaume. Entre les piles de draps et de serviettes, sous les vêtements d'uniforme suspendus au-dessus de ma tête, dans les odeurs mêlées, je retrouvais l'atmosphère tant aimée des placards et, tandis que, dans les mains de la sœur, allaient et venaient le fer ou l'aiguille, je lisais, faisais semblant d'apprendre des leçons ou écrivais des poèmes pour celle que j'aimais.

Car, pour la première fois, j'aimais !

Elle avait une trentaine d'années, s'appelait Anne-Marie et c'était notre professeur de français. Elle vivait au fond du parc, dans une annexe du collège, et, certains soirs, réunissait chez elle quelques élèves pour parler de la vie, de la littérature ou de la poésie en passant des disques. Virginia et moi faisions partie des élues. Elle n'était pas vraiment belle, Anne-Marie, mais son regard, sa voix, sa fougue, sa façon de nous traiter comme des égales et cette liberté qui éclatait parfois dans ses rires me faisaient véritablement monter au ciel. Près d'elle, je me sentais autre, prête à toutes les audaces. Et lorsqu'elle s'adressait à moi, ou que je la touchais ou la respirais, j'éprouvais un trouble infini qui, hors de sa présence, me laissait affamée.

Un jour, je surpris le regard de Virginia sur notre professeur de français et compris que je n'étais pas la seule à l'aimer. Alors, nous devînmes, mon amie et moi, inséparables. Durant les longues promenades en montagne que nous faisions plusieurs fois par semaine — un jour nous allâmes même camper — elle était notre seul sujet de conversation. Aucune jalousie entre nous, car c'était un amour qui ne demandait en retour que ce qu'Anne-Marie nous donnait déjà : sa chaleur et son enthousiasme.

Se douta-t-elle jamais de la passion qu'elle nous inspirait ? Pas une fois elle ne le montra, ni n'en joua. Et, aujourd'hui, je me demande ce qui serait arrivé si elle s'était intéressée aux jeunes filles autrement que pour leur offrir ces profondes et vivifiantes bouffées d'extérieur dont elles sont si dépourvues entre les murs d'un couvent. Mon trouble était tel en sa présence et mon ignorance des choses sexuelles si totale que je ne suis pas certaine que j'aurais refusé ses caresses. Et je songe à tous ces adolescents en pension, solitaires, innocents et avides de tendresse, qu'un professeur peu scrupuleux peut entraîner vers des amours jugées anormales, changeant ainsi le cours de leur vie. Anne-Marie me permet de les comprendre mieux. Parce que, plus tard, lorsque je connus l'amour dit « normal », je compris, à la similitude des émotions, que ce que j'avais éprouvé pour Anne-Marie pouvait porter ce nom.

Au cours de couture, nous confectionnions des

vêtements pour « les pauvres » et y mettions tout notre cœur. On devait, cette année-là, réaliser une jupe et un corsage, et j'avais tant et tant taillé et retaillé dans ma jupe pour le seul plaisir de couper qu'elle était devenue jupe de poupée à la grande hilarité de la classe. Ce matin-là, tandis que je peine sur les boutonnières du corsage, je sens couler quelque chose sous moi. Maman ne m'a plus reparlé des règles depuis le soir où, à Grandchamp, elles sont arrivées à Nicole. Affolée, je me retourne vers Virginia qui comprend aussitôt. Elle, ça y est depuis belle lurette. Quinze ans, il faut dire que je ne suis pas précoce ! Mon amie prend les choses en main, me passe discrètement son mouchoir, me fait signe de ne pas bouger.

Le cours se termine enfin ; nous attendons que toutes les élèves aient quitté la classe, puis elle m'emmène à la lingerie et explique à la sœur ce qui vient de se passer. Celle-ci ne s'émeut pas du tout, me donne de quoi me protéger ainsi qu'une monstrueuse culotte-montgolfière en plastique qui bouffe sous ma jupe et fait un tel bruit à chacun de mes pas que tout le monde est averti de l'état nouveau dans lequel je me trouve. Moi, je suis plutôt contente ! Et le meilleur reste à venir...

Séverine l'a raconté pour moi dans *Une femme réconciliée* et Cécile en dit quelques mots dans *l'Esprit de famille*. Peu après l'apparition de mes règles, un mystérieux rendez-vous me fut donné : je devais me tenir à dix heures du soir devant la porte du dortoir. Lorsque je jugeai tout le monde endormi, je me relevai et parvins à sortir discrètement. Une fille m'attendait. Sans un mot, elle me mena jusqu'à une chambre où m'accueillirent joyeusement une dizaine de pensionnaires. Elles drapèrent de grands voiles autour de mon importante personne, me coiffèrent et me maquillèrent, puis chacune à son tour dansa avec moi. Ainsi entrai-je cette nuit-là dans le club des F : F comme Femmes. Mais mon souvenir le plus vif de cette soirée reste le regard sur moi de cette camarade de classe — qui généralement m'ignorait — découvrant soudain que j'étais jolie, que je savais rire... Et cette bouffée de bonheur en moi.

Fin mars, j'appris que j'avais une quatrième petite sœur, pauvre Maxime ! Elle s'appelait Evelyne. Un peu de ma future « poison » venait de naître. Maman m'annonçait dans sa lettre que je serais rentrée pour fêter Pâques, avec toute la famille, chez bonne-maman.

La veille de mon départ, tandis que je faisais ma valise dans le dortoir, je vis entrer notre professeur de couture. « Je crois que tu as plusieurs petites sœurs ? » s'enquit-elle. Je répondis fièrement que j'en avais trois. « Alors, ceci devrait faire plaisir à ta maman », dit-elle en mettant un paquet au fond de ma valise.

L'ouvrant à Paris, j'y découvrirais les jupes et les blouses confectionnées « pour les pauvres » avec les noms des généreuses exécutantes épinglés sur l'ourlet : celles qui s'étaient tant moquées de moi.

> *... et me prenant alors cet intense vertige,*
> *pensant que de toujours c'est la dernière fois,*
> *qu'à cette heure, en ce jour, je peux sentir en moi,*
> *tombée de chaque fleur, de chaque instant qui coule,*
> *la mélodie lointaine d'une folle aventure,*
> *d'une chanson qui passe, d'un cri de la nature...*

C'est la fin d'un poème que je viens d'offrir à Virginia en cadeau d'adieu. Nous marchons dans le parc, main dans la main, parlant une dernière fois d'Anne-Marie, nous jurant que son nom nous réunira toute la vie. Virginia lit à haute voix mon poème. « C'est vraiment toi qui l'as écrit ? Promis ? Tu n'as pas copié ? » Pour lui prouver que c'est bien moi, je lui en récite d'autres, et d'autres encore, la plupart chantant notre amour commun. Et soudain, elle s'arrête, me prend les poignets, les serre : « Comme c'est beau, murmure-t-elle, comme tu as de la chance ! » Ses yeux sont brillants et humides, un peu, non, je ne me trompe pas, comme lorsqu'elle regarde Anne-Marie...

C'est alors qu'en moi la lumière se fait. Ce n'est pas celle, violente, de l'éclair ou de la foudre, c'est plutôt comme une calme marée : vous lissez le sable du plat de la main et voici la mer, évidente, imparable, qui sourd de partout, qui envahit tout ! Comment n'ai-je pas compris plus tôt ? Pour devenir célèbre, pour gagner des regards comme celui de Virginia, des centaines, des milliers, les regards du monde entier, j'écrirai.

Je n'ai jamais cessé depuis.

15

Oui, écrire ! Tirer de ma poitrine l'orage et l'arc-en-ciel, les pluies douces, les soleils brûlants. Forcer les regards et les cœurs et un jour, comme Henriette Charasson, me lire devant un public ébloui. Etre ce bruit de pages entre les mains des autres, cette lumière dans leur regard. Pas une seconde, je n'envisage d'écrire seulement pour moi. Est-ce seulement pour lui que Chopin a composé cette *Sonate au clair de lune* que je joue et rejoue avec tant de douloureuse passion... et tant d'ennui pour les voisins ? Les peintres mettent-ils leurs tableaux sous linceuls comme le fait cette vieille tante pour ses plus beaux fauteuils ? Les mots sont faits pour être lus comme un fruit pour être mangé et, tandis que ma plume court sur le papier, il me semble que le monde s'impatiente.

J'ai tiré ma table devant la fenêtre ouverte sur le jardin de Montbard. Je dis l'odeur du buis chauffé par le soleil, la mousse séchée au bord des marches de pierre, sous laquelle courent les fourmis rousses —

celles qui piquent, attention — le pas lourd du jardinier dans ses sabots, la confidence parfumée de la brise et mon enfance qui tressaille, lorsque s'égrènent les heures au clocher. Je sens, dans ma poitrine, ma tête, comme la pression d'un flot. Ce qui est difficile, c'est de canaliser : les mots coulent au long de ma plume comme une sève trop abondante et parfois se pressent tant que c'est l'occlusion. Et déjà, à tout moment, au beau milieu d'un repas, au cours d'un jeu, d'une promenade, me tire ce rendez-vous avec ma feuille ; et j'interromps la promenade, j'arrête le jeu en plein milieu. « Mais qu'est-ce qui te prend, Janine ? » « Rien, j'en ai assez. » « Mais où vas-tu ? » « Dans ma chambre. » « Mais pour quoi faire ? » « Je verrai... »

Parce que personne ne doit savoir ! Et si craque l'escalier qui mène à ma chambre, vite, je cache mes feuilles. On se moquera si je raconte que je veux être écrivain ; on essaiera de me décourager, comme oncle Charles pour la sainteté, Marcelle Ségal pour le théâtre. J'ai bien remarqué les sourires, quand maman explique que c'est à cause de ma santé que je change si souvent d'école, ou raconte que le piano me prend trop de temps pour que je puisse suivre des études normales. Nul n'ignore que je ne « fiche rien en classe ». « Bête comme Janine », mais oui, j'ai même entendu, à ma honte, un cousin dire cela un jour. Mais il verra ! Ils verront ! En attendant, nul ne se doute de rien et mon secret m'emplit et me nourrit. Parfois, comme Pauline dans *l'Esprit de famille*, c'est le parc Buffon que je choisis pour écrire et, assise contre l'un de ces grands arbres qui m'effrayaient tant autrefois, je pars pour des voyages plus vastes : le jardin, c'est l'enfance. Le parc, c'est l'aventure.

« Où vas-tu ? » demande grand-mère.

« Faire un petit tour. »

« Prends garde aux mauvaises rencontres, ma minette. »

Les rencontres... moi qui ne pense qu'à ça ! Pauvre grand-mère !... Il s'est passé pour elle quelque chose de terrible. Souffrant depuis vingt ans d'on ne savait quelle maladie qui nécessitait chaleur et repos, elle a passé au lit ou dans un fauteuil, soignée par son médecin de campagne, le plus clair de son temps. Cet hiver, papa l'a suppliée de consulter un professeur à Paris. Elle a fini par accepter, et que lui a-t-il dit, cet éminent docteur ? « Vous allez très bien, madame, vous n'avez rien. Levez-vous, prenez le métro, promenez-vous. » Vingt ans en chemise de nuit, entourée de bouillottes, gavée d'infusions, vingt ans pour rien ? Oh, non ! Il y a dans les églises des coins à l'écart où brille seulement une petite flamme, où l'on aime s'arrêter et, pendant un instant, se sentir en paix, comme réconcilié. Grand-mère aura été pour tant et tant de gens, et d'abord pour les siens, cette petite flamme très près de Dieu, toujours disponible, cet espace privilégié.

Elle tend son doigt maigre vers le tableau qui la représente, au-dessus du meuble dit « aux décorations », dont les tiroirs regorgent de croix, palmes, médailles, étoiles, rubans divers reçus par nos ancêtres et payés parfois de leur vie. Elle montre la jeune femme au regard sombre et aux cheveux châtains comme les miens : « On me disait jolie. » Je regarde la vieille dame aux bas noirs opaques qui, d'année en année, semble prendre moins de place dans son fauteuil et je me sens coupable.

Ah, grand-mère, si tu savais ! Comment se conduit depuis ses quinze ans ta petite-fille préférée et dont tu dis si souvent qu'elle te ressemble... Si, toi dont nous ne devinons la couleur de la peau que par quelques centimètres de cou ou de poignet, tu ouvrais le tiroir de la commode où, quand « j'étais petite » — il y a des siècles — je collectionnais mes boules empoisonnées et y découvrais le minuscule maillot de bain que j'ai acheté en cachette et dont j'ai abondamment rembourré le soutien-gorge. Si tu me voyais galoper en courte jupe sur le terrain de tennis ou prendre des bains de soleil presque nue au fond du jardin, que dirais-tu ? Sûrement, tu en mourrais ! Non, je ne ressemble pas à la jeune femme du tableau, vêtue d'une sage robe blanche, je ne pense plus qu'à exposer le plus possible de peau à la chaleur du soleil, à la caresse de la rivière et au regard des garçons. Comment ai-je pu songer à me faire religieuse ?

Ils ont tout changé, les garçons ! L'an dernier encore, je n'étais pour eux que la « petite sœur » de Nicole, tout juste bonne à remonter les pick-up et se faire tirer les cheveux. Depuis mon retour de Suisse, c'est le miracle : F comme Femme ? Cela a commencé à Pâques, chez bonne-maman, lors de la distribution des œufs en chocolat, lorsqu'un cousin, un grand dont on chuchote qu'il n'est pas sérieux — suprême excitation — et pour lequel, avant, je n'existais pas, est venu vers moi et ne m'a plus quittée. Cela s'est poursuivi en juillet, à Saint-Lunaire où m'avait invitée Martine, une cousine et amie avec laquelle, chaque jour, nous avons inlassablement arpenté la plage ou la rue à la pêche aux regards masculins, faisant tout pour nous faire remarquer et admirer. Bien entendu, si quelque malotru avait le culot de nous accoster, nous nous détournions et, très dignes, passions notre chemin. Mais quel bonheur, mon Dieu, quelle émotion ! Et que de confidences, le soir, dans notre chambre, tout en prenant nos bains de lune, dévêtues sur nos lits, fenêtre ouverte sur l'œil phosphorescent qui, paraît-il, rend fou et parfois génial !

Et voici qu'à Montbard, j'ai fait la connaissance d'une bande de garçons. Ils m'apprennent à jouer au tennis, m'emmènent me baigner dans la Brenne ou le lac de Pont. La chaîne de mon vélo saute fort à propos pour qu'ils puissent me prendre sur la barre du leur et ma tête tourne à sentir leur poitrine contre mon dos et leur souffle dans mon oreille. Entre nous, rien que des rires, des jeux et cette attente confuse et puissante que je sens en moi comme en eux et devine parfois dans des regards qui cherchent à m'attirer. Mais Nicole m'a avertie : « Embrasser un garçon " vraiment " est un péché mortel ! » A quoi songe-t-elle ? Une amie m'a raconté ce qu'était le vrai baiser : quelle horreur ! Moi, jamais.

C'est août et il fait torride. Cet après-midi-là, je rentre en nage du tennis. J'ai réussi à monter à vélo, sans mettre pied à terre, la côte qui mène aux Pavillons Daubenton et je cours me changer dans ma chambre. J'ai découvert depuis peu le plaisir de m'y promener nue ; alors, je me sens vulnérable, comme menacée et délicieusement vivante. Je suis en train de prendre des poses devant la glace lorsque j'entends, tout près, la voix de grand-mère : « Janine, tu es là ? » Déjà, la poignée tourne. J'ai juste le temps, avant que la porte ne s'ouvre, de plaquer le couvre-lit devant moi. « Qu'est-ce que tu fais ? » « Rien, grand-mère, j'avais chaud, je me changeais. » Aujourd'hui, mon cœur en bat encore.

Cette épouvante à l'idée d'être découverte, nue, par grand-mère, cette certitude que, si tel avait été le cas, quelque chose d'irrémédiable, comme la mort, se serait produit, je l'ai racontée dans *Une femme réconciliée*. Et, avec Séverine, je suis allée jusqu'au bout du cauchemar. Sa grand-mère entre dans la chambre avant qu'elle ait eu le temps de se recouvrir, et Séverine sent qu'elle la perd. Perdre grand-mère ? Idée insupportable. Ce serait perdre l'un des principaux piliers de mon univers. Parce que, mon univers, c'est ma famille. J'en tiens le compte dans un petit carnet. En haut de la liste, hélas, trois noms sont déjà barrés : grand-père, bonpapa et Quentin, un cousin. Voyons que me reste-t-il à part mes parents, mes quatre sœurs et mon frère ? Vingt-cinq oncles et tantes et cinquante-quatre cousins germains. Allons, ça peut encore aller : je ne suis pas seule au monde.

Le samedi soir, papa arrivait de Paris. Tout Montbard se retournait pour voir passer sa belle Citroën noire. Après les retrouvailles avec sa femme, il allait vite se pencher sur le berceau d'Evelyne qu'il regardait comme une sorte de miracle, un présent de Dieu, peut-être la preuve tangible qu'il était bien revenu d'Allemagne. Nous, elle ne nous intéressait pas tellement, Evelyne, trop petite pour jouer, tout juste bonne à pleurer, et sa nourrice n'aimait pas que l'on s'en approche trop.

Quand papa était là, un vent de fantaisie soufflait. Les repas étaient plus animés. Il savait dire à chacun quelque chose de gentil ou de drôle et nous apportait des nouvelles fraîches du monde. Il venait d'être nommé sous-gouverneur du Crédit Foncier — il sera nommé plus tard gouverneur par Edgar Faure — et participait avec passion au redressement de la France. Cet été 1946, il va inaugurer pour nous le « jour des gâteaux-à-gogo » qui deviendra une tradition et sera regardé par sa famille, plutôt économe, d'un œil stupéfait. Un dimanche, il rassemble tous les enfants, cousins inclus, et en avant pour la délicieuse pâtisserie Mouillot où, les jours de fête, nous avons le droit de choisir entre un gâteau et une glace. Nous sommes une bonne dizaine. D'un geste large, papa montre les étalages et déclare : « Tout ce qui vous fait envie. » La seule condition est de consommer sur place : interdit d'emporter. Après quelques secondes d'incrédulité, c'est la ruée et les commerçants ne savent plus où donner de la tête face à cette horde d'enfants aux yeux plus gros que le ventre. Papa se tord de rire. J'ai très peur qu'il se ruine — surtout pour les cousins — ce qui ne m'empêche pas de faire une orgie de figues, mille-feuilles et Paris-Brest.

Le sage hachis Parmentier de grand-mère n'eut

guère de succès au dîner : une partie des enfants s'offrant une indigestion « maousse ». Mais, ce jour-là, il me sembla que la promesse de maman : « quand la guerre sera finie », se concrétisait tout à fait. Et tant que nous viendrons passer les vacances à Montbard, la tradition « gâteaux-à-gogo » se perpétuera.

Il y avait aussi une autre tradition : les « tours de pommiers ». Dans une famille tellement nombreuse, se voir en tête à tête était pratiquement impossible, aussi se donnait-on rendez-vous, si l'on désirait se parler tranquillement, dans une allée bordée d'arbres fruitiers : allée des secrets, des confidences. Lorsqu'on voyait deux personnes s'y diriger, on disait : « Il va faire son tour de pommiers », ou bien : « Il va à confesse. »

Lorsque papa venait, tout le monde y passait, car il était un superbe « écouteur ». On le voyait d'abord circuler à pas comptés, grand-mère ravie suspendue à son bras, si petite en regard des 1 mètre 87 de son fils. Les frères prenaient le relais : on entendait de loin retentir le rire d'oncle Charles qui faisait de grands effets de soutane comme s'il cherchait à s'envoler. Oncle Henri, plus sérieux et qui s'enflammait volontiers en parlant politique, s'arrêtait parfois net tout en poursuivant la conversation, comme s'il ne pouvait à la fois convaincre et marcher. Au passage, papa cueillait sur son arbre préféré des reines-claudes chaudes de soleil. Le reste de la famille, installée en rond sur des transats, suivait de loin et avec intérêt le tour de pommiers de chacun, chronométrant les confessions, essayant d'imaginer, avec rires sous cape, ce qui pouvait se confier à l'ombre sucrée...

Lorsqu'un enfant était convoqué pour un tour de pommiers, ce n'était jamais bon signe et celui de Nicole, avec papa, l'été où, profitant d'une colonie de vacances, elle fit une fugue pour aller visiter en Bretagne un garçon dont elle était amoureuse, dura plus d'une heure. Je ne respirais plus : qu'allait-il lui arriver ? Allait-elle pleurer beaucoup ? Elle revint le visage sec et, passant près de moi, dents serrées, déclara : « Je recommencerai. » Comme je l'admirai ce jour-là et que l'amour me parut sublime qui pouvait mener à de tels excès ! L'amour « sage », car Nicole n'avait fait sa fugue que pour expliquer à ce garçon qu'elle était sérieuse et n'embrasserait personne avant le mariage ! Ce qui ne l'avait pas empêchée, en toute innocence, de choisir pour passer la nuit un hôtel « borgne »...

Un dimanche matin, après la messe, c'est moi que papa emmène sous les pommiers. D'un ton trop léger qui me laisse aussitôt craindre le pire, il me parle de maman : j'ai dû m'apercevoir qu'elle était fatiguée, n'est-ce pas ? Eh bien ! on va l'opérer : il la ramène à Paris après le déjeuner. Mais je ne dois pas m'inquiéter, tout se passera bien. Il me confie Aliette et Claudie.

Je partage ma chambre avec elles et m'en occupe beaucoup. Je les entraîne dans de périlleuses escalades, leur organise mille jeux et, le soir, fais chauffer de grandes bassines d'eau sur la cuisinière d'Elisabeth pour les laver des pieds à la tête. Enfin, avant de dormir, je leur raconte une histoire que j'ai inventée pour elles durant la journée. « On va opérer maman ! »... Tout de suite, je suis sûre qu'elle va mourir : aussi sûre que je l'étais, dans mes pensions, de ne jamais revenir. Je ne montre rien, promets de veiller sur mes sœurs et, le tour de pommiers terminé, cours me réfugier dans ma chambre. Je regarde ma liste de famille : « Laurette Renaudin. » J'imagine ce nom barré. C'est évident : il était fait pour cela. Autant le rayer tout de suite. J'ai envie de rayer aussi le mien !

Je m'assois à ma table et, machinalement, prends mon stylo. J'écris l'histoire d'une famille dont la mère est en danger, l'histoire d'une mère qui va mourir. J'écris l'histoire d'un père qui sait très bien que sa femme va mourir, mais le cache à ses enfants, l'histoire d'une famille qui ne sera plus une famille, d'un monde qui vole en éclats. J'ai l'impression d'ouvrir la grosse boule d'angoisse qui emplit ma poitrine et m'empêche de respirer. Mes larmes coulent sur le papier, mais on dirait qu'il prend sa part de souffrance : je respire mieux. Et je serre mon stylo, me répétant : « Quoi qu'il arrive, j'écrirai, j'écrirai, j'écrirai toujours. » J'écris ce que je n'ai pas su dire à mon père, ma solitude et ma peur. Et voici que montent à nouveau vers moi, plus intenses encore, comme épanouies par la douleur, les odeurs d'un jardin où j'ai été si heureuse. Et me parviennent les bruits familiers de la maison aimée où se prépare le déjeuner du dimanche — il y aura des tomates à la mayonnaise, deux par personne, mes délices. J'écris l'histoire d'une mère qui, un jour, alors qu'on ne l'attend plus, vient reprendre sa place à la table familiale. J'écris l'espoir et ma volonté de vivre, et comme un apaisement humide m'emplit. Je viens, sans m'en douter, d'entrer dans l'engrenage magique de la création qui sauve.

Toute ma vie, lorsque « ça n'ira pas », j'aurai désormais ce réflexe-là : empoigner mon stylo, partir à la recherche de ce qui me fait mal, le coller noir sur blanc sur le papier. Fuite ? Au contraire ! Pauline, Claudine, Nadine, Séverine et ces autres à venir — puisque aussi longtemps que l'on vit, on souffre et on espère — me permettent, sous la forme du roman, de braquer les projecteurs sur mon incertitude, ma peur ou ma douleur et de les regarder en face. Evasion ? Certainement pas ! Survol. Une fois que je la tiens là, mon angoisse, épinglée sur ma feuille, je peux prendre de la hauteur, chercher le bon vent, comme le cerf-volant, mais sans briser le fil qui me tient à la réalité. Et, me direz-vous, les fins optimistes que si souvent je donne à mes histoires ? C'est la certitude qui m'habite, qu'au-delà de tout malheur peut exister un départ heureux. « Il n'y a pas d'amour de vivre sans désespoir de vivre », disait Camus. Je fais miennes ces paroles ; les deux cohabitent en moi : l'amour de vivre est le plus fort.

Un jour de septembre, comme je l'avais imaginé, un peu pâle et amaigrie, mais bien vivante, maman est revenue au bras de papa. Je lui ai offert un plein bol de noisettes cassées avec mes dents. Nicole a dépensé la totalité de ses économies pour lui acheter une barquette de framboises.

C'est la fin des grandes vacances. J'ai terminé un poème. Lorsque je le lis, une joie secrète m'étreint : c'est bien ! Je brûle de le montrer à quelqu'un, mais qui ? Ah, si Virginia était là ! Et, soudain, j'ai une idée : si je l'envoyais à ce garçon, rencontré à Saint-Lunaire, qui passait son temps à lire sur la plage et dont on m'a dit qu'il préparait une licence de français ? Oh, il ne s'est pas du tout intéressé à moi, je l'agaçais même à tournicoter autour de lui, mais peut-être, à la lecture de mon œuvre, découvrira-t-il derrière la fille trop jeune et trop maladroite pour lui plaire, quelqu'un qui mérite d'être aimé ?

Me voici prise de fébrilité : vite, qu'il me lise ! Je recopie mon poème, y joins un mot où, après lui avoir demandé le secret, je lui confie mon désir d'être écrivain plus tard. Peut-il me donner son avis ? Je cours poster ma lettre après avoir mis le double de timbres pour qu'elle arrive plus vite.

C'est à onze heures que le facteur vient chaque matin déposer le courrier et *la Croix* pour grand-mère sur la table de la cuisine où Elisabeth prépare le déjeuner. Dès dix heures et demie, je suis là, faisant semblant d'aider à éplucher ou dénoyauter. Je me précipite sur les enveloppes : « Tu attends une lettre de ton amoureux ? » plaisante le bonhomme tandis qu'Elisabeth fronce le sourcil : « Parle-t-on ainsi à une sage demoiselle de la maison ? » Il n'a pas tellement tort, le facteur : je suis repartie dans mes rêves. Je vais recevoir une lettre de ce garçon dont, aujourd'hui, j'ai oublié le nom ; il me dira son admiration, nous nous reverrons, il me guidera, je ne serai plus seule en face de mon espoir.

La lettre arrive enfin : une enveloppe à mon nom dans le courrier d'une écriture inconnue. Je cours dans ma chambre, l'ouvre fébrilement et reste interdite : c'est mon poème que j'y retrouve. Et aucune lettre ne l'accompagne. Puis je vois des mots soulignés, des bâtons dans la marge et un gros zéro en bas de la page. C'est tout ce qu'il a trouvé, ce salaud ! Il a corrigé mes fautes d'orthographe. Le zéro est sa réponse.

La porte de ma chambre s'entrouvre et la tête de Claudie apparaît : « Pourquoi tu pleures, tu t'es fait mal ? »

On m'a fait mal. Très ! Je déchire ce poème, les bâtons, le zéro, en tout petits morceaux. Je l'oublie à jamais. Mais il verra ! Un jour, il m'aimera ! Je serai célèbre rien que pour qu'il se traîne à mes pieds en disant : « Pardon, je ne savais pas. » Pas une seconde, comme pour le chant, la comédie ou le piano, je ne songe à renoncer : parce que, déjà, l'idée de ne pas être écrivain me fait paraître le monde vide, la vie dépourvue de sens. Mais si je pleure, c'est que je viens de comprendre qu'il sera très long, le chemin vers les autres, et que je devrai le dire encore et encore, mon « je veux », moi qui suis si pressée d'être aimée.

Aliette a rejoint Claudie dans ma chambre. Elle me fixe de ce regard volontaire qui sera, un jour, celui de la « princesse » de *l'Esprit de famille*.

« Quand est-ce que tu nous racontes une histoire ? » demande-t-elle.

16

Ecrire une histoire. Une histoire sans faute. Ecrire dix, vingt, cent histoires s'il le faut. Apprendre seule, comme à nager. Avoir parfois l'impression d'étouffer, boire le bouillon, mais tant pis : un jour vaincre, ou plutôt convaincre. Ma décision est prise : je ne montrerai plus à quiconque une seule ligne de moi avant qu'elle soit imprimée.

Nicole a dix-huit ans et elle est en philo, passionnée. Elle a décidé qu'après, elle préparerait une licence. Maxime va passer son baccalauréat cette année. Aliette et Claudie sont, à leur tour, entrées à Sainte-Marie où l'on est content d'elles. Pour moi, l'institut de La Tour, c'est terminé. On voulait m'y faire redoubler, alors que, déjà, par rapport aux autres, je suis en retard. Maman a réussi à me faire admettre en classe de seconde moderne à Lubeck. Me voici donc dans mon troisième établissement religieux du seizième arrondissement.

A La Tour, l'uniforme était gris et violet ; je retrouve

le bleu marine et le blanc à Lubeck. La discipline est stricte : interdit de rouler ses chaussettes en socquettes, de mettre du rouge à lèvres, de se faire chercher à la sortie de la classe par un garçon, même s'il s'agit de son frère. Messe obligatoire une fois par semaine et salut vendredi à 5 heures.

Je suis une élève discrète, qui jamais ne chahute ni ne conteste. Mais, très tranquillement, de la même façon que je continue à n'étudier que ce qui m'intéresse, j'ignore le règlement. Je roule mes chaussettes au ras de mes chaussures, me barbouille de rouge, me fais chercher par des garçons, « oublie » d'assister au salut et remplace une fois sur deux l'étude du soir par la piscine ou le cinéma. J'ai une passion pour les Tarzan et suis amoureuse de Jean Marais. Je lui ai d'ailleurs écrit pour lui demander de le rencontrer sur la péniche où il habite. Jusque-là, pas de réponse ! Cachée derrière des lunettes noires et bégayant d'émotion, j'achète chaque semaine *Amour Digest*. J'ai obtenu d'Irène, notre femme de chambre, qu'elle me prête ses journaux du cœur.

Un jour, maman me surprend plongée dans l'un d'eux. Elle se fâche : « C'est de la sous-littérature, déclare-t-elle. Comment peux-tu y trouver un intérêt ? » « Sous-littérature »... le mot m'impressionne fort. Je me rends bien compte que ce n'est pas Victor Hugo, mais j'aime beaucoup quand même et mon cœur bat quand le regard « autoritaire et doux » de l'homme se pose sur la jeune fille « timide et ignorée », quand il approche ses lèvres de ses joues « satinées » et que, de tout mon être, j'attends et espère. Quoi ? Je n'ai guère évolué depuis le pollen et l'oursin, mais me réjouis de savoir qu'au soir des noces, sitôt la porte de la chambre à coucher refermée, il se passe quelque chose d'important entre le mari et la femme ; celle-ci a emporté à cet effet dans ses bagages une chemise de nuit particulièrement belle, de soie et dentelle. De quoi

Maman ne peut deviner que regarder en face ces malades et leur dire très fort, devant tout le monde : « Espèce de salaud, arrêtez où j'appelle la police », c'est au-dessus de nos forces. Lorsqu'ils s'attaquent à nous, glissent leurs sales pattes là où il ne faut pas, ou se collent à notre uniforme d'écolière, nous sommes prises de paralysie foudroyante, devenons rouges comme des pivoines, n'osons plus respirer, attendons en priant Dieu de toutes nos forces que notre station arrive enfin et nous détachons de l'horrible individu en disant poliment : « Pardon, monsieur. »

Chaque semaine, une couturière, Mlle Pinot, vient à la maison faire marcher avec ses pieds la machine pour vêtir les cinq filles Boissard. Elle a mauvaise haleine, ce qui est très désagréable pendant les essayages. Elle porte toujours le même corsage, fermé par une broche ancienne. La cuisinière se plaint qu'elle dîne en même temps qu'elle déjeune pour faire des économies.

Durant ce mois d'octobre, Mlle Pinot a copié pour moi un modèle du *Jardin des modes* : une belle robe que j'ai étrennée lors de mon premier cours de danse. Parce que j'apprends à danser ! Cela se passe tous les samedis après-midi chez Baraduc — les garçons rient parce que, à l'envers, cela fait Cudarab — Maxime et moi y retrouvons une trentaine d'adolescents triés sur le volet, tous fils et filles d'amis de nos parents. L'inspection des Finances est largement représentée. Valse, tango, rumba, paso doble, c'est fabuleux ! Fabuleux de ne jamais « faire tapisserie », d'être choisie par le professeur pour montrer les pas aux autres. Fabuleux le vertige qui m'emplit tout entière à me trouver dans les bras de certains garçons.

« A seize ans, explique Bernadette à Pauline dans *l'Esprit de famille*, on est complètement bloquée »... Nous ne l'étions pas, me semble-t-il, Nicole et moi. Tenues en laisse, oui, mais piaffant d'impatience, attendant avec appétit et confiance de rencontrer celui qui nous ferait découvrir l'amour. Amour, plaisir, nous confondions les deux. Là où l'amour serait, le plaisir ne pourrait qu'être. L'entente parfaite de nos parents, leur bonheur à vivre ensemble nous cachaient les échecs possibles et, s'il en existait autour de nous, on prenait bien garde de n'en jamais parler. Nous étions fortes de notre totale ignorance... et prêtes à toutes les désillusions.

Les adolescentes, aujourd'hui, sont souvent faibles d'en trop savoir et désillusionnées avant d'avoir vécu. Ce n'est pas parce que la sexualité est partout étalée, et que l'on prend la pilule avec la bénédiction des parents, que le plaisir est au rendez-vous, surtout lorsqu'on vous le présente comme un but à atteindre à tout prix. C'est parfois une trop grande liberté qui bloque et, dans le grand déballage, le vacarme fait autour de l'amour, Bernadette, Pauline et les autres craignent de ne pas savoir reconnaître l'Amour.

Un soir, papa vient me trouver dans ma chambre, mon carnet de notes à la main. Nous devons le faire signer, ce sacré carnet, chaque semaine, par l'un de nos parents. Pas moyen d'y couper et je me suis toujours refusée, comme le font certaines, à imiter une signature. C'est à maman que je le montre ; au début, elle me faisait quelques remarques, plus maintenant, mais c'est malgré tout, à chaque fois, un mauvais moment à passer pour moi. Non que j'aie honte de mes piteux résultats, mais j'aimerais tant lui faire plaisir.

Voyant débarquer papa, je suis très impressionnée. Il n'est, jusque-là, jamais intervenu dans ma scolarité. Nicole file en douce chez Aliette et Claudie — mais je suis tranquille, elle écoute à la porte. Papa s'assoit au pied de mon lit sur lequel je lisais, et avec toute sa tendresse, toute sa confiance, me demande de faire un effort. Mes bonnes notes en français prouvent que je suis capable d'avoir de meilleurs résultats dans les autres matières : si j'essayais ?

Mon père, auquel tout le monde dit que je ressemble, est pour moi celui qui « sait tout ». J'éprouve à son égard un mélange d'amour, d'admiration et de timidité. Je goûte intensément les soirées où, tous ensemble, dans le bureau, nous lisons et écoutons de la musique. Passionné de lecture, papa peut discuter des heures à propos d'un auteur qu'il aime. En l'écoutant, à la fois mon désir d'écrire redouble et il me fait mal. Parviendrai-je à être publiée ? Si je ne lui parle pas de ma vocation, c'est par crainte de ce que je lirai dans ses yeux : étonnement, indulgence pour sa fille tout feu tout flamme. C'est l'admiration qu'il me faut. Et c'est trop tôt.

Mais tandis qu'il me parle ce soir-là, je me sens prête, pour mériter sa confiance, à soulever des montagnes et, cet effort, je lui promets de le faire.

Durant cette semaine, je vais abandonner tout ce que j'aime pour ne plus penser qu'aux leçons à apprendre et aux devoirs à faire. L'histoire et la géographie, ce n'est pas sorcier, il n'y a qu'à apprendre par cœur. Si je ne comprends pas quelque chose, je m'adresse au professeur et me fais expliquer aussi longtemps qu'il le faut. Pour le calcul, j'ai recours à Maxime, excellent en cette matière. A la stupéfaction de Nicole, je fais sonner le réveil à l'aube et m'installe dans la salle à manger pour travailler. Elle dit que je dois être malade. J'ai parfois, en effet, la tête qui tourne !

Et c'est déjà samedi. La religieuse responsable des secondes classiques et modernes vient en fin de matinée nous donner le classement hebdomadaire pour l'ensemble des matières. Nous l'écoutons debout et elle commence toujours par nommer les dernières. Pourvu que je n'en sois pas ! A mon grand soulagement, mon nom n'est pas prononcé. Il ne l'est toujours pas comme nous entrons dans la première dizaine — but que maman nous a toujours donné : être dans les dix premiers. On a dû m'oublier. Mais non. Je suis seconde. Seconde sur trente ! Et sur les visages qui m'entourent, je lis la même stupéfaction qu'en classe de septième lorsque, sans comprendre comment, j'avais réussi le devoir de calcul. On me félicite. Je suis à la fois incrédule et ravie. Et le soir même, sans commentaires, je tends mon carnet à papa.

Il n'en croit pas ses yeux, triomphe, sort 10 francs de son porte-monnaie et me les donne ; j'aurai chaque semaine la même somme si je continue. Mais voici que, devant sa joie, soudain je me sens triste, gênée. Il me semble que je l'ai trompé, j'ai envie qu'il cesse de me féliciter. C'est que je sais, je sens, sans l'avoir décidé, que cet exploit restera une exception. Je ne lui procurerai pas, chaque semaine, cette joie, je vais le décevoir à nouveau. Et, en effet, dès la semaine suivante, malgré de bonnes résolutions, je reprends mes lectures variées, mes histoires, mes chasses aux regards, mes films clandestins, la piscine. Et papa ne reviendra plus jamais dans ma chambre, mon carnet à la main.

A Pâques, j'arrivai au bout d'une histoire d'une vingtaine de pages : une histoire d'amour, bien sûr, inspirée à la fois de mes rêves d'enfant et de mes lectures favorites. *Lui* était fort, beau, brillant, convoité par toutes les jeunes filles. *Elle* avait d'immenses qualités, des qualités exceptionnelles, mais que personne ne devinait, car elle se tenait dans l'ombre. Lorsqu'elle jouait du piano — je continuais à prendre des leçons — c'était seulement pour son propre plaisir et nul ne s'était rendu compte des progrès inouïs qu'elle avait faits.

Telle était mon introduction ! J'entrais ensuite dans le corps du sujet : l'action. Dans la maison où vivait ma jeune fille, avait lieu ce soir-là une grande réception. Elle n'avait pu s'y rendre, car elle venait de perdre sa mère d'une cruelle maladie. Et, tandis qu'au-dessus de sa tête, riaient et dansaient tous les jeunes de son âge, elle laissait tristement courir ses doigts sur le clavier de son instrument, faisant éclore les notes comme autant de fleurs mélancoliques (*sic*).

Lui, très musicien, se rendant à la fête et passant à son étage, entendait cette musique et s'arrêtait net : de qui pouvait être cette œuvre émouvante et quelle en était l'interprète ? Par un incroyable hasard, la porte de l'appartement de la jeune fille avait été mal fermée ; il la poussait. Tiré malgré lui par la mélodie, il longeait la galerie avant de s'arrêter, saisi, au seuil de la chambre où jouait mon héroïne. Comme elle était jolie, pure, bouleversante ! Elle ne s'apercevait de sa présence qu'en fin de morceau. Elle en était l'auteur. Effrayée, surprise dans sa pudeur, car elle portait une chemise de nuit transparente qui révélait des charmes exquis, elle se levait. Il cherchait à la rassurer. Hélas, avant qu'ils aient pu réellement faire connaissance, des appels retentissaient. Ses amis le cherchaient. A contrecœur, il montait les rejoindre. Elle fermait sa porte.

Il se passait de nombreux événements avant que l'amour ne les réunisse enfin. Méchanceté, jalousie, médisance, avaient leur place dans mon histoire. Elle s'achevait lorsqu'il la prenait contre lui, soulevait du doigt son menton et lui donnait un brûlant baiser.

En écrivant cette histoire, j'avais beaucoup rêvé, pleuré et vibré. J'avais aussi abondamment consulté le dictionnaire. Cette fois, ce ne serait pas l'orthographe qui me coulerait. Car j'étais décidée à ne pas laisser ma nouvelle dans mon tiroir. Un petit encadré dans les journaux d'Irène, la femme de chambre, avait fait battre mon cœur : « Les manuscrits non retenus ne sont pas renvoyés. » On pouvait donc proposer des textes ?

Là, un grave problème se posait à moi : je n'osais envoyer ma nouvelle sous mon nom. Ce serait, me semblait-il, révéler mon âge : seize ans ! On ne me prendrait pas au sérieux. Et imaginons qu'enthousiasmé par mon œuvre, le directeur du journal appelle à la maison, demande Janine Boissard, que se passerait-il ?

Sans le dire à Irène, je lui empruntai donc son nom pour signer ma nouvelle, ajoutant « une fidèle lectrice ». En attendant la réponse j'en commençai une autre, et dansai, et nageai, jouai du piano, frémissai au spectacle de Jeanne dans les bras de Tarzan.

J'avais raison de profiter de la vie : les événements fâcheux n'allaient pas tarder à se précipiter.

C'est d'abord Irène qui, à son immense étonnement, reçoit une lettre du journal lui annonçant que sa nouvelle est retenue : « Désire-t-elle la voir publiée sous son nom ou préfère-t-elle utiliser un pseudonyme ? A-t-elle d'autres histoires à proposer ? Comment souhaite-t-elle être payée ? » Flairant mon mauvais coup, elle me montre la lettre ; elle est furieuse et affolée. Qu'est-ce que j'ai fait ? Que va-t-il lui arriver ? Un pseudonyme, qu'est-ce que c'est ?

Moi, d'abord, j'exulte : j'ai réussi ! Je vais être publiée ! Mais ma joie est de courte durée, car avec qui la partager ? J'imagine maman, certaine que j'ai renoncé à la « sous-littérature », lisant ma description de la pauvre orpheline qui me ressemble comme une sœur, s'abandonnant corps et âme à deux bras virils pour un brûlant baiser... Maman qui m'a interdit de lire *Autant en emporte le vent* où pourtant — je l'ai dévoré en cachette — les scènes m'ont semblé à peine plus osées que les miennes. Non, tout simplement, il m'est impossible de la mettre au courant. Me voilà condamnée à être une célébrité cachée.

Je commence par rassurer Irène : son nom ne sera pas marqué sur le journal et personne ne viendra rien lui demander. Par contre, cela m'arrangerait qu'elle réponde pour l'argent. Un mandat, ce serait parfait.

Là, l'angoisse la reprend : être payée pour ce qu'on n'a pas fait, c'est la prison à tous les coups. Elle ne veut pas toucher cet argent. Que je m'arrange. Elle finit par céder contre ma promesse de ne plus jamais me servir de son nom et de ne parler de rien à personne. Si on savait, elle serait renvoyée !

Renvoyée à cause de ma prose ? C'est moi qui m'apprête à l'être. De Lubeck !

Nous avons salut à la chapelle ce vendredi-là. Une cérémonie religieuse qui dure une longue heure et m'ennuie beaucoup. J'y assiste, mais j'ai bien l'intention de sécher ensuite l'étude pour aller à la piscine. Tandis que se déroulent les prières, je fais admirer à ma voisine le bikini que je me suis offert avec mes premiers droits d'auteur lorsqu'une religieuse passe, tend la main et me confisque mon sac.

Catastrophe ! Outre le minuscule maillot, j'y transporte le numéro de journal où ma nouvelle vient d'être publiée, ainsi que l'autre histoire, plus hardie encore, dans laquelle je me suis lancée. Si la sœur s'intéresse au contenu de mon sac, je suis perdue ! Jamais je n'ai prié avec tant de ferveur, suppliant le ciel de m'épargner, faisant mille promesses aux saints si mon bien m'est rendu. Mais, quand nous sortons de la chapelle, la religieuse a disparu.

Je me rends donc à l'étude où je travaille à la perfection. Par toutes mes fibres, je sens que quelque chose se trame et j'ai peur. La porte de la classe s'ouvre : « Janine Boissard, chez la Mère supérieure ! »

C'est la première fois que je la vois : elle est très grande, très sèche, son visage est sans douceur, c'est du mépris que je lis dans ses yeux. Mon sac, ouvert, est posé sur une table à côté d'elle. Elle ne me propose pas de m'asseoir, elle m'accueille par ces mots terribles, prononcés d'une voix sans appel : « Mon enfant, vous ne vous marierez pas ! »

C'est un choc ! Le mariage est mon but, comme il est

celui de Nicole et sera, plus tard, le but de mes sœurs. Que je veuille être écrivain et célèbre ne change rien à l'affaire : les écrivains se marient aussi. On parle même de leur famille dans les journaux. Je rencontrerai l'amour, me marierai comme tout le monde et aurai des enfants.

Celles qui ne se marient pas — les vieilles filles — sont en général fort laides, ou infirmes, ou inconsolables pour avoir perdu un fiancé pendant la guerre. On les reçoit une fois par an à déjeuner, par pitié. Elles vivent avec leurs vieux parents malades, piquent du menton quand on les embrasse et ne sentent pas bon. Dans tous les cas, elles sont très malheureuses.

« Vous ne vous marierez pas parce qu'une fille renvoyée de Lubeck est perdue de réputation », déclare la Mère supérieure. Elle sort à présent de mon sac les pièces à conviction : le bikini, le journal du cœur — vive le pseudonyme — et l'histoire que j'ai commencée, me les présentant du bout des doigts comme si elle craignait de se salir, et c'est moi qui me sens salie, injustement, et me révolte : c'est ma vie, c'est moi, elle n'avait pas le droit d'y fouiller ! « Voilà donc ce que vous faites à la chapelle, dit-elle. Et, en plus, vous cherchez à contaminer les autres. » Je ne cherche pas à me défendre : je ne me sens pas coupable. Lorsqu'elle a fini de parler, je tends la main pour reprendre mon bien, mais elle l'écarte : elle remettra directement mon sac à mes parents. Elle leur a téléphoné : ils viennent !

A la maison, j'ai passé l'un des pires moments de ma vie, à imaginer mes parents stupéfaits, consternés, face à cette femme. Une fois de plus, j'allais leur causer du souci, de la peine. Je me suis jetée sur mon lit et me suis mise à sangloter.

« Mais qu'est-ce que tu as ? » a demandé Nicole en levant le nez de son livre de philo. Je lui ai tout raconté, sauf pour ma nouvelle publiée. Elle a tenté de me rassurer, mais je voyais qu'elle trouvait la situation gravissime et mes sanglots ont redoublé. Aliette et Claudie qui m'aimaient beaucoup et passaient par là se sont jointes à moi. Comme d'habitude, Evelyne criait pour rien dans son berceau : quel concert ! La clé a tourné dans la serrure de la porte d'entrée.

« On servira plus tard, ai-je entendu maman annoncer à Irène. Dites à la cuisinière de garder les plats au chaud. » Cela a achevé de me briser le cœur : l'horaire bousculé, à cause de moi ! « Il vaut mieux que tu y ailles », m'a conseillé Nicole. J'y suis allée.

J'ai avoué fréquenter plus assidûment la piscine que l'étude et porter le maillot de bain indécent. J'ai reconnu que je n'avais jamais cessé de lire la presse du cœur. Maman m'a montré les feuilles couvertes de mon écriture : « C'est bien toi qui as écrit cela ? » J'ai acquiescé. Elle s'est éclairci la voix et elle a prononcé ces paroles, pour moi, stupéfiantes : « Ces choses-là te sont-elles arrivées ? » ... les bras d'un homme autour de moi, les baisers passionnés, les frissons d'extase. Je me suis écriée : « Mais bien sûr que non ! » « Je te crois », a dit maman et elle semblait soulagée. Papa aussi. Ils m'ont annoncé ce que je savais déjà : j'étais renvoyée de Lubeck. Ils me diraient dans quelques jours ce qu'ils avaient décidé pour moi, en attendant, j'étais consignée à la maison.

Ma punition sera, à la rentrée prochaine, trois mois en Angleterre, près de Londres, dans un couvent, bien entendu. Mais que mon lecteur se rassure : une plume et du papier, une glace pour m'admirer, la succulente découverte de la sauce mayonnaise liquide en bouteille et des religieuses en or, feront de ce séjour une parenthèse plutôt agréable dans ma vie de jeune fille dissipée.

17

Grand-père... Bon-papa... Sur ma liste de famille, un autre nom était barré : Quentin, second fils de tante Marcelle qui eut onze enfants.

Il avait dix-sept ans lorsque la guerre avait éclaté et qu'avec Michel, son frère aîné, ils s'étaient engagés aux côtés de De Gaulle. Parachuté quatorze fois en France, Michel, dix-neuf ans, devait être pris par les Allemands et déporté à Bergen-Belsen. Sa foi lui permettra de ne pas désespérer des hommes et, la paix revenue, il se fera prêtre. Quentin pilotait des Spitfire. Et voilà qu'à Londres, il attrape les *measels* — rougeole anglaise bien plus mauvaise, paraît-il, que la française. Ce sont les religieuses d'un couvent, à Westone, banlieue de Londres, qui le soignent et ce jeune homme si courageux devient, si l'on peut dire, leur coqueluche. Le matin où, guéri, il doit repartir, il vient trouver la Supérieure, une Bretonne qui l'aime comme un fils et se met à pleurer : « Ce soir, je vais mourir, je le sais, je le sens. » Bouleversée, elle tente de le rassurer. Le soir même, l'avion que pilote Quentin sera abattu près de Cherbourg.

Lorsqu'elle me parlait de mon grand cousin, Mère supérieure — on l'appelait ainsi — avait les larmes aux yeux et j'étais fière d'avoir participé aux mêmes fêtes que lui, savouré les mêmes chocolats chauds chez bonne-maman; il me semblait qu'un peu de sa vaillance rejaillissait sur moi. Après la guerre, Mère supérieure était venue en France raconter à tante Marcelle les derniers jours de son fils et elle s'était liée d'amitié avec la famille Renaudin.

Une religieuse comme ça, je n'en avais jamais connu : tout près du ciel et cependant solidement enracinée sur terre, sachant rire haut et manifester sa tendresse. Et moi, je respirais ! Parce que l'atmosphère des couvents, les pas silencieux sur les planchers cirés, les mains croisées sous les tabliers noirs, les lèvres pâles aux sourires sans éclat, je ne pouvais plus les supporter. Il me semblait qu'on essayait, par la douceur, de s'infiltrer dans mon esprit, d'en prendre possession et quand je me retrouvais hors des murs de mes « institutions », j'avais l'impression de renaître, affamée d'arbres, d'odeurs fortes, de bruits mêlés. Dieu, oui, oh ! oui, mais pas celui tout de crainte et d'interdictions, un Dieu vaste comme mes rêves impossibles, mes déchirants élans, Dieu amour, souffle, lumière. Dans la Trinité, c'est le Saint-Esprit qui déjà m'attirait le plus : ce n'était pas tête baissée qu'on le priait le mieux, mais en se tordant le cou pour regarder plus loin.

A Westone, où j'étais la seule pensionnaire, je jouissais d'une totale liberté. Si cela me chantait, je pouvais prendre le métro ou l'autobus pour aller à Londres voir le film que je souhaitais. Seul mon très modeste budget me limitait. Mais mon grand bonheur était, pour la première fois, d'avoir ma chambre à moi. Laisser traîner mes affaires, mes papiers, me procurait une véritable ivresse. Lorsque j'y rentrais, je restais un moment sur le seuil avec l'impression d'avoir rendez-vous avec moi et refermais sans bruit la porte pour ne pas troubler celle qui m'attendait là, devant le stylo et la feuille. Je faisais bien d'en profiter ! Ma « chambre à moi », après Londres, il me faudra l'attendre encore vingt-cinq ans...

On me servait mes repas dans une petite salle à manger entourée de placards qui sentaient bon le bois ciré. La solitude ne me gênait pas : j'avais l'habitude. Tout en me gavant de céréales, je découvrais Shakespeare et de délicieux poètes anglais. Mais ma plus savoureuse découverte fut la *sauce-salad* : mayonnaise liquide en bouteille dont l'un des placards renfermait une abondante provision. J'en recouvrais mes tartines, en arrosais la totalité de mes plats et, restant sur ma faim, la buvais au goulot. Le désespoir du bon roi Lear aura toujours pour moi un arrière-goût de condiment.

Chaque soir, il y avait veillée. Je trônais au milieu d'une vingtaine de religieuses, cousant ou ravaudant. J'avais entrepris de broder une nappe de douze couverts avec serviettes assorties, parsemées de fleurs que j'avais moi-même dessinées — je mettrai dix ans à en venir à bout et ne m'en servirai qu'une seule fois. Toutes les sœurs parlaient parfaitement le français et j'inventais des histoires drôles pour les distraire, mais parfois, à sentir sur les miens ces regards naïfs en attente de gaieté et à voir toutes ces femmes en noir secouées par le rire, j'éprouvais un sentiment un peu triste que je ne m'expliquais pas.

C'est du *smog* que je garde le meilleur souvenir : cet épais brouet de fumée et de brouillard qui, chaque soir, noyait la ville. Je marchais longuement dans les rues aux maisons jumelles, frissonnant sous la caresse humide et me gorgeant de l'odeur âcre. Les lampadaires dispensaient une lumière de théâtre qui ne servait à rien, car on ne voyait les passants ou les voitures qu'au moment où ils vous débouchaient sous le nez. Je l'aimais, ce *smog*, comme, enfant, j'aimais les placards, les dessous d'édredons ou de table. Il me semblait y vivre en marge du monde, dans un rêve que je terminerais à mon gré.

Le jour de mon départ, un peu avant Noël, j'embrassai tour à tour chacune des religieuses. Elles avaient du mal à cacher leur tristesse et en posant mes lèvres sur leurs joues, j'avais la curieuse impression de les éteindre comme on souffle une bougie. « Tu auras toujours ta chambre ici », me dit Mère Supérieure. La main sur mon épaule, elle me regarda d'un air intrigué : « Comme tu es secrète, Janine ! » Et elle ajouta ces mots qui me remplirent de confusion : « Peut-être es-tu faite pour le meilleur. »

Dans le train qui me ramenait en France, je mourais de remords en pensant à sa surprise lorsqu'elle constaterait que la fille « faite pour le meilleur », avait pillé la provision de *sauce-salad*, choisissant les bouteilles du fond pour que cela se remarque moins.

« Tu as grossi, ma pauvre », constata Nicole en désignant mon tour de taille et regardant d'un œil noir ma poitrine qui s'était également développée. « Si tu nous parlais un peu anglais », proposa Maxime durant le dîner. J'appréhendais ce moment. Toute la famille se tut pour m'écouter :

> *She walks in beauty, like the night*
> *Of cloudless climes and starry skies...*

récitai-je avec emphase. C'était les seuls mots que j'avais retenus, deux vers de lord Byron dont j'aimais la musique : *cloudless climes...* et *starry skies...* Mon accent fit grosse impression. Par bonheur, la poésie n'intéressant que moyennement la famille, on ne m'en demanda pas davantage.

Alors, voilà ! J'ai dix-sept ans et suis passée par une

bonne demi-douzaine de collèges, instituts ou pensions. A voix haute, on me qualifie de fantaisiste, plus bas, on me dit instable. Mon professeur de piano constate des progrès. L'autre jour, comme j'interprétais Brahms, mon préféré, elle m'a fait cette remarque que, pour jouer parfaitement ce morceau, il me faudrait connaître l'amour. J'ai bien vite répété ces mots à maman qui a froncé les sourcils. « Que faire de Janine ? » se demandent mes parents. Exclues les écoles qui préparent au baccalauréat auquel je suis incapable de me présenter. A l'époque, dans mon milieu bourgeois, ce n'est pas un métier que l'on songe à mettre entre les mains des filles, mais un mari et des enfants. Il s'agit donc de m'occuper intelligemment en attendant que je rencontre l'amour — qui devrait donc me permettre, si j'en crois mon professeur, d'interpréter Brahms à la perfection.

Et c'est ainsi que je me retrouve à Dupanloup, aux portes du seizième arrondissement, dans une classe pompeusement intitulée Humanités féminines, réservée aux élèves de faible niveau scolaire. On y fait un peu de tout de façon agréable et légère : un peu de français et de danse classique, de couture et de géographie, de puériculture et d'histoire. Lorsqu'il fait beau, nous travaillons dans le parc et nous appliquons surtout à bronzer.

Je passerai là deux ans et y apprendrai, grâce à Ingrid, la plus jolie fille que j'aie jamais rencontrée, des choses de la plus haute importance : entre autres que le concombre en rondelles sur les joues éclaircit le teint, que les feuilles de choux appliquées autour des cuisses préviennent la cellulite et qu'un pois de vaseline, matin et soir sur les cils, encourage leur croissance.

Ingrid, c'est pour moi la petite fille d'un conte que je lisais enfant : grisée par sa beauté, elle revêtait les unes sur les autres toutes ses plus belles robes et, voulant s'admirer dans l'eau limpide de la rivière, se noyait, emportée par le poids de sa coquetterie. Ingrid ne sait qu'inventer pour être plus belle encore. Les concombres et les feuilles de choux ne m'enthousiasment pas, mais je songe à l'imiter en ce qui concerne la vaseline, lorsqu'un triste matin, je la vois arriver les yeux cachés sous des lunettes noires : soumis à un traitement trop énergique, tous ses cils sont tombés dans la nuit. Je m'abstiens.

On parle souvent mariage à la maison. Nicole, qui a dix-neuf ans, a déjà eu des propositions. « Ne vous mariez jamais par pitié, recommande maman, et surtout, surtout, pas avec un homme ennuyeux : se barber toute la vie, vous vous rendez compte ? » Elle ajoute que, jusqu'au pied de l'autel, nous pourrons changer d'avis et répondre par « non » lorsque le prêtre nous demandera si nous acceptons de prendre M. Tartempion pour époux.

Là, papa, très inquiet, se permet d'insister pour que nous prenions si possible notre décision avant le grand moment, au moins la veille du mariage. « Mais non, mais non, réplique maman. Je veux que mes filles sachent que je ne leur ferai pas le moindre reproche si, au moment de dire "oui", elles changent d'avis. » Papa rit plutôt jaune : « Ce sont bien des idées Renaudin, ça ! » Moi, j'ai l'impression qu'en un sens, un tout petit sens, cela amuserait maman. « Acceptez-vous de prendre pour époux M. Tartempion ? »... « Non ! » Tête des invités, panique, rires nerveux, pleurs. « Et les cadeaux ? demande Nicole. Qu'est-ce qu'on en fera ? » Maman écarte ce détail d'un geste de la main : « On les rendra avec la bague. » « Et le buffet, les serveurs, tout ça ? » « On honorera le buffet pour se consoler et, après, on fera un grand voyage à l'étranger pendant que les choses se tasseront... »

Oui, c'est assez Renaudin, ça : farce et drame mêlés, comme lors de cette histoire de famille dont maman ne se souvient jamais sans être saisie de fou rire : c'était au château de Bel-Air et les Renaudin avaient organisé une grande soirée déguisée : hommes en femmes et femmes en hommes. Bonne-maman arborait un costume de pope avec une superbe barbe. Et voilà que, pendant la fête, un drame se déroule aux cuisines où le maître d'hôtel menace d'un couteau le chauffeur, pour les beaux yeux d'une gouvernante. Et bonne-maman, en pope, barbe au vent, descend séparer les combattants avec tout le sérieux qui s'impose...

Bref, le mariage est la grande affaire et tout est mis en œuvre pour que nous rencontrions l'époux idéal à qui nous dirons pour la vie, un « oui » retentissant. Nous sommes inscrites, Nicole et moi, à plusieurs rallyes en plus des nombreuses invitations à des soirées dansantes. J'ai mon groupe de bridge et un autre de tennis. Et tous les garçons que nous rencontrons, triés sur le volet, sont fils d'amis ou connaissances de nos parents, la plupart font de bonnes études, vont à la messe le dimanche et envisagent l'avenir avec sérieux. J'ai un certain succès : mes parents attendent avec confiance.

Patatras ! Une fois de plus, je vais faire les choses à l'envers et ce n'est pas dans un salon à dorures, autour d'une table de bridge ou sur un court de tennis que je vais tomber amoureuse, mais en me tordant les chevilles sur une piste de patin à glace. Et l'élu de mon cœur sera un parfait inconnu.

Je viens de découvrir ce sport et j'adore ! L'odeur de la glace, la musique, l'atmosphère, me transportent. J'y vais chaque jeudi avec deux amies, certaine, avant que d'avoir commencé, de devenir tôt ou tard une grande championne. Ces amies parlent souvent, avec trémolos dans la voix, de Jean-Michel, capitaine de l'équipe de hockey, un rien bagarreur, ce qui n'est pour déplaire à personne et qui est, paraît-il, formidable sur la glace comme dans la vie. Elles m'ont promis de me le présenter. En attendant, cet après-midi-là, cramponnée à la balustrade qui fait le tour de la piste, j'avance à pas comptés, tout occupée à me garder des monstres dont le plus grand plaisir est de faire tomber d'épouvante, rien qu'en les frôlant, les malheureuses inexpérimentées comme moi, lorsque, soudain, une main ferme s'empare de mon bras : « Allez, courage, mademoiselle, laissez-vous conduire. »

Et me voilà arrachée à mon précieux appui et propulsée au cœur du problème, là où évoluent les cracks. Toujours, oui, toujours, je passe mon chemin lorsqu'un inconnu m'accoste, mais comment passer son chemin alors qu'on ne tient pas sur ses jambes et risque sa vie en reprenant sa liberté ? Celui qui m'a enlevée, un grand garçon brun aux yeux verts, plutôt distingué, me tient maintenant par la taille, seule façon de me maintenir sur mes pieds. Je le supplie de me ramener à ma balustrade, ce qu'il fera après quelques tours de piste.

Le cœur battant de cette folle aventure, je rejoins mes amies qui boivent une orangeade au bord de la piste : elles me regardent d'un air à la fois stupéfait et réprobateur : « Tu aurais pu le dire, que tu le connaissais ! » Je ne comprends pas : que je connaissais qui ? « Mais lui, le garçon dont elles m'ont tant parlé, le brutal et séduisant hockeyeur : Jean-Michel. » Je tombe sur ma chaise. Ainsi, sans lui avoir été présenté, le grand champion s'est intéressé à la minable débutante. On se croirait dans l'une de mes histoires ! Et en quelques secondes, ma vie change de couleurs : cela s'appelle le coup de foudre !

Le jeudi suivant, même heure et, cette fois, dans mes plus beaux atours — le pull-over neuf que papa s'est acheté pour jouer au golf — je retourne à la patinoire. Il est là ! On dirait même qu'il m'attendait. Nous patinons cette fois tout l'après-midi ensemble sous les yeux exorbités de mes amies. « Ce qui m'a attiré vers vous, me confie Jean-Michel, ce sont vos yeux d'Espagnole. » Je suis bouleversée. Nous quittons ensemble la patinoire.

Nous avons remonté les Champs-Elysées. Il neigeait et Jean-Michel avait repris mon bras, cette fois pour m'empêcher de glisser. Il portait nos deux paires de patins sur l'épaule. Soudain, il m'a demandé si j'avais déjà embrassé beaucoup de garçons. J'ai ri : « Jamais! Aucun. » Alors il s'est arrêté et j'ai senti qu'il allait m'aimer. Il m'a avoué être très jaloux — c'était son sang espagnol, d'où aussi son goût pour mes yeux. Si j'avais répondu « oui », à sa question, peut-être ne nous serions-nous plus revus. Comme j'étais heureuse de l'avoir attendu! Il n'a pas pour autant essayé, ce soir-là, d'être le premier. Il m'a appris qu'au printemps, il partirait faire son service militaire. Cette injustice : alors que nous venions de nous rencontrer! J'étais effondrée. Nous avons décidé d'aller ensemble au cinéma le dimanche suivant. Pourrait-il venir me chercher à la maison? Surtout pas! Il m'était interdit d'aller au cinéma seule avec un garçon.

Je ne me souviens ni du quartier, ni de la salle, ni du film, bien que nous ayons assisté à plusieurs séances. Je me souviens du moment où il a tourné sa tête vers moi et où, pour la première fois, j'ai été embrassée « vraiment ». D'après ce que m'avaient raconté mes amies, j'avais conclu à un exercice peu ragoûtant. J'ai tout de suite trouvé cela inouï et, durant quatre heures, avec des petites plages de repos pour reprendre souffle, j'ai découvert cette espèce de faim bienheureuse et jamais rassasiée qui vous pousse vers les lèvres de l'autre.

Il faisait nuit lorsque nous avons quitté la salle. Je me sentais dans un état de total épuisement. Par chance, mes parents ne dînaient pas là; leur chauffeur était déjà venu les chercher. Mais la « mère abbesse » m'attendait : Nicole, mon inséparable et mon censeur qui, s'étant condamnée au plus grand sérieux, acceptait mal que je ne le fusse pas; à qui il arrivait de se jeter sur moi et me griffer au sang sans raison, qui m'espionnait et écoutait ce que je racontais dans mes rêves — fort bavards paraît-il — en espérant percer mes secrets.

Lorsqu'elle m'a vue, sans dîner, me diriger droit vers mon lit que la femme de chambre avait préparé comme chaque soir, ouvrant le drap du dessus, gonflant l'oreiller, déployant ma chemise de nuit, Nicole a compris que quelque chose d'important venait de se produire dans ma vie et elle est venue s'installer à mes côtés : « Raconte... » Mon besoin de partager était immense : je lui ai tout dit. J'avais rencontré un garçon, je l'aimais, c'était fantastique d'embrasser ! Puis, je me suis tournée du côté du mur et j'ai dormi quatorze heures d'affilée.

Dès le lendemain, au regard soucieux de maman, je vois bien que ma sœur a « cafété ». Cette fois, je vais moi-même m'asseoir sur le canapé du bureau et parle de Jean-Michel. J'arrange un brin les circonstances de notre rencontre pour ne pas inquiéter ma mère : des amies m'ont présenté un garçon tout à fait de notre milieu et qui lui plairait sûrement. Il est beau, intelligent et champion de hockey. « Que fait son père ? » interroge maman. Zut ! C'est ce que l'on doit toujours demander aux nouveaux garçons que l'on rencontre, et j'ai oublié. Tout ce que je sais, et je l'annonce avec un frisson de plaisir, c'est qu'il y a du sang espagnol dans la famille. D'ailleurs, il s'appelle Errera. Jean-Michel de Errera. Cela ne fait pas du tout frissonner maman. Cependant, ne voulant pas gâcher mon bonheur tout neuf, elle m'écoute comme elle sait si bien le faire, lui raconter tout ce qu'il a de plus que les autres garçons. Lorsque je lui apprends qu'hélas il part bientôt à l'armée, cela ne semble pas du tout la peiner.

Ce qui m'étonne, tandis que nous parlons, c'est le très grand sérieux avec lequel elle prend ce qui m'arrive. Je n'ai vu Jean-Michel que trois fois et le mariage, l'avenir, tout ça, je n'y songe pas une seconde. Eh bien ! maman, apparemment, si ! Je n'envisage pas non plus — il n'en est pas question — de lui offrir autre chose que des baisers. On semble craindre également quelque chose de ce côté-là. Doit-on vraiment s'attendre « à tout » avec moi ? A mon grand soulagement, je suis autorisée à revoir Jean-Michel, à condition que ce ne soit jamais en tête à tête. « Si tu es d'accord, je mettrai ton père au courant », dit maman.

Mes pauvres parents ! Ainsi, alors que, par leurs soins, foisonnaient autour de moi futurs inspecteurs des Finances, polytechniciens ou ingénieurs en herbe aux familles bien sous tous rapports, il avait fallu que je m'éprenne d'un hockeyeur inconnu au sang espagnol ! Décidément, je ne ferais jamais rien comme tout le monde ! Et, tandis que je progressais en patin et en baisers, ils décidaient de mener une enquête pour savoir d'où sortait mon brillant patineur.

Machinalement, ils commençaient par feuilleter le bottin mondain — annuaire où seuls les gens « très bien » sont acceptés — et là, quelle n'était pas leur surprise ? Les Errera s'y trouvaient. Et que faisait-il, le grand-père de Jean-Michel ? Eh bien, il était tout banalement... inspecteur des Finances ! Dans les centaines de garçons qui tournoyaient sur la glace, venant de toutes les couches sociales, j'avais tiré, côté famille, le bon numéro. Mais... car hélas il y avait un « mais », poussant plus loin ses investigations, maman apprenait par une amie d'amie qui connaissait cette famille, que ma conquête n'était pas sans poser de problème : Jean-Michel n'avait pas passé son bac ; il s'intéressait plus au sport qu'à l'apprentissage d'un métier et avait un caractère réputé pour sa violence. S'il s'apprêtait à faire son service militaire à l'âge où d'autres obtiennent des sursis pour poursuivre leurs études, c'était que ses parents ne savaient plus qu'en faire. Désormais, les miens n'auront plus qu'un espoir : que la séparation me le fasse oublier.

On dit que l'absence attise les grands feux et éteint les petits. Le feu, je n'ai pensé qu'à lui cet été, à Montbard, car il sévissait dans les forêts du Midi et Jean-Michel faisait partie de ceux qui le combattaient. Chaque matin, auprès d'Elisabeth tout aussi anxieuse que moi, j'attendais la lettre m'annonçant que mon vaillant militaire vivait encore. Je lui écrivais moi-même tous les jours et, de retour à Paris, électrisée par la perspective d'une prochaine permission, je brûlais de plus belle.

Alors, mes parents prennent une décision : me faire rompre. Oh, ils ne la prennent pas de gaieté de cœur, mais sont persuadés d'agir pour mon bien. Un soir d'octobre, me voilà à nouveau convoquée dans le bureau. Avec une grande tendresse et une réelle tristesse, maman me fait part de ce qu'elle a appris : les études inexistantes de Jean-Michel, son caractère difficile. Comment pourrai-je être heureuse avec un tel garçon ? Papa renchérit : « Un jour, il en est certain, je rencontrerai un homme qui me conviendra mieux. Je suis trop jeune et inexpérimentée pour m'engager. »

M'engager ? Mais je n'y songe toujours pas, et Jean-Michel pas davantage. Il me parle bien, de temps en temps, de sa future femme, me disant qu'il aimerait qu'elle l'attende à la maison, revêtue de robes de grands couturiers — projet qui me laisse perplexe — mais il ne m'a jamais demandé ma main. Et voici que mes parents me demandent, eux, d'avoir le courage de lui écrire que je ne le reverrai plus. Je pleure. Est-ce qu'on ne pourrait pas continuer encore un peu comme ça ? « Mais tu vas lui donner de l'espoir », dit maman. Elle a sorti son mouchoir et essuie discrètement ses yeux, ce qui me bouleverse.

Alors, j'accepte ! J'écris sous sa dictée un mot impersonnel où je déclare à Jean-Michel que nous ne sommes pas faits l'un pour l'autre. Je suis trop jeune et ne le reverrai plus. C'est maman qui met l'adresse sur l'enveloppe et postera la lettre. J'en suis soulagée : voyant cette écriture inconnue, Jean-Michel comprendra qu'on m'a forcé la main.

Dans notre chambre, Nicole m'accueille avec force gentillesse et soupirs compréhensifs : on l'a mise au courant. Je déteste le monde entier et refuse de lui parler. Lorsque je suis couchée, maman vient m'embrasser très fort et me donne un petit comprimé blanc : un somnifère. C'est la première fois que j'en prends. Je tombe.

« Un jour, tu rencontreras et aimeras un homme fait pour toi », affirme le Dr Moreau à Pauline en lui demandant de rompre avec Paul, qu'elle aime. En écrivant ce chapitre de *Moi Pauline*, presque trente ans après cette soirée où mon père avait prononcé des mots identiques, j'avais les larmes aux yeux. Mais c'est seulement aujourd'hui, remuant ces souvenirs, que j'ai fait le lien entre ces deux ruptures : celle de mes dix-sept ans et celle de Pauline.

L'écrivain ne serait-il qu'un sourcier à la recherche de son enfance, sondant le temps, couche après couche, pour retrouver les riches gisements d'eau pure, fraîche ou brûlante de ses premiers bonheurs et ses premières blessures ? Il me semble parfois que tout ce que nous racontons d'aujourd'hui dans notre œuvre, n'est que fioritures autour du thème de l'innocence perdue.

« Vous les parents qui avez peur, qui redoutez notre échec et voudriez choisir nos directions, qui tremblez à l'avance des luttes que nous aurons à livrer et saignez des blessures dont nous souffrirons. Vous qui préférez " sécurité " à " liberté ", " ignorance " à " risque ", acceptez que nous choisissions notre avenir, laissez-nous trouver nos bonheurs !... » Après la rupture, désespérée, Pauline écrit sa *Lettre à ceux qui ne font pas confiance*, avant d'aller chercher secours auprès de cette mer bretonne qui avait si bien su me consoler moi-même.

Après la rupture avec Jean-Michel, je noircis et inondai beaucoup de pages, que je déchirai au fur et à mesure, et où je disais que, finalement, je n'aimais pas la vie. « Et pourtant, tu la respires par tous les pores », aurait pu me dire mon père comme le dit à Pauline le Dr Moreau.

Jean-Michel ne me répondit pas, et je l'en aimai davantage. C'était bien lui ! Jamais il ne s'abaisserait à supplier. Ce qui me faisait le plus mal était de l'imaginer, étonné, ouvrant l'enveloppe portant l'écriture inconnue et y découvrant ma lettre. Pourtant, pas une seule fois ne me vint l'idée de lui en envoyer une autre pour m'expliquer. J'aurais eu l'impression de trahir mes parents.

Je souffris beaucoup jusqu'à Pâques. Et puis un jour, les arbres du bois se couvrirent de fleurs, l'odeur du printemps envahit tout l'appartement et les invitations à danser se multiplièrent, auxquelles je ne refusais plus de me rendre. Jusqu'à l'été, pour punir mes parents, je continuai à traîner à la maison une mine d'enterrement, touchai à peine à la nourriture, ce qui me coûtait beaucoup, me rattrapant dans la journée sur du pain d'épice beurré des deux côtés.

Environ un an plus tard, je rencontrai Jean-Michel, par hasard. Il avait mûri et me parut plus beau et plus grave encore, car c'était un garçon grave. Il avait trouvé du travail. Lorsqu'il avait vu sur l'enveloppe l'écriture de maman, il m'en avait beaucoup voulu, m'apprit-il. Puisque je n'étais pas d'accord, j'aurais dû refuser d'écrire cette lettre. J'avais manqué de courage ! Il avait raison. Le vrai courage eût été, pour une fois, de refuser quelque chose à mes parents. Mais, pour moi, cela eût été plutôt de l'héroïsme. Durant quelques semaines, nous nous revîmes régulièrement, mais le feu était éteint et, un jour, ce fut vraiment fini.

Il y a quelque temps, à Bruxelles où je participais à la Foire du livre, je marchais dans une rue près de la Grand-Place lorsque j'entendis, venant d'une fenêtre ouverte sur un premier soleil, une chanson qui évoquait, pour moi, ce premier amour. Chaque amour a sa musique, ses odeurs, ses trajets. Cette chanson-là, entendue à la patinoire le jour où la foudre nous avait tous deux frappés, nous ne pouvions l'écouter à l'époque sans trembler. J'avais acheté le disque et, après la rupture, je me le passais constamment pour entretenir ma peine, ne supportant pas l'idée de moins souffrir un jour, de voir baisser la fièvre. « Souffrir moins dit Pauline, ce serait ne plus aimer avec passion et cela ne m'intéresse pas. » Moi, Pauline !

Je m'arrêtai sous cette fenêtre et, religieusement, avec respect, les yeux fermés, j'écoutai la chanson jusqu'au bout, appelant à moi les émotions passées, sentant remonter, comme des frissons sur l'eau, les mélancoliques douceurs du souvenir. Des chansons, j'en avais entendu bien d'autres depuis mes dix-sept ans et certaines évoquaient d'autres hommes et des étreintes plus complètes. Mais je refusais pourtant d'effacer ce premier amour-là, ou de le traiter « d'amour de jeunesse » ce qui est à mes yeux une autre sorte de reniement. Il avait été plein, vivant et partagé et je continuerais toujours à le porter en moi.

« J'ai aimé »... Pour moi, ces mots sont aussi beaux que « j'aime ». Il n'y a que « je n'aimerai plus » que je refuse de tout mon être.

18

D'abord, il y avait la mer, cette mer-là, le plus souvent calme et qu'à certaines heures il fallait aller chercher très loin, au fond d'une plage qui n'en finissait pas, une page écrite en coquillages brisés, en crépitements, mouettes, coques et crevettes, sans cesse effacée par les vagues.

Derrière la mer, dans une rue calme qui sentait bon l'herbe tondue et la pomme, posées dans des jardins clos de barrières blanches, il y avait des maisons sœurs aux volets percés de cœurs, aux murs rayés de brun, aux toits ornementés. Près de l'une d'elles, entre deux pelouses, s'élevait un tas de sable qu'une petite fille blonde tenterait tout l'été de transformer en pâtés : la petite fille s'appelait Evelyne et cette maison était la nôtre.

Elle avait l'odeur particulière des lieux endormis une partie de l'année et que l'on réveille à grands courants d'air, eau jetée sur les planchers et cire sur les meubles. On l'entendait s'étirer en de longs craquements et, lorsqu'on ouvrait ses fenêtres pour y laisser pénétrer le soleil, on avait l'impression de lui faire du bien. J'avais écrit quelque part que l'été, elle soignait ses rhumatismes.

A la cuisine, régnait Fernande. Depuis quatre ans à la maison, elle n'en partirait que trente ans plus tard et, avec son départ, une petite pierre de l'esprit de famille se descellerait. L'esprit de famille s'épanouit aussi autour de la table où l'on partage les repas. Fernande l'alimentait en gentillesse, soufflés géants, montagnes de crêpes, croquettes au fromage, gigantesques plats de gnocchis, rissoles ou surprises diverses qui mijotaient à longueur de journée sous le couvercle des lourdes cocottes en fonte. Toujours souriante, elle ne savait rien nous refuser, sinon — et là elle était intraitable — de ne pas mettre un distant « mademoiselle » devant notre prénom lorsqu'elle jugeait le moment venu, environ vers nos seize ans. Elle soupirait à peine lorsque, juste avant le repas, je courais vider dans son évier un hors-d'œuvre supplémentaire : plein seau de coques ou de crevettes mêlées de sable. Et elle avait tendu un fil au-dessus de sa cuisinière pour qu'y sèche mon maillot de bain, car ce pays était humide.

Souvent, on s'éveillait avec la pluie, dont la chanson s'accordait aussi bien aux verts bocages plantés de pommiers que les archets des cigales à la garrigue et aux oliviers. On savait qu'elle était là avant d'ouvrir les yeux au bruit mouillé des pneus sur la route. C'était rarement une pluie d'orage, plutôt un lent imprégnement. Je la recueillais dans une tasse, sur le rebord de ma fenêtre et m'en aspergeais les joues pour avoir le beau teint anglais. Mais surtout, j'apprenais à l'aimer pour la vie, car elle m'évoquerait à jamais une maison pleine, d'acharnées parties de cartes ou de Monopoly, de palpitants tournois de ping-pong. Et lorsqu'elle s'obstinait, tant pis ! On la narguait en allant se baigner quand même et en la trompant avec l'eau, étonnamment tiède, de la mer.

En général, vers six heures du soir, le ciel s'éclaircissait, devenait rose à l'horizon et Maxime déclarait avec satisfaction : « On va avoir une belle soirée ! »... « Et ça nous fera une belle jambe », ripostait l'une ou l'autre des sœurs.

Mais le plus exaltant, c'était le « groupe »... Avec lequel nous passions la journée et de grands morceaux de nos nuits, à nous baigner, faire du bateau, jouer au tennis, manger des glaces, danser bien sûr, et jurer au croupier du Casino que nous avions vingt et un ans pour qu'il nous laisse perdre à la boule les deniers de nos parents.

Et tout cela, c'était Houlgate, en Normandie.

« Ce fantastique cadeau bleu, dit Cécile, d'où coulent à profusion le soleil, la danse et les chansons », nos parents nous l'avaient offert cet été 1950 : la mer, une maison au bord de la mer. Eux-mêmes avaient de nombreux amis dans la région — l'inspection des Finances était abondamment représentée. Ainsi retrouvions-nous là-bas beaucoup de ceux avec lesquels, à Paris, nous dansions ou jouions au bridge.

« Ce n'est pas dans une salle de bal, mais en vacances que l'on apprend à se connaître vraiment, nous disait maman. Là, les défauts n'échappent pas longtemps. » Et tour à tour Nicole, puis moi, puis Aliette et Claudie, rencontrerions à Houlgate celui qui deviendrait notre mari et dont les parents auraient comme les nôtres une grande maison à colombages avec vue sur la mer et cave pleine de seaux d'enfants, rames et filets de pêche. Maxime, lui, jouerait les originaux en allant chercher sa femme... à Cabourg.

Nos parents jouaient au golf avec enthousiasme, ma mère y mettant tant d'ardeur qu'à Deauville son caddie l'avait surnommée Gélinotte, nom d'un cheval de course qui remportait de nombreux succès. Nous, c'était le tennis. Nous y passions des heures, rêvant d'être admis un jour sur les courts réservés aux joueurs classés. Et quelques années plus tard, lors d'un même été, les cinq filles Boissard seront effectivement classées à la grande fierté de maman.

Chaque jour, j'allais m'asseoir face à la mer, cette mer sans rochers et presque sans odeurs, aux algues maigres, à la plage colonisée par les parasols et les clubs de sport, et je pensais à l'autre, ma bretonne, sauvage et violente qui, à Sainte-Marie-des-Ondes, savait si bien me consoler et me déchirer à la fois. Ces mers si différentes m'apparaissaient comme deux facettes de moi-même : l'une d'angoisse et de solitude, l'autre de douceur et de partage. J'appelais à moi la petite fille assise près de sœur Agnès, je lui tendais la main jusqu'à ce que son chagrin d'autrefois m'emplisse à nouveau : « Ah, si tu avais pu te voir aujourd'hui, lui disais-je, comme tu aurais été heureuse. » Il me semblait qu'elle me regardait d'un air de doute, comme si elle ne pouvait encore y croire tout à fait.

Bien des fois dans ma vie, je me suis ainsi retournée sur les jours sombres pour mieux me réjouir de mon bonheur présent. Oui, que de chemin parcouru ! Si j'avais pu savoir, en effet ! Mais, comparant le passé au présent, et même si j'en tire toutes raisons d'espérer, il reste toujours, mêlés aux vagues plus calmes d'aujourd'hui, des relents de tempête bretonne.

Lorsque je rencontrais un garçon qui me plaisait, il me fallait aussitôt le séduire. Dès que j'arrivais à mes fins, qu'il se montrait gentil et parfois amoureux, il ne m'intéressait plus. A la fureur de Nicole et au désespoir de Maxime, chargé par les parents de me surveiller, je ne me « tenais pas bien », m'amusais trop franchement, dansais joue contre joue et même parfois — mais c'était rare — acceptais d'embrasser un garçon, tout le problème étant ensuite d'échapper à ses mains, ses tentatives pour aller plus loin. Cela, toujours pas question !

Il y avait une idée que je ne pouvais pas supporter, c'était que ces garçons, qui parfois m'attiraient, aient pu, autrefois, être des enfants, des gamins stupides ou violents comme ceux que j'avais connus en pension. Il me les fallait forts, de tout temps, pour me protéger. J'avais entendu dire un jour qu'à l'amour d'une femme pour un homme se mêle forcément un sentiment maternel ; j'avais ri. Alors, ce ne pouvait être l'amour !

« Il est l'enfant aux cheveux blancs. Je caresse ces cheveux et je me sens grandir. » Vincent a posé sa tête sur la poitrine de Séverine qui, dans *Une femme réconciliée*, découvre qu'elle l'aime pleinement : fort et faible, homme et enfant. Je ferai, moi aussi, ce pas en avant : j'accepterai qu'une femme puisse avoir à protéger celui dont elle attend protection, et aujourd'hui, pensant à ce besoin qu'ont les plus forts de nos compagnons, les plus sûrs d'eux en apparence, d'être encouragés et rassurés sur eux-mêmes, mon cœur fond de tendresse.

Soudain, au milieu des jeux et des rires, je me sentais étrangère. Comme un silence se creusait en moi, et il me fallait absolument cesser de jouer je ne sais quelle comédie et me retrouver seule. Alors, je quittais le tennis, le groupe, cette fille ou ce garçon, et courais m'installer au fond du jardin ou sur un coin désert de plage, et là tentais de rassembler ces morceaux de ma personne qui, me semblait-il, ne tenaient bien ensemble que par ma décision d'écrire. C'était urgent, c'était tout de suite. Mais écrire quoi ?

Terminées, les nouvelles sentimentales qu'il me fallait cacher comme, jadis, mon impétigo. Finie, la poésie qui ne racontait pas d'histoire. Un roman ? « Janine Boissard : romancière... » A la recherche d'une belle et passionnante histoire qui me gagnerait le cœur du monde, je remplissais des carnets d'idées, mais aucune ne me satisfaisait. Je ne savais qu'une chose : pas question de parler de moi ! Moi ? Quel intérêt ?

Et pourtant, je le sentais bien qu'entre l'auteur et le lecteur cela se passe d'âme à âme, d'esprit à esprit. Je le touchais, lorsque au cours d'une lecture m'emplissait une joie profonde, comme une respiration plus large, et que je me disais : « Oui, c'est bien cela ! » Le créateur avait su exprimer de façon parfaite ce que je portais en moi et ignorais encore. « L'écrivain : un homme en contact avec lui-même », dit Sartre.

Sur la plage, non loin de la maison, il y avait un club de gymnastique que fréquentaient mes sœurs. Le professeur qui l'animait s'appelait Pierre. Il devait avoir une trentaine d'années et jamais je n'avais vu un si bel homme. Tarzan ! Tarzan brun aux yeux bleus et à la poitrine couverte de poils, ce qui m'émouvait particulièrement. Dès que le temps s'y prêtait, je « revêtais » — si l'on peut dire — mon plus petit maillot de bain, et, tandis qu'il donnait ses cours, venais m'asseoir sur la poutre du club pour le dévorer des yeux.

Je commençais par la tête, savourais les joues rêches et la bouche, descendais sur la nuque, au ras des cheveux à l'odeur un peu animale, passais ensuite à la poitrine où je laissais un instant reposer ma joue — trou normand si l'on peut dire. J'aimais bien aussi les avant-bras avec leurs longues veines bleues qui exprimaient la force masculine. Pudiquement, j'évitais le ventre, tout ça, pour m'arrêter aux cuisses, si musclées. Mollets et pieds ne m'intéressaient guère. J'avais fini !

Ce que j'éprouvais exactement, ce qui me poussait vers Pierre, je ne cherchais pas à me l'expliquer. Il me donnait faim : je venais. Et avec une certaine innocence, je m'employais à aiguiser son appétit à lui : marchais sur les mains, faisais la roue, grimpais aux cordes diverses et dansais sur le ballon géant du club. Mais tout cela ne me rassasiait pas !

Alors, un jour, j'ai une idée. Si, pour avoir Pierre à moi toute seule, je prenais des leçons particulières de crawl ? Loin de soupçonner mon plan infernal, mes pauvres parents acceptent de me les offrir. Ce jour-là, la marée est haute à l'heure du déjeuner. Sur la plage déserte, tombe une pluie fine. La leçon terminée, Pierre et moi revenons vers la cabine du club. J'y entre à sa suite. « Tu ne vas pas déjeuner ? » s'étonne-t-il. Les mots ne passent pas tant ma bouche est sèche, l'émotion me paralyse. Le maître nageur me considère un moment, perplexe, sa combinaison de caoutchouc rabattue à la taille. Et voilà qu'il le fait : il m'attrape, me serre contre lui, m'embrasse avec brutalité. Mais très vite, tout de suite, il m'écarte : « Fous le camp, ordonne-t-il. Fous le camp et que je ne te revoie plus. » Il me jette hors de la cabine et en claque la porte.

Toute la famille était à table lorsque je suis rentrée. Fernande avait gardé ma viande et mes légumes au chaud. On m'a accueillie joyeusement : « Tiens, elle n'est pas noyée ? Alors, ce crawl, ça progresse ? » A cet instant, j'ai quand même éprouvé un certain remords : comme ils étaient faciles à tromper ! Le reste de cette journée, je l'ai vécu à repasser dans ma tête les quelques minutes de mon aventure, émerveillée, bouleversée par ma découverte : la force du désir masculin. Etait-ce bien moi qui avais fait de Pierre cet homme au visage tendu, aux gestes brutaux ? Cela suffit à mon bonheur : je ne retournai plus au club.

Et s'il avait voulu me faire l'amour ? J'aurais certainement refusé. Et s'il m'avait forcée ? Certains diront que je ne l'aurais pas volé. Grâce au ciel, rien de tel ne se produisit. Ce qui m'étonne dans cette affaire est de n'avoir été arrêtée par rien : aucun sens de la faute, aucun frein, juste ce bref sentiment de culpabilité tandis que ma famille attendrie me regardait manger mes haricots verts. Ainsi donc, toutes ces années de couvent et d'éducation stricte sous le signe du bien et du mal, la litanie des péchés où celui de la chair menait droit en enfer... le tendre exemple de mes parents, et oncle Charles, grand-mère... tout cela pour rien ? Aucun sens de la morale ?

Mais bien sûr que si, puisque, toute folle, ignorante, inconsciente et poussée par la vie que j'étais, je me garderai jusqu'au mariage. Et ce ne sera pas la peur de l'enfant, ni celle de la colère divine qui me retiendra, mais la certitude, inculquée par mes parents, que le don de son corps est un acte de grande importance et, plus tard, ayant enfin appris de quoi il retournait, je continuerai, par mon propre choix cette fois, à considérer l'acte sexuel comme devant engager l'être tout entier. Question de respect de soi et de l'autre. Peut-être aussi question de gourmandise : être blasé de l'amour pour l'avoir trop fait, n'importe comment et avec n'importe qui, m'apparaît comme le plus terrible des châtiments que l'on puisse s'infliger à soi-même. Jeter le caviar par la fenêtre.

Mais comment savoir ?

« Je l'aime !... » Où est la part du cœur et celle du corps dans l'embrasement général des débuts ?

« Mais si, je l'aime ! Tout est vide quand il n'est pas là. Sans lui, ma vie n'a plus de sens... » Hum ! Aimer n'est pas dévorer ou se laisser dévorer. 1 + 1 ne font pas 1 et ce que l'on accomplit d' « autre » et sans l'autre doit garder toute son importance.

« Tu n'y comprends rien ! Je l'aime ! Et pas seulement pour ce que tu crois, mais pour le reste aussi. » Soit ! Mais ce « reste », c'est-à-dire la façon d'être, de vivre, de croire, de s'habiller, se racler la gorge au réveil, ce reste considérable, l'ennui est que l'éclairage de l'amour en transforme les couleurs et les rend toutes admirables. Pour savoir si l'on a réellement aimé, il faudrait attendre de ne plus aimer...

« Je vais te dire une bonne chose, et ça alors c'est une certitude pour moi : je n'aimerai jamais que lui ! » Ah bon ? Mais comment ? Comme aujourd'hui : 39° de fièvre ? Ou comme demain : 36°8 ? L'amour est-il le torrent du début ou la calme rivière de la suite ?

« Sachez que je vous aime et que, pour moi, point n'est besoin de posséder votre corps pour vous l'exprimer... » Ouais ! Mais si c'était une facilité que de choisir de n'aimer qu'en esprit ? Ainsi, non assouvi, le désir maintient-il l'amour à haute température et on s'évite l'affreuse tristesse de voir diminuer la flamme.

Le choix de n'aimer qu'un seul être, et pour toujours, est un choix très respectable et qui demande force et foi. Mais aussi la volonté de continuer à appeler « amour » ce qui n'a plus que de lointaines ressemblances avec le sentiment éprouvé au début.

« Si c'est être adulte, dit Pauline dans *Moi, Pauline*, que d'accepter que la passion ne dure pas, non merci. » Non merci ! En toute lucidité, voilà l'une des choses auxquelles je choisis, moi, de ne jamais me résigner. Plus que l'idée de ma mort, celle de la mort, inévitable, de la passion, me révolte. Parce qu'il n'y a rien de meilleur au monde que ce sentiment de ne faire qu'un, âme et corps, avec celui qu'on aime ; même si, au moment du plus extrême plaisir, ou de son attente, il n'est que de regarder le visage de l'autre pour se souvenir qu'on est seul.

Par honnêteté et aussi par facilité, car cet exercice m'avait toujours été très pénible, je cessai, cet été-là, de me confesser : comment dire sans tricher que je regrettais et prenais la résolution de ne plus recommencer ? Je n'ai pas, pour autant, cessé de fréquenter les églises et d'y chercher cet élan, cette lumière et cette paix appelés Dieu, ni de croire qu'au-delà de la mort, continue de briller, et peut-être de servir aux autres, notre particule de lumière. Comme celle, éclatée, de ces étoiles qui éclairent longtemps encore notre ciel après s'être éteintes.

L'unique baignoire de la maison était toujours bouchée par les cheveux des cinq filles Boissard... Le téléphone ne cessait de sonner pour elles, et papa disait qu'un de ces jours, il s'installerait une ligne personnelle pour avoir une toute petite chance de parler à ses amis... On ne s'entendait pas à table, chacune essayant de couvrir la voix de l'autre, mais comme c'était gai, vivant et chaud, l'esprit de famille !

Après le dîner, nous faisions de grands jeux de cartes, des crapettes géantes, des patiences-poker qu'interrompaient, dans la rue, les appels des garçons qui venaient nous chercher. Aliette et Claudie nous regardaient partir avec envie ; d'ici quelques années, ce serait leur tour. « Permission d'une heure du matin, disait maman. Et quand vous rentrerez, n'oubliez pas de retirer vos chaussures pour monter l'escalier. » « Le nom des sacripants », demandait papa, aussitôt rassuré s'il nous entendait citer des patronymes connus de lui. En descendant l'escalier de pierre pour rejoindre les « sacripants », nous nous tordions, Nicole et moi, parce que non, oh ! non, que papa connaisse les parents ne garantissait pas la sagesse des fils et nous en savions quelque chose ! Maman aussi, sans doute, qui ne dormait tout à fait que lorsqu'elle nous avait entendues rentrer.

On avait ouvert une grande baie dans le salon. Elle donnait sur une pelouse où mon père avait fait planter un saule qu'il regardait grandir avec satisfaction. Heureux en Normandie, cet arbre nous confortait dans notre choix de cette terre verte et généreuse. Un peu avant dix heures du soir, un train passait que papa avait baptisé le « train de Montbard ». Il nous regardait d'un air faussement sévère et nous menaçait du doigt : « Les filles qui ne sont pas sages, je les y mets demain... » Et il était vrai que la vie à Montbard — où nous irions au mois de septembre — nous paraissait bien terne après la folle vie normande.

La journée commençait à huit heures et demie lorsque Fernande agitait la cloche du petit déjeuner. Nous trouvions sur la table les pots de lait, de café et de chocolat, les montagnes de tartines grillées, de multiples pots de confiture et de miel. Ensuite, nous montions embrasser nos parents à qui la femme de chambre, emmenée elle aussi de Paris, avait monté un plateau au lit.

Papa me regarde de son air tendre et perplexe, car je le déconcerte : « Alors, Janotte, qu'est-ce que tu racontes de beau ? »

Je rougis et me tortille et, bien entendu, réponds : « Rien de spécial. »

Il paraît que les regrets sont vains. Pourtant, je regretterai toujours que mon père soit parti avant d'avoir pu lire ce que j'ai « raconté de beau » et qu'il aurait aimé tout particulièrement, parce qu'il le vivait : *l'Esprit de famille.*

C'est à cela que je pense, à Houlgate, lorsque je m'assois sous le saule qui a beaucoup grandi et ombrage toute la pelouse.

19

Je suis à la Femme Secrétaire où j'apprends, depuis presque un an, la sténodactylo, lorsque l'Idée s'impose à moi. Elle ne vient pas, comme les autres, dans la fièvre ou le désordre. Elle accoste à mes berges ainsi qu'un navire longuement attendu et qui, soudain, sort du brouillard. Elle prend tout l'horizon : c'est bien Elle !

Avec Pricille, tout à l'heure, sur le chemin de notre école au quartier Latin, nous avons croisé l'un de ces hommes aux cheveux bruns saupoudrés de poussière, qui creusent le sol de la capitale. Sans le vouloir, il a heurté le bras de mon amie. « Encore un bicot », a-t-elle soupiré tout en essuyant sa manche.

Ce terme méprisant, la grimace de dégoût qui l'accompagnait, ont réveillé en moi une ancienne douleur et je n'ai pu répondre. Je me suis retournée pour voir l'Algérien : rencontrant mon regard, il a baissé les yeux.

Et un peu plus tard, devant ma machine à écrire, la

certitude est là : voici l'histoire que je raconterai, celle de l'étranger, du rejeté. Pourquoi ? Parce que le regard de Pricille, l'expression de sa voix, son mépris, je les ai reconnus. Autrefois, je les subissais : le bicot, c'était moi !

« L'artiste doit garder sa naïveté », dit Cocteau. Alors là, je bas tous les records ! Je n'ai jamais mis les pieds en Algérie, ni adressé la parole à l'un de ceux que l'on appelle aussi les « Nord-Af ». Immigration, colonialisme, sont des mots abstraits pour moi. Privilégiée parmi les privilégiés, j'ignore tout de la vraie misère : celle qui vous cueille à la naissance et, la vie durant, vous colle à la peau. Et c'est pourtant sans la plus petite hésitation que je décide d'être porte-parole de cet homme, pour dire son malheur et crier qu'il existe. Et j'entends déjà, en réponse, les cris d'admiration : « Qui aurait cru Janine capable d'écrire cela ? » Oui, ils n'en reviendront pas ! Est-ce pour la gloire ou pour défendre l'opprimé que j'ai choisi ce sujet ? Autant l'un que l'autre. Et j'en ai déjà le titre : *Driss*.

Je ne crois pas au hasard. Le terrain se prépare patiemment en nous, où fleuriront les décisions et les rencontres, et un jour tout est prêt pour un changement que certains, à tort, qualifient de brutal ou de miraculeux. On rencontre une idée ou un être comme on se rencontre soi-même. J'étais prête à accueillir Driss ! En m'élevant dans le respect d'autrui, me donnant conscience de ma chance et m'apprenant qu'elle me créait des devoirs, mes parents avaient labouré le terrain. Je n'ignorais pas que mon père versait 10 pour cent de son salaire aux œuvres. Je voyais maman ne ménager jamais ni son écoute ni son aide. Dans le bureau, se succédaient, comme à *la Marette*, des gens qui y entraient gris et courbés et en ressortaient un peu plus droits, un peu moins tristes. Elle partait vers de mystérieuses destinations avec, dans un sac, un gros jambon ou un rôti pour améliorer l'ordinaire d'une

« détresse cachée », et, personnellement, depuis un an, je me rendais, ainsi que Nicole, un après-midi par semaine, dans un lointain quartier, pour donner de mon temps et de mes bras à une mère de famille débordée.

Et puis, ces dernières années, il y avait eu trois coups frappés à ma conscience. A Montbard d'abord ! Du haut de mon arbre favori, je regardais le jardinier pousser sous le soleil sa brouette chargée d'arrosoirs lorsque, soudain, je l'avais vu s'arrêter et tendre le poing vers la famille qui prenait le thé à l'ombre du sycomore en devisant joyeusement. J'étais restée un moment suffoquée par ma découverte : on pouvait donc ne pas nous aimer ! A Montbard toujours, il y avait eu cette femme qui m'avait injuriée comme je traversais la cité ouvrière sur mon vélo, jupette de tennis au vent : « Sale fille de bourgeois... » Et enfin, plus récemment, à la maison, j'avais eu le cœur serré en surprenant mon cher Camille — le maître d'hôtel — récupérant le tabac dans les mégots des invités. Trois coups frappés à ma conscience avant le lever du rideau derrière lequel se tenait le « bicot ».

En cette fin d'après-midi-là, tandis que je cours vers la maison, choisis un beau dossier de couleur et, en gros caractères, y inscris « Driss », la joie gonfle ma poitrine : j'ai enfin mon sujet. Ma vie est changée !

Celle de Nicole aussi, car elle est fiancée ! En apprenant la bonne nouvelle, nous avons trempé nos mouchoirs, Aliette, Claudie et moi car, au bout de « fiançailles », il y a « départ » : le premier dans la famille. L'élu s'appelle Alain Boulloche et j'ai été témoin du coup de foudre. C'était à une soirée dansante habillée : smokings, robes longues. Soudain, Nicole a pincé mon bras en me montrant un long garçon blond : « Celui-là, il est pour moi ! » Il a dû sentir quelque chose puisqu'il est venu aussitôt s'incliner devant elle pour l'inviter à danser. Déjà, elle roulait des yeux chavirés en le laissant frôler sa joue de la sienne.

Alain vient de terminer son droit et HEC. Que fait son père ? Inspecteur des Finances, voyons ! Où passe-t-il ses vacances ? A Houlgate, bien sûr ! La mère abbesse a fait les choses dans les règles.

« Une femme doit s'intéresser au travail de son mari afin, lorsqu'il rentre le soir, de pouvoir lui demander : " Alors ? " en toute connaissance de cause et avoir avec lui d'autres sujets de conversation qu'à propos de rideaux, biberons ou soucis domestiques... » Maman nous a toujours seriné cela. Elle déteste les conversations dites féminines, et, lorsqu'elle sort, se retrouve plus volontiers discutant politique avec les hommes que chiffons avec les femmes.

Et ce sera par les lectures de ses filles — en général assorties de musique douce — que maman pourra déterminer si elles sont sérieusement amoureuses. Ainsi, pour Nicole, le doute n'a plus été permis lorsqu'on l'a vue délaisser Freud et « l'acte manqué », au profit du Dr Fleming et de la pénicilline — le bien-aimé travaillant dans une entreprise pharmaceutique — tout en écoutant inlassablement *Mon cœur est un violon*. Plus tard, je dévorerai Faulkner en savourant Bach, après avoir rencontré un angliciste-violoncelliste. Aliette, elle, éprise d'un avocat aimant Richard Anthony, nous cassera les oreilles avec *Et j'entends siffler le train,* tout en feuilletant des livres de droit. Quant à Claudie, on la verra soudain se documenter sur la voile, elle qui déteste le bateau, en vue de séduire Pascal Brunet, fervent de régates. Elle nous donnera le mal de mer avec Albinoni et réalisera le souhait de Mme Brunet, amie de maman, venue la voir à sa naissance : « Comme elle est jolie. Il me la faut pour mon fils. »

Mais nous en sommes à Nicole et à cet après-midi de mai où arrive à la maison un somptueux rosier blanc suivi par M. Boulloche père qui porte avec beaucoup d'humour une paire de gants de même couleur, et Mme Boulloche sous son plus beau chapeau. La main de sa fille aînée est demandée à papa tout ému. Il l'accorde avec joie. La propriétaire de cette main n'est pas là : elle est dans son lit, un sac de sable sur le genou, car, suite au pèlerinage de Chartres fait pour obtenir du ciel l'amour d'Alain, elle s'offre un épanchement de synovie « maousse ». On n'a rien pour rien.

« Maintenant, on fait la paix », m'a déclaré Nicole une fois fiancée. Nous n'avions jamais été ennemies, mais la rivalité inévitable entre sœurs nous dressait parfois l'une contre l'autre. Elle ne m'a plus griffée, je ne l'ai plus énervée : notre amitié ne s'est jamais démentie.

Et moi ? Aimerai-je un jour vraiment ? Rencontrerai-je le « bon » que m'a promis papa lorsqu'il m'a demandé de rompre avec Jean-Michel ? Aucun des garçons qui m'entourent n'a encore fait, comme lui, battre mon cœur. Il faut dire qu'on ne rencontre pas un champion de hockey au sang espagnol à tous les coins de rue, à plus forte raison au « rallye de l'Inspection » dont je fais maintenant partie. Pour y être agréé, condition obligatoire : avoir un père inspecteur des Finances ou se destiner à cette carrière. L'ambiance y laisse à désirer, les parents sont souvent présents. Je m'y rends exprès vêtue de façon peu classique et, un jour, scandale, j'envoie promener mes chaussures pour danser plus à l'aise la dernière valse. Bref, je n'y suis pas bien vue !

Change-t-on en profondeur ? La petite fille qui arrivait à Sainte-Marie dans un uniforme en loques pour avoir, en chemin, exploré les jardins interdits, c'est toujours moi. Et, si elle est moins douloureuse, la sensation demeure, lorsque je suis avec les autres, d'être différente et de devoir, pour me faire accepter, jouer une sorte de comédie. Et, selon ma bonne habitude, il m'arrive de quitter brusquement la fête pour marcher dans la rue et lancer au ciel mon « je veux ». Je veux prouver... Que j'existe bien ?

Un jour, j'avais une trentaine d'années et déjà plusieurs romans à mon actif, une amie m'invita à un dîner littéraire. Auteurs, journalistes, critiques, s'y trouvaient nombreux. Nous passâmes à table. J'étais placée entre deux écrivains « arrivés » et la conversation roulait sur notre métier. Ils en parlaient sans flamme, en gens installés, presque comme des boutiquiers, et moi qui m'étais réjouie de cette soirée, pensant me retrouver parmi les miens, je m'en sentais plus loin que d'inconnus dans la rue. Et il me semblait rétrécir comme si je n'avais jamais existé que par les rêves qui, depuis l'enfance, me transportaient si haut, ces mongolfières multicolores que l'absence de passion de mes voisins perçait d'aiguilles empoisonnées. L'angoisse fut telle que, sous un prétexte quelconque, je quittai la table et n'y revins pas.

La naïveté nécessaire au créateur dont parle Cocteau serait-elle le refus de prendre la mesure de ses rêves ?

« Ce soir, le spectacle des rues que Driss arpentait d'un pas accablé n'apportait aucun soulagement à sa peine. Deux mots avaient suffi pour que s'éteigne sa joie, deux mots qu'il connaissait par cœur : " Encore un ! " »

Les premières lignes de mon roman ! J'ai commencé par acheter le Coran, dont je lis chaque jour quelques pages. Je bombarde papa de questions sur la situation des Algériens en France. Il reconnaît volontiers qu'on ne les traite pas assez bien et me félicite de mon intérêt pour les démunis. S'il savait !

... qu'à la rue de l'Université où se trouve mon école, je préfère les quartiers chauds de Pigalle ou Belleville, hantés par les immigrés. Qu'il m'arrive de prendre en filature un « Nord-Af », redoutant, espérant, qu'il s'adressera à moi, brûlant de lui expliquer que je ne suis qu'un futur grand écrivain réunissant sa documentation. Une ultime prudence me retient de suivre mes modèles lorsque ceux-ci s'engouffrent dans une maison ou un hôtel. J'arrêterai mes poursuites le jour où, la situation se retournant, de limier je deviendrai proie et aurai la peur de ma vie.

De retour à la maison, je m'installe à la table que je partage avec Nicole et laisse courir ma plume sur le papier avant de mettre au propre grâce à la machine que maman m'a autorisée à louer. Me voyant si studieuse, la famille s'émerveille : aurais-je enfin décidé de m'y mettre ?

J'aborde chaque chapitre comme une petite nouvelle, ce qui me facilite la tâche. Driss se rend chez les parents de Jacques, un ami français ; il meurt de faim mais, trop fier, leur dit que tout va bien. Driss rencontre Jules, un clochard qui l'exploite. Driss couche dans une cave infestée de rats. Quand j'écris : « Depuis quelque temps, il ressentait un besoin presque maladif qu'on lui demande son nom », les larmes me montent aux yeux : c'est de moi que je parle... Quand je raconte : « A l'école, déjà, il était le souffre-douleur de la classe », je respire difficilement : j'ai connu ! Sans le moindre respect pour mon œuvre immortelle — dont elle ignore tout — Nicole virevolte dans la chambre, essayant diverses pièces de son trousseau : chemises de nuit vaporeuses, combinaisons en satin, adorables porte-jaretelles, culottes en dentelles. Elle vient parfois se planter en face de moi :

« Arrête deux secondes et dis-moi si ça va ? »

Je lève le nez de la cave où mon héros est en train de lutter avec une armée de rats : « Superbe ! Ce pauvre Alain va en avoir une attaque ! » Elle est comblée.

Plus tard, la femme de chambre frappe à la porte : « Le dîner est servi, mademoiselle. On vous attend à la salle à manger. » Déjà ? Je referme le dossier *Driss*, le cache sous le dossier Sténo et retourne à la fête.

Car, de ces années-là, autour de mes vingt ans, je garde un goût de fête ! Entre nos amis et ceux des parents, la maison ne désemplissait pas. La nappe aux épis d'or des grands dîners était souvent sortie de son papier de soie. Fidèle au poste, Camille avait à présent des cheveux aussi blancs que ses gants. Dire qu'autrefois, nous l'injurions par-derrière pour tester sa surdité ! Mon cœur se serrait, maintenant, à le voir guetter l'ascenseur afin d'ouvrir la porte juste au moment voulu et j'avais envie de dire aux arrivants : « Soyez gentil avec lui, il est sourd. »

Toutes sortes de gens passionnants défilaient à la maison, et souvent, Maxime, Nicole et moi étions conviés à prendre l'apéritif avec eux. Parmi ces invités venait parfois un jeune inspecteur des Finances dont chacun louait la brillante intelligence : il s'appelait Valéry Giscard d'Estaing. Voyant à la maison toutes ces filles plutôt bien de leur personne, il déclarera un jour à papa, enchanté : « Vous ne m'aviez pas dit que vous entreteniez un corps de ballet ? » Venaient également Edgar Faure, chaleureux et plein d'esprit, et Maurice Schumann, dont je ne pouvais me douter qu'il serait l'un de mes premiers lecteurs, et, écrivain lui-même, aurait la gentillesse de m'encourager.

Et l'on avait donné un grand bal pour moi, avec orchestre. Trois cents invitations ! Tout s'était bien passé, sinon qu'à deux heures du matin, maman avait découvert trois invités en conférence dans sa baignoire — encore vêtus heureusement — et que le lendemain de la réception, toutes les plantes grasses de l'entrée mouraient pour avoir servi d'éteignoirs à cigarettes. Les vandales !

Aliette et Claudie devenaient très jolies. La « princesse » se dessinait en Aliette. Elle détestait, les soirs de réception, dîner à la cuisine et ne voyait pas pourquoi on n'utilisait pas, à chaque repas, rince-doigts et serviettes brodées. Lorsque nous prenions le métro, elle nous laissait monter en seconde et se ruinait en première classe. Bientôt, après le mariage de Nicole, elle prendrait sa place dans ma chambre, ce qui desserrerait Claudie et Evelyne.

Evelyne devenait très poison. Comme l'explique Pauline dans *l'Esprit de famille*, elle avait décidé que la vie était faite pour se la couler douce et, en conséquence, la coulait dure aux autres... C'était toujours à elle que papa donnait le cœur de la salade, le bord grillé du soufflé, ses regards les plus tendres. Il ne savait rien lui refuser, ce qui nous agaçait prodigieusement. Maxime l'avait surnommée Bourguiba, car elle s'employait à semer la zizanie à la maison, comme Bourguiba en Afrique. Faute de pouvoir la déporter sur l'île de Ré, nous nous en vengions en lui administrant, dès que les parents avaient le dos tourné, les fessées carabinées auxquelles, à son âge, nous avions eu droit et dont elle était si injustement dispensée.

Un jour, Claudie y alla de si bon cœur que la pauvre Bourguiba eut cinq doigts imprimés sur le derrière. On n'eut plus qu'à l'asseoir de force dans l'eau fraîche du bidet afin de faire disparaître les pièces à conviction avant le retour de « Victor » — père faible de Gisèle dans *Quel amour d'enfant* — ainsi, en riant, maman appelait-elle parfois son mari.

Ce soir, je suis invitée à un bal donné par le fils d'un éditeur connu. Editeur : mot magique ! Me voilà dans tous mes états. J'ai choisi ma plus belle robe et, comme toujours, avant de l'enfiler, suis passée par la chambre de Maxime — qui bûche Droit et Sciences-Po — les deux bras haut levés afin qu'il rase mes aisselles. Il opère de loin, l'air pas très ragoûté. Défense de rouspéter s'il me coupe : j'ai pris mes risques. Après m'être coiffée, maquillée et fait admirer trente-six fois par mes petites sœurs qui en bavent d'envie, j'ai attendu avec impatience que mon danseur vienne me chercher.

 La fête bat son plein dans l'hôtel particulier du boulevard Saint-Germain. Le fils de l'éditeur, nettement plus âgé que moi, est vilain et prétentieux, tant pis. Je n'ai d'yeux que pour lui ! Aujourd'hui, n'ai-je pas terminé un second chapitre ? Lorsqu'il m'invite à danser, je parle aussitôt de mon oncle Maurice Blondel : petite-nièce de philosophe, cela vous pose ! Mais quand il m'interroge sur l'œuvre de mon parent, je suis incapable de sortir un mot. Il s'enquiert de mes études. N'osant dire que je n'ai pas mon bac, je parle du piano : le cours Marguerite-Long où je suis inscrite, et de mes récentes Humanités féminines à Dupanloup. Bien entendu, il ricane. Je ne sais pourquoi, mais tous les garçons sont pris d'hilarité lorsque je prononce le nom du digne fondateur de mon école. J'apprendrai plus tard qu'une chanson égrillarde a été composée sur lui.

 En attendant, mes affaires ne vont pas si mal ! Mon fils d'éditeur ne me quitte plus et, vers cinq heures du matin, amollie par la musique, la danse et ses doux yeux, je n'y tiens plus et lui confie ma décision d'être écrivain : d'ailleurs, j'ai commencé un roman. Il me regarde un instant sans rien dire, puis part d'un immense éclat de rire. Je l'entends encore.

 Des fenêtres de l'appartement où je vis aujourd'hui, si je me penche vers la gauche, je peux distinguer l'hôtel particulier où j'étais ce soir-là. Il m'arrive de me demander si ce garçon, cet homme maintenant, a fait le lien entre la jeune fille dont il s'était moqué et l'écrivain dont, aujourd'hui, on lit parfois le nom dans les journaux.

 Souvent, lorsqu'il y avait des invités, papa me demandait de chanter pour eux, car il était fier de ma voix. Bien qu'elle soit cassée, ou peut-être à cause de cela, j'imitais pas mal Edith Piaf. Mes spécialités étaient *le Brun et le blond,* et *Mon légionnaire.* Pour Nicole, j'interprétais *l'Hymne à l'amour* ou *Je ne regrette rien.* Elle m'écoutait, les yeux fermés, disant que les paroles de ces chansons la rendaient toute drôle : c'était l'amour.

Un jour, je lis une publicité dans un journal : « Venez enregistrer votre voix. » Mon cœur s'emballe et ma décision est aussitôt prise : j'irai ! L'âge n'a pas guéri ce vieux fantasme qui me fait espérer la gloire à chaque coin de rue.

Le studio est à Pigalle. Comme un sort me ramène sans cesse dans le quartier défendu. A douze ans, j'y venais en cachette, voir les Tarzan au cinéma. Tout récemment, c'était pour y filer Driss. Aujourd'hui, je m'y rends dans l'espoir de devenir une vedette de la chanson.

Après avoir longé un couloir plutôt décevant, je me retrouve dans un bureau où m'accueille un homme d'une cinquantaine d'années dont je suis aussitôt certaine qu'il s'agit d'un grand producteur déguisé.

« C'est pour enregistrer ? »

La voix plus cassée que jamais, je réponds « oui ». Il semble étonné : « Vous n'avez pas d'accompagnement ? » Ah non ! Je n'y ai pas pensé. Je chante comme ça. « Eh bien, allons-y ! »

Il règle un micro devant ma bouche, passe de l'autre côté d'un carreau et me fait signe de commencer. J'interprète, tout émue, mes deux spécialités.

Comme il me remet mon disque, il me regarde d'un air perplexe : « Pourquoi chantez-vous Piaf ? » Je ne comprends pas : « On m'a dit que je l'imitais bien. » « A quoi cela vous mènera-t-il d'imiter ? » reprend-il. « Vous avez une voix, c'est elle qu'il faut exprimer. »

J'ai quitté le studio mortifiée, sans avoir saisi l'immense portée de ces paroles. Aucun grand producteur ne m'aurait mieux conseillée. Je pensais ne chanter bien qu'en empruntant la voix d'une autre, tout comme j'espérais toucher mon public en me cachant sous la peau de Driss. J'ignorais encore que le message ne passe que lorsqu'on s'y met tout entier, que le style est la voix propre de chacun, ce fil invisible tissé dans nos profondeurs, qui sous-tend la phrase et la fait vibrer de notre musique particulière. Mais cela, avant de le découvrir, il me faudrait faire encore beaucoup de chemin.

J'ai passé mon disque à mes sœurs qui ont été déçues : c'était bien mieux quand on me voyait chanter, ont-elles déclaré. Je n'en ai pas parlé à mes parents à cause de Pigalle. Je l'ai caché sous une pile de chemises et j'ignore ce qu'il est devenu.

20

En 1660, notre ancêtre Michel Boissard, installé en Franche-Comté, portait le titre de « Tabellion général de Bourgogne ». Serait-ce à lui que je dois ma prédilection pour le Saint-Esprit ? Il Lui avait dédié une chapelle en l'église Notre-Dame de Pontarlier, avec célébration de messe quotidienne, annoncée par deux coups de petite cloche suivis d'un tintement, plus trois grand-messes chantées annuellement accompagnées de grandes sonneries.

C'est en 1700 que le domaine du Forbonnet, près de Pontarlier — un ample bâtiment de ferme entouré de prés, pâtures et nombreux hectares de forêts — entra dans la famille. Ce bâtiment était divisé en deux : côté fermiers et côté maîtres. Jeune femme, grand-mère s'y rendait chaque année durant les mois d'été, emmenant avec elle enfants, domestiques et un abbé qui la confessait chaque matin avant de célébrer la messe dans la chapelle consacrée, installée à l'intérieur même de la ferme.

Je me demandais souvent, avec un petit goût de sacrilège, de quels péchés elle, si sainte, pouvait bien trouver à s'accuser.

Et c'était là, au Forbonnet, qu'un jour d'automne 1902, la fièvre l'avait prise en même temps qu'une toux dont aucun sirop ne venait à bout. Sur le conseil de son médecin, elle avait aussitôt quitté cette maison qu'elle aimait parer de fleurs poussant autour des marais, mais dont les lits, malgré bouillottes et bassinoires, restaient gorgés d'humidité. « Je reviendrai l'an prochain », décida-t-elle en donnant son tour de clé à la porte.

Ce fut nous qui, quarante ans plus tard, tournâmes à nouveau cette clé, le domaine étant revenu à papa après la mort de grand-père. Nul n'avait plus habité le côté maîtres et tout était resté en l'état où grand-mère l'avait laissé le jour de son départ précipité. Le côté fermier, lui, n'avait jamais cessé d'être loué à une même famille de fermiers amis. Nous prîmes l'habitude d'y revenir chaque année en visite, prétexte à quelques jours de vacances où nous respirions le bon air, arpentions les bois et nous gorgions de poulets aux morilles, truites fraîchement pêchées et saucissons de Morteau.

Le meilleur moment était, tandis que nos parents faisaient les comptes avec les fermiers et discutaient des différents travaux à faire, lorsque nous visitions le côté de grand-mère, mi-grotte aux trésors, mi-château de la Belle au bois dormant.

On aurait dit que tout était prêt à resservir maintenant ! Chaque lit était pourvu d'édredon et de couvertures. Sur les tables de nuit, des potions se décoloraient à l'intérieur de ravissants flacons. Les armées de chaises percées et pots de faïence nous faisaient sourire : il paraît qu'à l'époque une servante avait comme unique tâche de les vider sur le fumier, derrière la ferme. Les armoires regorgeaient de draps épais, nappes à chiffres, mais aussi de superbe vaisselle, d'argenterie, de vin et jouets d'enfants. Dans la cuisine, les cuivres et les étains dormaient à côté des plats de faïence où étaient servis les copieux menus dont nous trouvions la liste sur des carnets recouverts de toile noire. Mais à défaut de prince charmant venu l'éveiller, cette partie de la maison était devenue le royaume des rats.

Leur odeur était partout et on ne pouvait soulever un linge, déplier une couverture, ouvrir une armoire, sans y constater leurs dégâts. En toute impunité, ils avaient pu, durant ces quarante années, grignoter, pièce après pièce, le passé de notre famille, donnant leur préférence à la bibliothèque.

Ah, comme celle-ci me fascinait ! Elle était composée de livres très anciens dont beaucoup de si grand format et de poids tel que l'on ne pouvait les ouvrir que sur la table prévue à cet effet. La plupart étaient reliés et, sur la tranche de certains on lisait, imprimé en belles lettres dorées : Jean-Jacques Boissard, le nom d'un arrière-grand-oncle célèbre au xvie siècle par ses écrits sur l'archéologie. Ses ouvrages étaient en prose et vers latins, aussi n'y comprenais-je mot. Mais, lorsque je les ouvrais, leurs craquements évoquaient pour moi ceux des portes du savoir et me donnait regret de n'avoir pas mieux étudié. Quant aux autres livres, ils traitaient tous de droit car, s'ils n'étaient pas appelés par Dieu, nos ancêtres entraient dans la magistrature. Hélas, les rats avaient beaucoup œuvré et, entre deux reliures difficiles à ronger, je ne retrouvais souvent qu'un peu de poussière imprimée.

Pour meubler la maison d'Houlgate, on avait fait venir du Forbonnet commodes et tables de nuit. On en avait également rapporté une partie de la vaisselle, ainsi que l'argenterie et, lors de chaque voyage, nous étions autorisés à choisir quelques menus objets qui, durant un certain temps, « sentiraient le Jura », puis, comme ces coquillages aux mille reflets près de la mer qui se ternissent dans les maisons, perdraient leur éclat loin de l'air franc-comtois. Cependant, quelque chose retenait nos parents de vider d'un seul coup ce lieu, même s'ils pensaient n'y jamais revenir habiter. Ce serait comme lui arracher son restant de vie; car, si nous parlions bas en nous y promenant, c'est que la vie y palpitait encore...

Au Forbonnet, comme à Montbard, planait l'ombre de deux frères. L'un s'appelait Théodose, l'autre je ne sais plus. Ils avaient une quarantaine d'années lors de la Révolution. Tous deux étaient magistrats à Besançon et Girondins. C'est le 18 frimaire an II. On vient les arrêter. Ils sont accusés de « complot et conspiration contre la souveraineté du peuple français » et condamnés à être jugés à Paris par le Tribunal révolutionnaire. Pour monter à la capitale, choix leur est donné : en carrosse ou à pied, l'un et l'autre voyage étant, bien entendu, à la charge de l'intéressé. « En carrosse », répond sans hésiter Théodose qui, apparemment, aime ses aises. Il arrive à Paris le 15 floréal an II (4 mai 1794) et a la tête coupée le même jour dans une fournée de dix accusés parmi lesquels figure le marquis de Choiseul. « A pied », a choisi son frère qui, de ce fait, joindra Paris après le 11 thermidor et — Robespierre venant de tomber — aura la vie sauve.

Me promenant dans cette maison du Forbonnet où les deux frères avaient vécu, il me semblait parfois sentir leur souffle sur mes cheveux tout comme, enfant, je sentais, à Montbard, celui des zouaves pontificaux. Ils avaient consulté ces livres, touché ces coupes fines de leurs lèvres et, le matin, ouvrant leurs volets sur les champs hérissés de gentiane, au-delà desquels se hissaient les doux prébois suivis par l'armée des sapins, certainement avaient-ils senti comme moi leur poitrine se gonfler de vie. Hélas, nous n'avions d'eux aucun portrait.

Avec Maxime et Nicole, nous aimions nous interroger : qu'aurions-nous choisi, nous ? Monter à Paris en carrosse ou à pied ? « En carrosse », déclarait Maxime sans hésiter. « Mais alors, tu aurais été guillotiné !... » « Au moins, je n'aurais pas eu les pieds en compote », rétorquait-il royalement.

Et en ce mois de juin 1952, un demi-siècle après que grand-mère a déserté, à son cœur défendant, cette région qu'elle aimait, nous nous apprêtons comme chaque année à aller y passer quelques jours. Rendez-vous ont été pris avec les fermiers, M. et Mme Saillard, et le garde forestier, car, pour marier et doter sa fille aînée, papa décidera peut-être de couper quelques sapins.

Maman a pour ces arbres, comme pour les chênes de son enfance, dans les Ardennes, un amour de mère de famille. D'un coup d'œil, elle sait évaluer l'année de naissance, le cubage, discerner une maladie, une fragilité. Pas question de jamais faire une « coupe sombre » qui mettrait en danger les sujets fragiles car, l'hiver, la tempête balaye la forêt et la masse des « anciens » est le rempart des « modernes ». On coupe ceux dont l'heure est venue, soit qu'ils aient atteint l'âge, soit qu'ils gênent la jeunesse en lui faisant trop d'ombre. Et, bien sûr, on ne cesse de replanter.

« Ces petits sapins-là, ce n'est pas pour nous, ni même pour vous, mais pour vos enfants et petits-enfants que nous les plantons », nous expliquent avec satisfaction nos parents, enfonçant en nous par ces paroles un coin de plus d'esprit de famille.

Cette année, Nicole, mobilisée par l'amour et la préparation de ses noces, ne vient pas avec nous. Le pauvre Maxime, en plein examens, reste aussi à Paris. Aliette, Claudie et bien sûr Bourguiba, malgré ses regards suppliants, sont jugées trop jeunes pour faire partie de ces voyages. Nous sommes donc quatre dans la voiture : mes parents, ma cousine Françoise et moi.

Nous nous réjouissons de coucher ce soir à l'hôtel, près du lac de Malbuisson — décrit par mon héroïne dans *Cécile la poison* — et déjà nous élaborons notre menu du soir. Papa est au volant. Nous avons parcouru une cinquantaine de kilomètres. Tout est harmonieux. Devant nous, roule un long camion à remorque.

On redoute l'épreuve. On croit savoir d'où le coup viendra et cherche à s'y préparer, on calfeutre les parties faibles, blinde les ouvertures, et voilà que le malheur frappe d'un autre côté, au moment où on s'y attendait le moins. Alors que nous nous apprêtons à le dépasser, le camion qui nous précède tourne soudain sur sa gauche, barrant toute la route. Nous le percutons de plein fouet.

Dans le bruit continu du klaxon bloqué, je vois mes parents inconscients. A mes côtés, Françoise, sévèrement blessée au bras, gémit. Moi, je n'ai rien ! Pas la plus petite égratignure, hélas ! rien ! Je parviens à quitter la voiture et m'approche de maman. Son visage a frappé la vitre, il est en sang. Je l'entends murmurer : « Paris, Paris... » Alertés par le bruit, les habitants d'une ferme voisine se sont précipités. Le chauffeur parle fort en faisant de grands gestes. On appelle une ambulance. Papa a repris ses esprits, mais reste sous le choc. C'est à moi que l'on s'adresse et, lorsque les ambulanciers, enfin arrivés, veulent emmener maman à la ville la plus proche, de toute mon énergie, je refuse. « A Paris ! » Elle continue à le réclamer. Ils acceptent à contrecœur.

Comme, sirène déployée, nous fonçons vers la capitale, je regarde ma mère : un goutte-à-goutte est enfoncé dans son bras et je vois bien que l'infirmier, près d'elle, s'inquiète. Papa, très pâle, serre sa main ; ses lèvres remuent. Il prie. Françoise pleure. Je n'ai pas versé une larme ni émis une plainte. Mon corps est une barre de plomb. Un mot tourne dans ma tête : « Fini. » Oui, c'est fini. Je ne m'en doutais pas, mais, jusque-là, j'avais rêvé ma vie. Voici la réalité : elle s'appelle la mort.

L'hôpital, enfin ! On emmène les trois blessés. A la réception, je réponds aux questions et remplis les papiers. « Qui faut-il avertir en cas de... » J'inscris le numéro de la maison. « Merci, ce sera tout ! » C'est tout ? Ma tâche terminée, soudain je ne sais plus que faire de moi dans ce grand hall inconnu. A la fois je me sens un corps énorme et n'arrive plus à saisir ma vie. Les ambulanciers qui nous ont amenés s'approchent de moi : « Voulez-vous que nous vous déposions chez vous, c'est sur notre chemin. » J'accepte avec reconnaissance.

Au cours du trajet, ils font à nouveau marcher leur sirène, ignorant les feux de circulation et dépassant tout le monde. Je me demande s'ils ont le droit, puisque plus personne ne risque de mourir. Ils plaisantent entre eux. Les choses me semblent irréelles. Nous voici à La Muette. Je les remercie et m'apprête à descendre lorsqu'ils me réclament une somme d'argent importante : « Pour le détour. » Bien que consciente qu'ils profitent de la situation, je leur donne tout ce que j'ai. Quelle importance ? Je monte en courant les quatre étages et sonne à la porte de notre appartement. C'est Nicole qui ouvre avec un grand sourire, s'attendant sans doute à recevoir un cadeau de plus, car, depuis ses fiançailles, ceux-ci affluent. Elle se fige en me voyant : « Mais qu'est-ce que tu fais là ? Qu'est-ce qui est arrivé ? »

Je me suis laissée glisser sur le sol et, durant plusieurs minutes, je n'ai pu sortir de ma gorge que des sortes de râles qui me déchiraient. J'avais bénéficié, durant quelque temps, de cette « grâce d'état » dont nous parlait souvent maman et qui lui avait permis, à Grandchamp, de faire face aux mitraillettes des Allemands. Il m'avait été donné, comme à elle, de pouvoir puiser dans ces mystérieuses ressources dont un danger de mort ouvre la porte.

Mais cette porte refermée, je me retrouvais prisonnière de mon enveloppe charnelle pleine de cris et d'angoisse. Je n'avais plus accès à cette lumière qui, j'en suis sûre, est celle qui nous attend à la fin de la vie et nous permet de tout comprendre avant que nous nous y fondions pour l'éternité. L'éternité... A nouveau prisonnière de mon corps, je ne savais plus que me débattre entre « avant » et « après ».

« Avant », c'étaient les parents qui décidaient pour moi et je l'acceptais, même s'il m'arrivait de tirer à hue et à dia. « Après », ce jour de mai 1952, je pris conscience qu'un jour il me faudrait m'en remettre à moi et, sans aide, choisir mes chemins. Lorsque, à Sainte-Marie-des-Ondes, je songeais à me faire religieuse, c'était précisément à cela que je voulais échapper : me prendre en charge. Enfant de Dieu, soutenue par la prière, encadrée par des règlements, des horaires, cachée sous un voile noir afin que l'on ne me distinguât pas des autres, j'écouterais de loin les rumeurs de la mer sans m'y risquer.

C'est par des traits brûlants tirés entre « avant » et « après » que l'on mûrit et il me semble que cela ne se fait jamais en douceur, mais la gorge plombée et en se rebellant.

Claudine, mon héroïne de *Une femme neuve*, a exprimé pour moi le second pas que la vie nous amène à faire : son mari vient de la quitter, elle est venue chercher refuge auprès de son père, à la campagne, dans sa maison d'enfance. Et voici que, le découvrant endormi dans son fauteuil, elle le voit enfin tel qu'il est : un homme âgé et fatigué sur lequel elle ne peut plus se permettre de peser. Les rôles se renversent : c'est à lui de s'appuyer sur elle.

« Il m'a fait croire qu'il était éternel et je suis restée enfant. J'ai continué à m'appuyer sur lui sans voir que son épaule fléchissait », remarque-t-elle douloureusement. Mais une fois le pas fait — qui est celui de la maturité — Claudine se sentira mieux. Rester enfant n'est pas confortable : c'est continuer, lorsque la nuit tombe, à réclamer des autres une porte entrouverte sur la lumière au lieu de s'éclairer soi-même.

La nouvelle de l'accident s'était répandue comme la foudre et le téléphone ne cessait de sonner à la maison. Nicole se précipitait pour répondre : « Comment ça va ? » lui demandait-on anxieusement. « Très, très bien », répondait-elle avec enthousiasme. « Mais... vos parents... nous pensions... » « Ah oui, c'est vrai, les parents... Eux, ça va mieux ! » L'amour cachait à Nicole le reste du monde.

Revenu à la maison et témoin d'une de ces communications, papa en riait de bon cœur : « Fille ingrate, lui disait-il. Alors... Ça t'est bien égal, nos os (1) ? » C'était ce que déclarait la charmante Gisèle, dans *Quel amour d'enfant* à M. Tocambel, son précepteur. Et si mon père pouvait rire ainsi, c'était que maman était hors de danger. Elle avait eu les mâchoires brisées et son chirurgien lui avait déclaré après l'opération qu'il s'était trouvé face à un puzzle très compliqué dont certaines pièces manquaient. Il avait néanmoins fort bien réussi.

« Les fiançailles heureuses de ta fille, ça vaut bien une mâchoire brisée », déclara à maman une amie, pensant la consoler.

« A condition que cela ne se renouvelle pas pour les quatre autres ! » répondit maman.

Quelques jours après l'accident, je pris ma liste de famille et la relus une dernière fois. La garder ? Je ne pouvais plus : ce serait accepter d'en effacer un à un les

---

(1) Comtesse de Ségur.

noms, de ma propre main qui plus est. Mais qu'en faire ? La déchirer, la brûler ? Pas question ! Il me semblerait alors me résigner à la disparition des miens.

J'ai enveloppé cette liste dans un chandail si usé aux coudes et aux poignets que je ne pouvais plus le porter, mais que j'aimais encore. J'ai traîné la grande échelle dans le couloir à placards qui menait à la cuisine et envoyé le tout au fond de l'étagère supérieure, celle où l'on ne rangeait rien car c'était tout une affaire d'y accéder.

Bien des années plus tard, lorsque, après la mort de mon père, maman a quitté cet appartement où ils avaient vécu tant d'années, unis par un amour sans faille, un inconnu a dû se charger de faire le nettoyage pour moi.

A moins qu'elle ne soit encore là-haut, mon enfance, au chaud dans un chandail tricoté par ma mère, et dont elle me disait : « A quoi sert de garder ce qu'on ne portera plus ? »

21

Il était beau et différent. Il n'avait pas fait l'Ecole d'administration, mais préparait l'agrégation d'anglais. Danser ne lui plaisait pas tellement et, au tennis ou au bridge, il préférait le violoncelle dont il jouait fort bien. Il s'appelait Michel Oriano et, à nouveau, mon cœur battait.

L'hiver précédant notre mariage — j'en étais au chapitre 8 de mon roman — je fréquentai ma dernière école religieuse : une école ménagère où l'on nous enseignait à faire une cuisine savante et bien présentée, dresser une table, placer ses invités par ordre d'importance, amidonner les cols de chemise, repasser une jupe à « plissé soleil », répondre à une invitation, un faire-part de naissance, mariage ou décès.

Parmi d'autres fiancées qui, les yeux fixés sur leur bague, parlaient essentiellement de leur trousseau ou des nombreux cadeaux venus ou à venir et s'appliquaient à bien apprendre leur futur rôle de maîtresse de maison, moi, selon mon habitude, je faisais poliment semblant. Mais comment aurais-je pu me concentrer sur les savantes pliures d'une pâte feuilletée ou la meilleure façon de garder son goût à l'oignon, alors que j'avais désormais deux hommes dans la tête et le cœur : Driss et Michel ?

Je n'avais pas parlé de mon roman à ce dernier : un professeur, bientôt un agrégé. S'il y avait une chose que je savais très bien faire, c'était lire dans les regards ! Je lisais dans le sien que lui plaisait en moi la petite fille ignorante à former. Lui ne me mettrait pas un zéro en bas de la page. Il n'éclaterait pas de rire. Il me regarderait comme une enfant qui rêve : « Un roman ? A quoi penses-tu ? »

Nous partîmes en voyage de noces en Italie. Je n'étais sortie que deux fois de France, les deux pour aller en pension et me sentais à la fois perdue et grisée devant ces paysages nouveaux, comme je l'étais à l'idée d'être une femme mariée.

Michel aimait dormir au soleil. Dès qu'il avait les yeux fermés, avec l'impression de le tromper un peu, je sortais de mon sac les feuilles que j'y avais cachées et retrouvais Driss. Driss avait connu une mer comme celle-ci, chaude, et qui, à ma stupeur, se retirait à peine. Il avait respiré ces crépitantes odeurs et goûté aux nuits tièdes.

S'il me surprenait à écrire, Michel ne s'étonnait pas. Je lui avais dit que j'aimais cela. Un peu d'agacement parfois : plutôt que de gribouiller, je ferais mieux d'ouvrir mes yeux. Enfin, cela me passerait...

Au retour de notre voyage — la guerre d'Algérie venant d'éclater — l'armée me prit mon mari tout neuf pour un service militaire qui devait durer plus de deux ans. A mon grand soulagement, il fut affecté à Paris. Nous logions sous un toit de Neuilly, dans quatre minuscules chambres de bonne qui formaient un appartement de poupée. J'étais enceinte.

Jamais, au cours de mon éducation, il n'avait été

question que je dusse un jour travailler pour gagner ma vie. J'étais, comme mes sœurs, destinée au mariage et à la maternité. Et voici que, sitôt rentrée à Paris, il me fallait chercher un travail pour n'être pas à la charge des parents. Mais surtout, je compris que Michel n'envisageait pas d'avoir sa femme à la maison. Ce fut une surprise totale. Pas une fois nous n'avions abordé la question. Je trouvai un emploi dans un bureau.

Ma seule et unique tâche consistait à vérifier des factures pour y repérer une erreur possible. Lorsque c'était le cas — hélas, trop rarement — je transmettais ma prise à la responsable du service et l'affaire m'échappait. Ah, mon pauvre employeur ! Dès qu'il avait le dos tourné, je tirais du creux de ma jupe un minuscule rouleau de papier — recharge de ma calculatrice — et, en caractères de prisonnier, y poursuivais mon roman. Je ne vivais que pour ces instants-là. Parce que gagner ma vie, oui ! Travailler dur, d'accord ! Mais pas en alignant des chiffres, alors que se pressaient en moi ces mots pleins d'odeurs et de couleurs qui me vaudraient la célébrité. Plus que jamais, il me fallait mener à bien mon ouvrage : à présent, ma liberté aussi en dépendait !

Mais, en éclatant, la guerre d'Algérie avait bouleversé mon histoire. Driss n'était plus seulement « le bicot » méprisé, mais aussi le frère de ceux qui se battaient pour l'indépendance de leur pays. Et Jacques, son seul ami, devenait l'adversaire. Entre un mari de gauche et une famille de droite, je m'efforçais de rester ce que, du temps de Victor Hugo, on appelait un « esprit libre », et, fidèle à la devise choisie par mon père : « Ne juge pas, comprends », tantôt Driss, tantôt Jacques, je me refusais à prendre parti.

J'espère n'avoir pas changé. Prendre parti contre l'injustice, la faim, la torture ; lutter pour le droit de chacun à la dignité, à choisir ses buts, sa route et ses croyances, oui, mille fois oui. Mais se mettre au service d'un parti, transiger avec soi-même, écarter ou mépriser ceux qui n'ont pas les mêmes opinions que vous, ah non !

Ils disaient, certains de ceux que je voyais alors : « Tout est politique », et, en moi, quelque chose se révoltait, mais je ne savais pas l'exprimer. Tout est politique ? C'est ainsi qu'on enchaîne la liberté, qu'on en vient à un art d'Etat, une poésie, un théâtre, une musique, une peinture d'Etat, quelle tristesse ! On n'emprisonne pas la beauté. Elle est libre ou n'est pas. Et ils n'ont rien de politique, ce coucher de soleil qui enflamme l'horizon, cette forêt qui s'éveille au printemps, ce blé soulevé par le vent et le sentiment, les regardant, de toucher un peu l'éternel.

Pour moi, le rôle de l'écrivain est de défendre les valeurs de l'esprit, il est d'exprimer les angoisses, les joies et les espoirs de son temps, de se faire prophète s'il le peut. Il n'est pas de réduire son regard et sa voix aux dimensions d'un parti.

Dix mois après mon mariage, François, tout blond aux yeux bleus, naissait. Puis, très vite, ce fut Ivan : brun aux yeux foncés. Comme je les aimais, mes petits garçons ! Leur fragilité m'apprenait à devenir responsable. Mais, Dieu, que j'étais fatiguée, menant de front la maison, un travail et mon roman !

Je me souviens de cette nuit-là où, luttant contre le sommeil, je massais les gencives douloureuses de François. Soudain, je me revis deux ans auparavant : avais-je vraiment été cette jeune fille insouciante dont la vie ressemblait à une douce ronde, main dans celle de ses sœurs ; cette privilégiée que l'on servait à table, qui trouvait chaque soir son lit tout préparé ? Mais surtout, avais-je été celle qui pouvait passer à lire ou à écrire autant de temps qu'elle le souhaitait ? Je sentis couler les larmes. Et serrai les dents : un jour...

Il arrive que des femmes me disent : « Je rêve d'écrire, mais je n'ai pas le temps. » Et moi je souris en me souvenant de ces années où, me semblait-il, tout se conjuguait pour m'empêcher de me livrer à ma passion. Ecoutez! Ce n'est pas une question de temps, mais de rage. Parce qu'une plume et du papier étaient pour moi aussi nécessaires que le pain et l'eau, je le volais, ce temps, comme j'aurais, affamée, volé mon pain à l'étalage. Je le volais à mon employeur, ma famille, mes distractions, mes nuits. J'écrivais partout et sans cesse : sur un coin de banc public, dans l'autobus ou le métro et, le dimanche, durant la messe, en parfait accord avec Dieu qui me disait « Vas-y ». Il m'arrivait, invitée à un dîner, de m'enfermer dans les cabinets pour noter une idée et, lorsque la présence des autres m'empêchait de tracer mes lignes, je les imprimais dans ma tête. Parfois, comme jadis à l'école, je voyais sur moi le regard des autres, perplexe : « Janine n'est pas avec nous... Où est-elle ? »

Avec Driss :

« Un ami, ce seul mot lui apportait tant de choses : la fin de la solitude et du silence, la confiance, l'entraide, le rire partagé. »

Avec moi !

Et un jour, morceau par morceau, j'arrivai au moment où je pus écrire les dernières lignes de mon livre : « Tout en cheminant dans les rues obscures où la pluie avait cessé de tomber, Driss se mit à crier : " Mais qu'est-ce qu'ils m'ont fait ? Qu'est-ce qu'ils m'ont fait ? " Un passant, qui se hâtait, se retourna et le regarda avec répulsion : " Encore un ", dit-il... » Un Nord-Af, un bicot. Le regard, les paroles de Pricille. Je pouvais écrire le mot fin.

Le voilà donc terminé, mon roman ! J'ai tapé le manuscrit en simple interligne, des deux côtés de la page et les rajouts sont nombreux. Je n'ai pas pensé à en faire un double. Sur le dossier, avec fierté, j'inscris mon nouveau nom : Oriano. Si je le pouvais, je changerais aussi de prénom. Et maintenant ? A qui vais-je le porter ?

On parle beaucoup dans les journaux d'une jeune fille qui vient de publier son premier roman : elle s'appelle Françoise Sagan. Son éditeur, René Julliard, est, paraît-il, attentif aux jeunes talents. Je n'hésite pas. Ce sera lui !

Ce jour-là, je sèche le bureau, prétextant une visite chez le médecin. Me voilà rue de l'Université dans le septième arrondissement où se trouve la fameuse maison d'édition. Des gens entrent et sortent du grand bâtiment. Je les imagine tous importants. Le cœur batant, je me décide à pousser la porte.

« Mademoiselle ? »

Tout près de l'entrée, derrière une sorte de guichet, une jeune femme me fait signe. Je m'approche et montre le paquet mal ficelé que je tiens contre mon cœur : « C'est pour un roman. » La jeune femme tend la main : « Vous me le laissez. Avez-vous bien noté vos nom et adresse ? »

Je ne bouge pas. Abandonner comme ça, en deux minutes, le fruit de tant d'années d'effort et d'espoir, c'est tout simplement impossible : je ne peux pas.

« Votre manuscrit sera transmis au comité de lecture, explique gentiment mon interlocutrice. On vous écrira. »

« Dans combien de temps ? »

« Il faut compter un bon mois. »

Je lui ai remis mon paquet. Je me sentais dépossédée, volée, comme de moi-même. Je ne savais pas que cela se passerait comme ça. Je m'attendais à être reçue, encouragée. Et, de ma vie, je ne pourrai voir entrer dans une maison d'édition un auteur portant un manuscrit sans avoir le cœur serré.

Je suis rentrée chez moi où j'ai fait un peu de ménage pour changer. Je me suis occupée de mes enfants. Bien que je les aime tant, j'éprouvais un sentiment de vide : je n'avais plus de but. Je flottais comme un ballon perdu. Il n'y avait qu'une solution : le soir même, j'attaquai une autre histoire.

Et c'est un jour gris d'octobre, je m'en souviens très bien. Il est midi et demi. Je suis en train de faire déjeuner mes petits garçons. Bientôt, la concierge viendra prendre le relais et je partirai travailler.

Le téléphone sonne. Une voix féminine : « Janine Oriano ? » « Oui, c'est moi. » « Ne quittez pas, je vous passe René Julliard. »

Alors, tout s'arrête. On dirait que la vie reflue, se rassemble, avant de bondir sur moi et me submerger. Je ne savais pas que c'était si douloureux, le moment où l'espoir se concrétise. Et puis il y a cette voix masculine : « Votre manuscrit m'intéresse. Pouvez-vous venir me voir très vite ? » Il a bien dit : « Très vite », je ne l'ai pas inventé. Nous prenons rendez-vous.

Vous le saviez, René Julliard, que vous étiez celui par lequel le miracle pouvait arriver, qui changeait des vies, ou plutôt, qui « donnait » vie. Et, en véritable éditeur, vous trouviez du bonheur à le faire...

Ma main tremblait en raccrochant. Ce qui me faisait mal, c'est que je m'interdisais d'y croire. C'était plus facile, finalement, lorsque de toutes mes forces tendues je visais le but. Alors, je n'avais pas le temps de me poser de questions. Mais voici que le but à ma portée, j'éprouvais autant de peur que de bonheur. Et me vient à l'esprit cette phrase d'Arnaud Desjardins : « Le lieu de la plus grande peur est le lieu du plus grand désir (1). »

J'ai décidé de ne rien dire à personne avant d'avoir vu René Julliard. Imaginons qu'il change d'avis... J'ai fini de faire déjeuner mes fils et je suis allée travailler.

---

(1) *Pour une mort sans peur.*

Je me sentais différente, plus grande, plus vaste et, dans la rue, j'avais envie de regarder les gens dans les yeux. Le soir, pour fêter cela secrètement, j'ai acheté — oh ! luxe — des soles pour le dîner. Mais comme j'oubliai de fariner les poissons, de mettre du beurre dans la poêle et que je posai celle-ci sur un feu d'enfer, mes soles carbonisèrent et, avant le retour de mon mari, je jetai dans les cabinets une poignée d'arêtes roussies et ouvris une boîte de conserve.

Le rendez-vous est ce soir à six heures. Je suis arrivée longtemps à l'avance. C'est exprès ! Pour sentir le bonheur, il m'a toujours fallu m'en approcher lentement, le tâter de loin des yeux et du cœur, regarder hier, imaginer demain, placer dans le temps cet espace privilégié. Il m'arrive encore aujourd'hui, avant un moment très attendu, d'avoir envie de crier : « Arrêtez, pas maintenant, je ne suis pas prête ! » Et pourquoi, écrivant ces lignes, est-ce que je pense à cette boule de mercure, échappée du thermomètre, sur laquelle, enfant, j'essayais en vain de mettre le doigt ?

Durant une heure, j'ai tourné autour de cette maison où m'attendait le grand éditeur de mes rêves éveillés. Moi qui, d'habitude, me maquillais à peine, j'avais acheté le matériel complet et m'étais abondamment badigeonnée dans le secret espoir de faire impression. J'étais plutôt jolie et faisais très jeunette ; j'entrerais dans le bureau, calme et sûre de moi, René Julliard serait tout de suite séduit, il comprendrait quel grand avenir m'attendait...

Il était assis au fond d'une belle pièce, claire-obscure comme une pensée. Il s'est levé lorsqu'on m'a fait entrer. La porte s'est refermée derrière moi. Je me suis arrêtée. Je sentais monter à mes lèvres, irrésistiblement, tous les « je veux » accumulés depuis des années ; ils ont formé une sorte d'obus et, d'une voix que je n'ai pas reconnue, avant qu'il ait pu ouvrir la bouche, j'ai lancé : « Vous verrez ! Je ferai encore beaucoup mieux ! »

Il ne s'est pas troublé : « Savez-vous ce que je devrais vous répondre ? » a-t-il demandé avec un sourire : « Allez-y, faites beaucoup mieux, et revenez me voir après. »

Cela a été ma première leçon et je ne l'ai jamais oubliée. A l'avenir, je ne porterai à mes éditeurs que des manuscrits où il me semblera avoir tout donné

René Julliard m'a fait asseoir près de lui, devant son grand bureau et il a ouvert mon manuscrit. « Ce qui l'intéressait, m'a-t-il dit, c'était l'émotion qu'il y avait sentie ; elle lui disait, cette émotion, qu'il avait à côté de lui un véritable écrivain. » Il m'a offert ce mot avec gravité et là j'ai vraiment senti passer le bonheur.

« Si vous aviez raconté votre histoire, a-t-il poursuivi, vous ne m'auriez sans doute pas intéressé : trop d'auteurs après avoir parlé d'eux dans un premier livre, n'ont plus rien à dire. »

M'imprégnant de ces paroles avec lesquelles j'étais en total accord — parler de moi, jamais — je ne pouvais savoir combien négativement elles pèseraient dans les années qui suivraient.

Enfin, il m'a annoncé qu'il me fallait tout recommencer ! Idées, péripéties, construction, cela allait. Mais mon livre n'était pas vraiment « écrit ». On y trouvait de tout, et même de grosses fautes de français. Il en a lu quelques phrases à voix haute pour me donner des exemples. Si je parvenais à faire le travail, il me publierait aussitôt.

Et là, à nouveau, je n'ai plus douté : « J'y parviendrai », ai-je dit, décidée, s'il le fallait, à y passer ma vie.

Un peu plus tard, il m'a présenté Pierre Javet, le directeur littéraire de la maison : un homme qui, par la suite, me serait d'un soutien très fidèle. Lorsque nous nous sommes retrouvés seuls, Pierre Javet a croisé ses mains sur mon œuvre comme certains les croisent pour attirer la chance. Il s'est penché vers moi et, avec un sourire, il a prononcé ces mots mêmes que je me répétais depuis tant d'années :

« Alors, qu'allons-nous faire pour vous rendre célèbre ? »

Et je courais dans la rue, un point douloureux au côté. Je galopais vers « la maison », comme jadis, revenant de Sainte-Marie, La Tour ou Lubeck. J'arrivais à La Muette, montais à pied les quatre étages pour aller plus vite, carillonnais à la porte. Et Fernande m'ouvrait. Je demandais : « Est-ce qu'ils sont là ? »

Ils étaient là ! Dans le bureau, assis à leur place habituelle, étonnés de me voir et un peu inquiets : avec Janine, ne devait-on pas s'attendre à tout ?

Je les ai regardés et j'ai dit plutôt calmement : « Figurez-vous que j'ai écrit un roman. Il va être publié. »

22

Il m'avait dit, cet éditeur : « Ce n'est pas écrit. Il faut tout recommencer. » J'ai cru que le style était la bonne ordonnance des mots, un juste accord des verbes et des adjectifs, une ponctuation bien placée, et ligne par ligne, mot par mot, j'ai tout recommencé.

Do ré mi fa sol la si do... Je me suis appliquée à écrire comme j'aurais répété ma gamme, sans mélanger les notes, sans nuances et sans pédale. « On ne fait pas de sentiment avec ses gammes », disait mon professeur. Cela a donné un très curieux livre : on devrait le citer dans les écoles comme l'exemple à ne pas suivre. *Driss* est une succession de phrases toutes faites dont aucune n'est vraiment de moi : un gigantesque cliché.

Pourtant, je ne renie pas ce livre : sans doute a-t-il été un pas nécessaire vers ma découverte que chacun a sa musique, sa voix, son style et que, de la façon toute personnelle dont on agence les notes, les mots ou les couleurs, naît la vie.

Le miracle fut que, malgré tout, l'émotion passait et

que, fidèle à sa promesse et parce qu'il croyait en mon avenir, René Julliard publia *Driss*.

Je n'eus pas la célébrité tant attendue, mais mon livre était là, je pouvais le voir, le toucher. Et, désormais, je ne me cacherai plus pour écrire.

Il m'avait dit aussi, cet éditeur : « Je prends votre histoire parce que vous n'y parlez pas de vous » et ces mots auraient pu m'être mortels, car ils m'enfonçaient dans la certitude — et Dieu sait si déjà elle était profonde — que je n'offrais pas le moindre intérêt et ne pourrais plaire qu'en me déguisant.

C'est étrange, lorsque j'y pense ! J'écrivais poussée par le besoin de crier : « Regardez-moi, j'existe... » Et, pour ce faire, je me cachais sous un masque.

A la stupéfaction de ma famille, je fus tour à tour dans les romans qui suivirent, un père alcoolique qui viole sa fille, une femme stérile qui dérobe un garçonnet dans un square — j'attendais des jumelles tandis que j'écrivais ce livre — et, plus tard, me lançant dans les histoires policières, je devins truand, loufiat, tortionnaire...

Je n'éprouvais aucune difficulté à me mettre dans la peau de ces personnages pourtant si éloignés de moi : j'avais tant rêvé, enfant, je m'étais glissée dans tant de rôles, sous de si nombreux costumes. « Janine a une imagination débordante », disait-on à la maison. Il me semblait parfois la voir sortir de moi, comme une teinture : il suffisait de presser.

Et, de livre en livre, j'apprenais à écrire. Plus question d'imiter quiconque ou de tenir les mots en laisse. Je leur donnais libre cours, allais au fond de moi chercher le ressort et la musique des phrases, m'émerveillais de les voir, au gré de mon inspiration, soudain se colorer ou rebondir, m'émouvoir ou me faire rire. Je trouvais mon rythme, ma voix.

Ecrivant des policiers, j'apprenais à construire un récit et à tenir mon lecteur en haleine. C'était comme un jeu pour moi. Il me semblait monter de fragiles châteaux de cartes qu'un seul faux mouvement abattrait. Aucune femme n'avait encore été publiée par la fameuse Série Noire, chez Gallimard. Avec *B. comme Baptiste*, j'obtins un franc succès : on en parla dans les journaux. Je passai pour la première fois à la télévision. Je pouvais être fière !

Eh bien, non ! Bien sûr, j'étais contente, mais sans plus. Ce n'était pas ce succès-là que je visais, ces paroles, ces regards-là. Je voulais davantage de mon lecteur : que passe entre nous cette émotion profonde que je ressentais à la lecture de certaines œuvres, lorsque soudain je me disais : « C'est ça ! », que tout s'éclairait, qu'il me semblait respirer mieux et n'être plus seule. Lorsqu'on me félicitait pour mes policiers, j'avais l'impression que ce n'était pas vraiment moi que l'on regardait.

C'est qu'il me restait à découvrir l'évidence : je ne serais enfin vue et aimée comme je le souhaitais que lorsque j'abandonnerais les oripeaux de Baptiste, Macaire, Léon ou les autres, pour parler de... Janine.

En 1960, nos parents nous firent un fabuleux cadeau : une maison près de Paris, au centre d'un parc aux arbres centenaires. Au pied de cette maison s'arrondissait un bassin alimenté en eau de source. De nos fenêtres, nous pouvions voir couler l'Oise qui, alors, était propre, et où il nous arrivait de nous baigner et de pêcher des écrevisses. Chaque fin de semaine, ou en vacances, nous nous retrouvions là et c'était un rendez-vous avec la joie, l'affection, l'enfance.

Et, à leur tour, Maxime, Aliette, Claudie puis Evelyne se mariaient et avaient des enfants. Marianne et Fanny, mes adorables jumelles, étaient nées. On transformait certaines chambres en dortoirs. Il y avait plusieurs services pour les repas : celui des petits, puis des moyens, enfin, une fois la marmaille au lit, le repas des adultes. Cinq sœurs plus une belle-sœur : six femmes à la cuisine, cela ne posait pas de problème.

Lorsque nous arrivions, la grille du parc avait son grincement bien à elle pour nous dire « C'est là ». Je courais m'installer sous le vieux pommier, face à la maison et la regardais, pas vraiment belle, plutôt guindée dans son habit de brique rouge, mais vivante et comme éclairée par son bassin. J'écoutais un moment frémir les grands arbres, j'attendais que passe une péniche sur l'Oise, je faisais le compte des odeurs, puis, satisfaite, posée, je sortais mes papiers et, pour les besoins d'une histoire ou d'un scénario policiers, faisais pleuvoir les coups et couler le sang.

On m'aurait rudement épatée si l'on m'avait dit qu'un jour, pour des millions de téléspectateurs, cette maison s'appellerait *la Marette* et que mon nom s'y attacherait.

Il y eut la mort de mon père, et cette douloureuse certitude que je ne m'étais pas mariée « pour la vie », qu'un jour il me faudrait divorcer.

C'est souvent par des détails en apparence insignifiants que s'accrochent dans notre mémoire les moments importants. Une rangée de plantes vertes en plastique, un rideau de dentelle, deux citronnades chaudes... cet après-midi d'hiver, je suis dans un café avec un grand ami, Jean Rossignol. Jean est agent littéraire. C'est lui qui a vendu au cinéma l'un de mes romans policiers et m'a ouvert la porte du métier de scénariste que je pratique avec enthousiasme. Ah ! quelle magie de voir, en chair et en os, devant soi, les personnages que l'on a créés, de mettre dans leur bouche ses mots, ses rires et ses cris. Je ne m'en lasserai jamais.

Jean ne se contente pas d'établir des contrats. Il suit de près le travail de ses auteurs, les encourage, parfois les guide. Il a un flair infaillible pour discerner, dans une œuvre, ce qui est bon et ce qui l'est moins, et, dans un scénario, détecter les « tunnels », moments où le spectateur décrochera. Ensemble, indéfiniment, nous parlons création et avenir. Les moments passés avec lui sont pour moi ces indispensables « petites lumières » dont nous parlait maman : elles éclairent des journées difficiles.

Ce jour-là, on vient donc de nous servir des citronnades chaudes. « Quand te décideras-tu à parler de toi ? » demande soudain Jean.

Je ris : « Parler de moi ? Quelle drôle d'idée ! »

« *Les quatre filles du Dr March*... poursuit Jean imperturbablement. Tu devrais écrire un livre comme ça : nulle n'est mieux placée que toi pour le faire, avec tes quatre sœurs et cette famille que tout le monde t'envie. »

« Mais qui cela intéresserait-il ? » protestai-je.

J'en riais encore en rentrant chez moi. Parler de la famille... Et, en plus, d'une famille qui s'entendait bien, c'était vraiment une idée saugrenue. Il déraillait, Jean ! Il faut dire qu'à l'époque, la famille n'avait pas la cote ! Les intellectuels prédisaient sa proche disparition. On n'osait plus prononcer les mots « entente », « chaleur », « tendresse ». Quant au mot « bonheur », c'était bien simple : seuls les crétins croyaient encore à son existence.

Oui, Jean déraillait ! Et pourtant, ce même soir, je cherchai dans la bibliothèque de mes filles le livre de Louisa May Alcott et le lus d'un trait. Je le trouvai joyeux et émouvant.

C'est quelques jours plus tard, un dimanche de décembre. Je passe le week-end en Normandie, près de Gisors, chez Alain et Nicole — ex-mère abbesse — dont la grande et belle maison est ouverte à tous. Je me promène dans la campagne avec Idylle, la chienne, et m'imprègne de ces paysages très verts, plantés de maisons à colombage, de moutons et de pommiers qu'un jour je décrirai dans *Une femme neuve*. Tandis que je marche et rappelle la chienne qui ne pense qu'à troubler la paix des basses-cours, une phrase me tourne dans la tête : « Je n'ai jamais aimé mon nom. »

Elle veut dire, cette phrase : « Je ne me suis jamais aimée », mais je ne le sais pas encore. Je sais que, soudain, il faut que je l'écrive, et, prise d'une hâte folle, suivie d'Idylle ravie, je galope sur la route — que de chemin aurai-je fait ainsi en courant dans ma vie, tirée ou poursuivie par l'urgence d'exister — et rentre dans la maison, grimpe dans la loggia qui domine le salon où brûle l'indispensable feu, attrape une feuille de papier et l'y colle, cette phrase, l'y jette tout comme, un jour, je me suis jetée à l'eau, là où je n'avais pas pied, pour tenter de nager, quitte à couler : parce qu'il le fallait!

« Je n'ai jamais aimé mon nom »... Voici Pauline. Me voici! Et, autour d'elle, voici Claire, la princesse qui ressemble à Aliette, Bernadette, la cavalière, dont certains traits sont empruntés à ma nièce Mélusine, et voici la poison, mélange de « Bourguiba » et de mes filles. Voilà une mère tendrement écouteuse, un père débordé par ses femmes, mais toujours présent lorsqu'on a besoin de lui. Et voilà cette maison au bord de l'Oise où s'épanouit l'esprit de famille. Et la mer qui, dès la première page, vient baigner mon récit de son sel, sa danse et ses chansons.

Sans bouée, à larges brasses, je suis le courant de mon inspiration. Il me semble puiser au fond de moi-même chaque phrase, l'amener sur le papier comme par un ample mouvement d'archet, d'une seule coulée. C'est facile, je me sens bien, portée, accompagnée. Parce que cette mer, cette musique, ces tempêtes et cette lumière dans cette maison, ce sont les miennes!

Huit mois plus tard, mon histoire était finie. Je l'intitulai : *les Quatre Filles du Dr Moreau* et la remis à Jean Rossignol. « Voilà! Je t'ai obéi, j'ai parlé de moi, de la famille, tu es content? »

Le lendemain matin, le téléphone me réveille. Il

n'est pas sept heures : Jean à l'appareil ! Sa voix est sourde. Il me dit : « C'est beau ! » Jamais on ne me l'avait dit ainsi, avec cette voix brouillée. Il me dit qu'il a été passionné, qu'il a ri et pleuré, qu'il s'est senti bien dans mon histoire, qu'elle est « moi ». Et, comme René Julliard il y a quinze ans, il affirme : « Tu es un écrivain. »

Et cette fois, je suis à Houlgate, chez la princesse dont la maison, digne d'elle, porte un nom d'étoile. Je marche le long de la plage, la tête pleine de tempête : « Alors, c'est beau ? J'ai parlé de moi et c'est beau ? » Un vertige m'emplit : « Cette fois, j'y suis. Je le sens, oui, j'y suis. » Et c'est si intense, je suis tellement pressée, j'ai à la fois une telle envie et si grand-peur d'atteindre mon but, tant de douloureux bonheur, que j'ai envie d'entrer dans la mer, jusqu'à m'y perdre.

Tout est allé très vite ensuite. Et très harmonieusement. Il y eut cette réunion chez Fayard où m'accueillit l'éditeur Alex Grall. Il avait fait lire mon manuscrit dans la maison et, là aussi, on avait ri et pleuré. Alors, il n'avait pas hésité : bien que spécialisé dans la publication de livres très sérieux, traitant de politique, religion, sciences humaines, histoire ou musique, il publierait l'histoire tendre et humoristique de quatre sœurs adolescentes. Et il voulait le faire très vite, tout de suite. Seul le titre ne lui plaisait pas : *les Quatre Filles du Dr Moreau.*

« Ce livre, c'est vraiment l'esprit de famille », constata Jean Rossignol au cours de la conversation.

Merci, Jean ! *l'Esprit de famille*, le titre était trouvé. Il s'imposait.

« Sous quel nom le publierez-vous ? » me demanda Alex Grall.

Et moi dont tous les livres, jusque-là, avaient été publiés sous le nom d'Oriano — nom que je trouvais beau — moi qui n'y avais pas réfléchi, je m'entendis répondre « Janine Boissard », tandis que m'envahissait un bien-être souriant que je ne peux qu'appeler « réconciliation ».

Le succès fut là tout de suite : le miracle ! Point n'était besoin de me cacher pour être aimée et reconnue, au contraire. Des lecteurs m'écrivaient : « Merci d'être vous. » Je n'aurais mis qu'un petit quart de siècle pour découvrir qu'on n'exprime bien que ce que l'on a profondément ressenti, et n'aurais plus qu'à continuer.

En permettant à mes livres de devenir série télévisée, mon ami Claude Désiré responsable à l'époque de la fiction à TF1 me vaudra de gagner ce très large public auquel j'aspirais tant enfant. Merci Claude ! Et je sens aujourd'hui passer, entre mes lecteurs et moi, l'amitié qui, alors, me faisait si cruellement défaut.

« On ne sort pas son fourbi », dit sa mère à Séverine dans *Une femme réconciliée*. C'est vrai, dans la famille, on ne sortait pas son fourbi. Alors, ce livre, pourquoi ?

Il y a cinq ans, Maurice Chavardès, écrivain et critique, vint me le demander, et je répondis « non ». Mettre un peu ou beaucoup de moi dans Pauline, Nadine, Claudine ou Séverine, je voulais bien ; mais plonger dans mon passé, cela ne me tentait vraiment pas. D'ailleurs, il n'y aurait rien de spécial à raconter.

Maurice est un homme têtu. Chaque année, il revint à la charge, jusqu'au jour où, à mon propre étonnement, j'acceptai. J'étais prête, sûrement.

Après son départ, je sortis une feuille blanche de mon tiroir et me tournai vers mon passé. J'y entendis sangloter une petite fille, mais je l'entendis rire aussi. Je la vis souffrir à l'école et courir vers sa maison. Je trouvai l'amour et une blessure ; de cette blessure sortait de la lumière.

« Vous verrez, vous m'aimerez... » La femme a réalisé le rêve de l'enfant. Son nom est connu, sa photo paraît dans les journaux et elle reçoit plus de lettres encore que, le matin, entrant timide et émerveillée dans la chambre de ses parents, elle n'en voyait recevoir sa mère. Alors, satisfaite ?

Oui, mais... Avec le succès est venue la peur de le perdre, et il me faut toujours davantage de lecteurs. La petite fille est encore là, je le crains, qui se fixait comme but le monde entier, sans savoir que le monde entier ne guérirait pas la blessure.

Parfois, et surtout au printemps, lorsqu'un premier soleil tire des murs de la ville une certaine odeur de pierre chaude, mon enfance me remonte à la gorge et j'entends à nouveau le « je veux » dont je ne sais bien ni d'où il vient ni où il me mènera.

Ce que je sais, c'est ceci : tant qu'il résonnera à mon oreille et à mon cœur, je serai vivante.

*Achevé d'imprimer en janvier 1987
sur presse CAMERON,
dans les ateliers de la S.E.P.C.
à Saint-Amand-Montrond (Cher)
pour Plon
éditeur à Paris*

N° d'Édition : 11596. N° d'Impression : 2812-1840.
Dépôt légal : janvier 1987.
Imprimé en France